「訓練内容を伝える。装備を全部外して、木の弓と木の盾だけでリンプトファートダンジョンを周回してこい」
「……うわあ」
元・世界1位のサブキャラ育成日記5
～廃プレイヤー、異世界を攻略中！～

アンゴルモア
四大元素を支配する
精霊の大王。
あんこ
「黒炎狼」の突然変異種で
「暗黒狼」が進化した魔人。
セカンド
（佐藤七郎）
ネトゲそっくりの異世界に転生し、
再び「世界一位」を目指し奔走中。
オールラウンダータイプ。
ムラッティ・
トリコローリ
魔術師の頂点である
「叡将」のタイトル保持者。
ロスマン
剣術師の頂点である
「一閃座」のタイトル保持者。
ヴォーグ
召喚術師の頂点である
「霊王」のタイトル保持者。
開幕!!!

ディー・ミックス
エルフの名門一家の令嬢。
師匠は鬼穿将のエルンテだが……。
シルビア・ヴァージニア
騎士爵家の次女。
魔弓術師タイプ。
エコ・リーフレット
ちっちゃな猫獣人。
筋肉僧侶タイプ。
ロックンチェア
物腰柔らかで気遣い上手。
見かけによらず健啖家。
タイトル戦、

「来い――あんこ」
「居っても？」
「あり得ないっ……
あり得ないわよ、こんなの！」

元・世界1位のサブキャラ育成日記
～廃プレイヤー、異世界を攻略中！～

沢村治太郎
Harutaro Sawamura

ILL. まろ

5

moto sekai ichii no
sabukyara ikusei nikki

口絵・本文イラスト
まろ

装丁
coil

contents

moto sekai ichii no
sabukyara ikusei nikki

プロローグ　世界一の地位活《い》かせ

世界一位。かつての栄光が、地平線の向こうから朝陽《あさひ》のように顔を覗《のぞ》かせている。いよいよ日の出の時。長いようで、短かった。メヴィウス・オンライン世界ランキング第一位の座を理不尽に失い、一度は生を終えた俺が、再びあの座へと返り咲くのだ。

前世と変わった点は何か。考え始めたらきりがないが、一番はやはり仲間の存在だろう。

この世界では、死んだら終わりだ。ゲームの頃《ころ》ならばステータスの一部が恒久的に下がるというデスペナルティが発生するだけだが、ここでは違う。死＝死である。ゆえに、仲間がとても重要だ。魔物との戦闘においては、仲間がいるかいないかで、安全性が天と地ほども違ってくる。

魔弓術師のシルビア、盾術師のエコ、鍛冶《かじ》師のユカリ。なんやかんやあって仲間にしたこの女子三人と「ファーステスト」という名前のチームを組み、俺たちは日夜ダンジョンを周回した。次いで精霊大王のアンゴルモアを召喚し、周回は更にスピードアップ。更には暗黒狼《あんこくおおかみ》のあんこをテイムして、最早《もはや》鬼に金棒状態だ。副次的に金も腐るほど稼いだし、馬鹿でかい敷地の家も買って、数百人の使用人も雇った。キャスタル王国が内乱でヤバくなった時も、ウィンフィルドという精霊界の軍師を召喚して、彼女と皆で協力して第二王子のマインを国王に据え、王国を存続させた。

それもこれも、全《すべ》てはこの楽しみのため。そう――「タイトル戦」のため！

ついに始まるのだ。ここキャスタル王国で半年に一度開かれる、激熱の頂上決戦が。

もう楽しみで楽しみで仕方がない。このタイトル戦を制覇することこそが、世界一位への足がかりなのである。やっと、やっと、あの頃の栄光に、一歩近付けるのだ。俺は奮い立っている。

そして、楽しみはもう一つ。シルビアとエコもまた、タイトル戦へと出場するのだ。彼女たちの育成、その過程で、タイトル戦出場経験というのは、まさに必要不可欠。あの舞台の独特の空気を彼女たちに知っておいてほしい。きっと、試合というものを少しなら理解できるから。

さて、というわけでそろそろ、タイトル戦へ向けた準備を始めようか。

「――当面はタイトル戦出場を目指して対人戦訓練だ。何か異論はあるか？」

「待て。異論ばかりだ」

朝メシ食って、決起集会。今後の方針を伝えようと俺が語り出すと、シルビアがずいっと身を乗り出して抗議してきた。

「そもそも私とエコは龍馬《りゅうま》と龍王《りゅうおう》を九段にするための経験値が足りていない。これではタイトル戦への出場資格さえ得られないではないか」

「問題ない。冬季タイトル戦まではあと一か月以上ある」

「四か月かかって高段にするのが精一杯だったんだぞ？　ここから九段まで上げるには、とてもじゃないが一か月などでは……」

「三日で九段まで上げてやる。心配すんな」

「……セカンド殿。とても嫌な予感がするのだが」

酒が入っていたとはいえ、昨夜の言葉をもう忘れたのか？

「アイソロイスダンジョンで爆稼ぎするぞ」

「ほ、本気だったのか……」

シルビアはガクリと項垂《うなだ》れた。

「大丈夫だ。別に死ぬまで戦ってもらおうとか、そういうわけじゃない。これからお前らに必要なのは、一にも二にも対人戦経験だからな。言ってしまえば、魔物と戦っている暇なんてない」

「む……？　つまり、どういうことだ？」

「今日は見学しておけ。甲等級ダンジョンがどんなところか知っておくいい機会だ。明日からは、俺とあんこだけで経験値を稼ぐ」

「そんなことが……そ、そうか、可能か」

そう、可能なのである。これこそがあんこをテイムした大きな理由の一つ。あの尋常じゃない強さの殺戮《さつりく》兵器にお願いすれば、ソロでも爆速で経験値稼ぎが可能となるのだ。しかも《暗黒転移》と《暗黒召喚》の異常な汎用《はんよう》性を利用したら、日帰りで甲等級ダンジョンの攻略に挑める。こうなりゃ龍馬龍王の九段達成なんて秒読み、俺のタイトル戦出場資格も一週間あれば整うだろう。

「ねえねえ、たいとるせんってなに？」

不意に、エコが疑問を口にする。

「えっ」……と、俺とシルビアに加えて家事をしていたユカリまでエコの方を見やった。

「し、知らないのか⁉」

「しらないよ？」

シルビアが愕然《がくぜん》とした表情でエコに詰め寄る。エコは「ほにゃっ」と首を傾《かし》げた。

「エコ。タイトルを獲得すりゃあ、故郷の獣人のやつらがお前を神と崇《あが》めるようになるぞ」

「すごい！」

「そうだ、凄《すご》いんだ。だからタイトル戦に出ろ」

「うん、でる！」

よし、納得してくれたようだ。

「待て待て待て！」

「ご主人様、少々お待ちを。騙《だま》しているようで気になります」

「そうだ。もっと詳しく説明するべきだ」

シルビアとユカリから待ったがかかった。そうかな、そうかもしれない。

「じゃあ説明は……シルビア、任せた」

「うむ、任されたぞ！」

何故《なぜ》だか物凄く語りたそうな顔をしていたシルビアを指名する。ユカリはよしと頷《うなず》いた。

「いいか、エコ。まずタイトル戦にはな、全てのスキルを九段にしないと出られない」

「すべて？」

「ああ、いや、大スキルの小スキルを全て、だ。歩兵から龍王まで全て、という意味だ」

「そしたら、たいとるもらえるの？」

「否。トーナメントを勝ちのぼり、現タイトル保持者に挑戦する。そこで勝てばタイトル奪取だ」

「……むつかしー」

「あー……とにかく勝ち続ければいい。ただ、タイトル戦出場というだけでとんでもない栄誉だということは知っておかねばならないぞ」

「うん、わかった」

　へぇ、この世界では出場することが〝とんでもない栄誉〟なのか。メヴィオンでは〝上級者の壁〟みたいな扱いだったたな。

「タイトル戦トーナメントは〝決闘〟で行う。致命傷を受けても必ずＨＰ《ヒットポイント》が1だけ残り気絶《スタン》する仕組みだから、安心だな。ポーションの使用は不可、他種スキルを使用した時点で失格、場外でも失格だ。制限時間は一時間、最終戦のみ無制限だ」

　決闘とは、対局とは違って仮想的ではないＰｖＰ《プレイヤー・バーサス・プレイヤー》システム。しかし……「致命傷にはＨＰが1残ってスタン」ルール？　マジかよ。メヴィオンの決闘にもそんなルール設定はあったが、タイトル戦は「致命傷は致命傷」ルールだった。じゃないと盛り上がらない。

　現実に即した世界となったことで、倫理的に問題が生じたのだろう。確かに、タイトル戦運営陣的にも出場者に死なれちゃ困るわな。緊張感が薄れて少し残念だが、これは流石《さすが》に仕方がない。

「エコは盾術だから、金剛《こんごう》戦に出場する。私は弓術だから、鬼穿将《きせんしょう》戦だな」

「こんごーせん？」

「うむ。タイトルを奪取すれば、誰《だれ》もが〝エコ・リーフレット金剛〟と呼ぶようになるぞ」

「しるびあきせんしょー」

「そうだ。シルビア・ヴァージニア鬼穿将だ……むふ、むふふっ」

シルビアのやつやけに詳しいなと思ったら、なるほど……そういうことか。つまりはタイトルの名前がこいつの中二心をくすぐったわけだ。

「む、ところでセカンド殿はどのタイトルに挑戦するのだ？　やはり剣術か？」

「ああ。剣術と魔術と召喚術に出る」

「は………」

本当なら【弓術】にも出たかったが今回はシルビアに譲るぞ、と言葉を続けようとしたが、シルビアが「は」の顔のまま硬直しているのでやめておいた。何を言っても聞こえていそうにない。

「だから俺の場合は、セカンド一閃《いっせん》座《ざ》・叡将《えいしょう》・霊王《れいおう》の三冠だな。呼ばれるならセカンド三冠か？」

「せかんどさんかん！」

「おう。三冠だ」

「……二冠でさえ前人未到だというのに、初出場で三冠か。流石に驚いたが、よく考えればいつものことではないか」

エコと喋《しゃべ》っているとシルビアが復活した。俺の三冠宣言に呆《あき》れている様子である。ンン～ン、いい気分だ。そう、世界一位は常に、呆れられるような存在でなければならない。

「タイトルは二十以上あるが、冬季はとりあえずその三つだ。夏季で三冠防衛と五冠奪取を狙《ねら》う。

合わせて八冠だな」

「はっ――」

またフリーズした。

「……え、エコ。勘違いするな。これはセカンド殿だからだ。この人がオカシイだけだぞ。タイトル戦というのは、出場するだけで栄誉なのだ。大変な、栄誉、の、はずなのだ」

シルビアの説明にエコは「ふーん」とわかっているんだかわかっていないんだか微妙な返事をする。まあ、何事も経験だ。いざタイトルに挑戦してみて、それで初めてわかることが山ほどある。栄誉だろうがなんだろうが、全《すべ》ては挑戦してから始まることだ。

「よし、じゃあアイソロイス行くか。三十分後に出発だ。準備しておけ」

冬季タイトル戦まであと一か月。まずはとっとと足りていない分の経験値を稼いでしまおう。

「あ、そうだ。ユカリ、序列戦上位の使用人も連れていきたいんだが、候補はあるか?」

「……はい?」

「クソほど経験値稼げるからな。ついでに使用人も育てる。育てた使用人が乙等級ダンジョンくらい回れるようになれば、その下も育つだろ?」

「え、ええ。承知しました。三十分後に合わせて招集しておきます」

「よろしく」


「――で、集まったのがこの五人と」

三十分後。リビングに集まったのは、シルビアとエコ、そして五人の使用人だった。

「キュベロと、イヴと、エルだったか。それと」

「お初にお目にかかりますわ、ご主人様。わたくしはシャンパーニと申します」

「おお。お嬢様っぽいなぁお前」

「こ、光栄ですわ！　感激ですわ！　素敵ですわ～っ」

シャンパーニは胸の前で手を合わせ、ぴょんと跳ねて嬉《うれ》しさを表現する。感情表現豊かな子だ。

ゴージャスな金髪からふわりと花の香りが漂ってきた。表面のファッションだけでなく内面の隅々まで行き届いた身嗜《みだしな》みの全てに並々ならぬ努力を感じる。実に好印象。

「私はコスモスです。よろしくお願いいたします、ご主人様」

「ああ、よろしく。お前は杖術《じょうじゅつ》か」

「はい。棒の扱いには自信があります」

コスモスは黒髪ロングの和風美人って感じだな。うーん、しかし、清楚《せいそ》そうに見えて何か隠していそうだ。何故そう思うかって？　【杖術】なんていうマニアックなスキル使ってるからだよ。

「これだけか？」

「コスモスの代わりに園丁頭リリィが参加する予定でしたが、仕事でトラブルがあったようです」

「仕事か、大変だな」

「大変なのは彼女の部下の方だと思うのですがね……血涙を流して悔しがっておりましたから」

キュベロが苦笑いで答える。「次の機会にと伝えておいてくれ」と言うと、キュベロはどこか嬉しそうな表情で頷いた。

「じゃあ行くぞー」

俺は一言声をかけて、あんこを《魔物召喚》する。

ざわりと使用人の間で動揺が広がった。そういえば、まだ説明していなかったか。

「こいつは俺の秘密兵器だ。暗黒狼《あんこくおおかみ》のあんこという。アイソロイスダンジョンの裏ボスだな」

「……甲等級、ですか？」

「ああ。これから行くアイソロイスダンジョンは、あんこが元いた場所だ」

ざわめきが静寂となった。そして直後、騒然とする。

「甲等級ダンジョンへ行くと仰《おつしや》るのですか⁉」

「なんだ、ユカリから聞いてなかったのか？」

愕然とした表情をしているのはキュベロだけではなかった。使用人全員が青い顔をしている。いや、イヴだけは元から真っ白い無表情な顔なので青くなっているかどうかはわからないが、なんとなーく驚いているように見えなくもない。

「心配するな、お前らには指一本触れさせない。社会科見学だと思え」

今回の目的は、経験値稼ぎのついでに「使用人に現場を見せる」ことだ。これは一見してなんでもないことのようで、実は非常に重要なことである。ネトゲとは、上級者に憧《あこが》れて行動を起こすもの。具体例を見て「ああなりたい」と思わなきゃあ、本気など到底出せない。

彼らには、今回の見学で俺に憧れてもらう。そして行動を起こしてもらう。ダンジョンを周回し経験値を稼ぐという、単純な作業に耐えられるだけの理由を見出《みいだ》してもらうのだ。

「やる気を出せ。向上心を持て。それから自分で考えろ。お前らが強くなるために必要な情報は全て俺が持っている。知りたきゃ教えてやる。今日は、その第一歩だ」

「主様《あるじさま》」

「ああ。転移と召喚を順次始めてくれ」

あんこは「御意に」と返事をして、全員それぞれに手を触れてから、アイソロイスへと《暗黒転移》し、皆を次々に《暗黒召喚》で喚《よ》び出していく。シルビアとエコは覚悟を決めたような表情で、使用人たちは戸惑い顔のまま、アイソロイスの城門前へと転移した。

「チームに参加するように」

俺は使用人五人にチーム・ファーステストへのゲスト参加申請を送る。五人は瞬時に受諾した。ユカリを一時的に分配から除外し、チーム内の経験値分配方法を均等に設定。これで、俺とあんこだけが戦闘しても、得られた経験値は八人へ均等に分配される。

「遅れずに付いてこいよ」

有無を言わさず歩み出す。接敵の直前でアンゴルモアを《精霊召喚》し、《精霊憑依《ひょうい》》させる。

ここでまたしてもキュベロ以外の四人がざわついた。

「召喚術の精霊憑依だ。精霊召喚四段で解放される。なるべく覚えておいた方がいい」

惜しげもなくアドバイスする。シャンパーニがメモを取っていた。結構なことだ。

「この後使う変身スキルの習得方法はシルビアとエコに聞いとけ」

《精霊召喚》と《変身》を交互に使い、バフを切らさず戦う。ダンジョン攻略の基本だな。

「あんこ。黒炎之槍《やり》」

「畏《かしこ》まりました」

出し惜しみもしない。初《しょ》っ端《ぱな》から最高火力で突き進む。俺はあんこに引き続きミスリルロングソードを腰から引き抜いて、《飛車剣術》を準備しながら駆けだした。

「うふっ」

門番の鎧《よろい》騎士二体を、あんこの《龍王槍術《りゅうおうそうじゅつ》》が一発で吹き飛ばす。使用人たちと、シルビアとエコは、絶句していた。甲等級の魔物を一撃。それがどれだけ異常なことか、理解しているのだろう。

城門突破。その勢いのまま、アイソロイスの古城へと突入する。

「直進、接敵十時」「はい」「直進、接敵三時」「はい」「前進一時、接敵九時」「はい」

共通の単語で指示を出す。方角は時計《とけい》で表す。なるべく短く、簡潔に、わかりやすく。

何処《どこ》からどのような魔物が出てきて、どのような攻撃をしてくるか。全て把握して、全て先読みして、そつなく対応する。相手に何もさせることなく完封することこそが何よりの安全。先制攻撃こそ最大の防御である。

「五秒後変身、接敵十一時」「次は如何《いかが》なさいますか」「Bで行こう」「はい」

左前方から来るブラックゴースト三体を《変身》で吹き飛ばす。あんこの「次」というのは、その後どうするかを聞いている。俺の「B」とは、プランBを指す。事前にあらゆるパターンの対応を〝型〟として準備しているため、いちいち「変身後はこうしてああして」などと指示を出す必要はない。ちなみにプランBとは、変身中の無敵八秒間に俺の後方からあんこが魔物を攻撃、それで倒しきれなければ六秒経過後に俺が突撃しつつ魔物を吹き飛ばし、あんこが追撃するというもの。

「愚かな」

今回はあんこの《飛車槍術》で倒せたため、突撃も追撃も必要なかった。

「前進一時、接敵正面」「はい」

こうして、猛スピードでアイソロイスを攻略していく。

ボスのいる天守閣へと辿《たど》り着《つ》くまで、入城から一時間とかかっていなかった。

「似ておりますね」

「ああ。一応お前はコレの突然変異種の進化形だからな」

アイソロイスのボスは黒炎狼。暗黒狼であるあんこのような、大きな黒毛の狼である。

「Fね」「御意に」

プランF――あんこによる《暗黒魔術》の先制攻撃。

黒い霧を喰《く》らってHPが1となった黒炎狼に《歩兵弓術》を一発。瞬殺だ。

「よし、ちょっと休憩したらもう一周」

一周が大体一時間弱、休憩を入れて一時間として、《暗黒魔術》のクールタイム三千六百秒にぴったりとなる。ゆえに、アイソロイスの高速周回が可能だ。

いやあ、久々とはいえ昔にクソほど周回しただけはあった。体が完全に覚えている。この調子なら、一周あたり四十五分くらいには縮められるだろう。となれば《暗黒魔術》に頼らずに黒炎狼を倒す必要があるな。どうしよう、《龍王剣術》でごり押ししてもいいが、安全性を考えるなら金角ハメ次郎を使ってもいいな。金角ハメ三郎でもいいか。うーん……。

「……セカンド殿」

「どうした？」

攻略法を色々と悩んでいると、シルビアが神妙な面持ちで話しかけてきた。

「龍馬が七段になったのだが」

「おお。よかったな」

「よ、よ、よかったなではない！　ヤバすぎるぞ‼」

うるさっ！　耳がキーンとする。

「自分が何をしたかわかっているのか⁉　一撃も喰らわずにたった一時間で甲等級ダンジョンを攻略したんだぞ⁉　それも私たちを護《まも》りながらだ！」

「別に護ってないぞ。魔物に何もさせないよう先に潰《つぶ》してただけだ」

「それが異常なんだああああっ！」

吠《ほ》えた。

「一時間で龍馬が六段から七段になった！　ということはだ！　使用人たちにはどれだけ経験値が入っている⁉　歩兵くらいは軽く初段から高段まで上がるのではないか？」

「かもな」

「最強だな⁉」

「そうだな」

シルビアはテンションが上がり過ぎておかしくなっていた。一方でエコは「おおーっ」と嬉しそうな声をあげて自分のスキルをいじっている。相変わらずのマイペースであった。

「セカンド様」

すると、キュベロが真剣な表情で俺の名前を呼んだ。その横には他の使用人たちも並んでいる。

「我々をこの場へとお連れいただいた意味、確《しか》と承知いたしました」

……うずうずしている、と言えばいいだろうか。かつて俺が第一宮廷魔術師団に壱ノ型のダメージを見せた時のような、そんなやる気に満ちた顔をしていた。どうやら現場を見せた効果が覿面《てきめん》にあったみたいだ。実に嬉しい。

「何か気になることがあれば聞け。ダンジョンの攻略法でもなんでもいい。全《すべ》て教えてやる」

「はい……！」

チームに入ってきた新人に先輩風を吹かすように言ってやると、使用人たちは強く頷《うなず》いた。

「じゃあ俺タイムアタックに集中したいから、もう帰っていいぞ。あ、シルビアとエコは残れ。帰りに買い物行くからそれまで後ろで見てろ」

使用人たちをあんこに送らせて、アイソロイスの周回に戻る。

いよいよって感じだな。着々と経験値を得て、タイトル戦の舞台へ。ついに世界一の領域へと足を踏み入れる。再びあの地位へと返り咲くのだ。

……首を洗って待ってろよタイトル保持者ども。お前らに土がつく日は近いぞ。

第一章　集結

アイソロイスを周回し始めて一週間。早くも、シルビアとエコの龍馬・龍王が九段になった。

俺の【剣術】も龍馬・龍王が九段となり、【魔術】も《雷属性・肆《し》ノ型》《雷属性・伍《ご》ノ型》が九段、【召喚術】も《テイム》が九段となって、それぞれタイトル戦出場資格を得た。

【魔術】に関しては、いずれかの属性が壱～伍ノ型まで九段であれば出場可能である。雷属性というのはメヴィオン時代の俺でさえ一度も耳にしたことのない属性だが、まあ恐らく一属性としてカウントしてもらえるだろう。

……で、だ。一段落と行きたいところだが、タイトル戦はここからが本番である。俺はさて置き、シルビアとエコの二人はタイトル戦初出場。現状、対人戦経験が圧倒的に足りていない。

タイトル戦とは、そのスキル同士の決闘。ゆえに組手となれば、【弓術】には【弓術】、【盾術】には【盾術】の相手が必要となる。シルビアは問題ない、俺が相手をする。しかし、エコの扱う【盾術】は、俺が習得していないため相手をすることができない。さて……どうするべきか。

「ウィンフィルド喚《よ》べる？」

あーだこーだと悩んでいる時間がもったいないので、俺はユカリに頼んでアドバイザーを召喚してもらうことにした。我らが軍師様、ウィンフィルドのご登場だ。

ユカリは一瞬だけ渋い顔をした後に「かしこまりました」と頷いて《精霊召喚》をする。ユカリにはウィンフィルドを召喚したがらない理由が何かあるらしいのだが、シルビアに聞いてみたところ「放っておいていい」らしいので、現状は放置である。

「おー、セカンドさん。久しぶり、だね」

相も変わらずゆっくりな喋《しゃべ》り方の銀髪ツーブロ長身美人精霊は、眠そうな目を更に細めて微笑《ほほえ》む。

「久しぶりだな、元気そうで何より。喚び出して早々に悪いが、一つ相談がある」

「うん。なんでも、言って。きっと力になる、よ」

頼もしいことだ。

俺はウィンフィルドに状況の説明をした後、エコの訓練をどうしたものかとアドバイスを求めた。

「私が、思うに、セカンドさんは、シルビアさんとエコさんで、訓練時間に差が出ることが、公平じゃないって、感じてるんじゃないかなーと」

ほう、なるほど。言われてみればその通りかもしれない。

「だから、同時に訓練を開始できるように、とりあえずは自己研鑽《けんさん》の時間にして、訓練開始までに、セカンドさんが、盾術を覚えてくれればいいんじゃない？」

「マジか。となると、組手の開始までに一週間以上はかかりそうだぞ？」

「がっつり、上げなくて、いいと思う。そこそこの段位でも、セカンドさんなら、いけるでしょ？」

「……おお。そうか、そうだな」

確かに。別にわざわざ高段まで上げなくてもエコの相手はできるから、訓練にはなる。

「習得に丸一日、使えるランクまで上げるのに二日。合わせて三日、ってところかな？　相当、頑張っての話だけど」

「三日間ならそれほど大きなロスにはならないな」

「その間に、何か、二人に教えておきたいこととか、ない？」

「ある。ありまくりだ。ありがとうウィンフィルド、お前のおかげで目処《めど》が立った」

「どーいたしましてー」

話が終わると、彼女は「お礼を期待しているよ」とウインクして去っていった。冗談半分で言っているのを知っていながら、本気でお礼をしたくなる愛らしさがある。しかし、精霊にお礼って、一体何を渡したらいいんだろうな？

まあいいや、今はシルビアとエコに俺が不在の三日間で何をさせるか考えよう。

ここで教えるべきは、やはり対人戦の極意だろうか。教えたいことがあり過ぎて困る。何から教えよう。そうだな、組手をせずとも学べる内容となれば……。


「火力の出し方？」

「ああ」

俺はシルビアとエコをリビングに招集し、講義を開始した。内容は、メヴィオンにおける火力の出し方。経験しなければわからないような実地的なことではなく、かなり理論的な話だ。

「火力といっても様々ある。瞬間、単発、継戦とかな。今回は瞬間火力について教える」

「瞬間火力か。それはつまり、一瞬でどれだけの威力の攻撃を繰り出せるかという意味か？」

シルビアは根が真面目《まじめ》なだけあって、かなり食いついてくる。一方でエコは、ノートを取りながら黙々と俺の話を聞いていた。

「まあ間違っちゃいないが、更に具体的に知る必要がある。ＤＰＳを知っているか？」

「すまん、知らないな」

「ダメージ・パー・セック。つまりスキルの準備時間や硬直時間など全てを含めての戦闘において、一秒間に与えられる平均ダメージのことだ」

「三十秒間全力で攻撃し続けたとしたら、その総ダメージを三十で割って出る値のこと、か？」

「そうだ。対局冠を使えばいちいち計算せずとも計測できる。今日はこの機能を利用して……これはＤＰＳとは特に関係ないが、自身の一秒間の最高ダメージを計測する」

「ややこしいな。一秒間の最高ダメージ？」

「ああ。色々と計測方法はあるが、今回は対局冠のＤＰＳ表示機能を〝最初のダメージから一秒間のみ測定〟に設定して行う。つまり一割る一だ。二人には、〝初撃から一秒経過するまでに最もダメージを与えられる方法〟を模索してほしい」

俺の言葉に、二人はハテナ顔をする。仕方ないだろう。一秒間に限って最大ダメージを測るなど、それはそもそもＤＰＳなどではないし、じゃあ何故《なぜ》一秒間なのかという疑問もあるだろうし、一見してタイトル戦になんら関係がないからな。

ただ、密接に関わってくるんだなあこれが。「一秒間でどれだけダメージを出せるか」という絶妙な条件に対するトライアルアンドエラーが、結果的にゲームとしての深みを教えてくれる。二人にはその面白さを是非とも知ってほしい。

「うーむ……言っていることはわかるが、それに一体なんの意味があるのだ？」

「おっ、どうしてそう思う？」

「ダンジョン周回でも感じたが、飛車弓術が一番火力を出せる。既に答えは見えているぞ？」

「ん、まあ、そう感じるだろうな。だがやってみて初めて気付くこともある。今日の二人の課題は、対局冠のＤＰＳ表示機能を使って一秒間で与えられる最大ダメージを模索することだ。いいか？」

「承知した」

「りょーかーい」

シルビアは渋々、エコは元気良く返事をしてくれた。俺が【盾術】スキル習得の旅から帰ってきて、二人がどれだけ進化しているか……こりゃ見ものだな。

「一つだけヒントをやろう。火力ってのはな、大まかに言えば、マシンガン・ショットガン・ロケットランチャーの三種類だ」

「まし……？」

おっと、通じないか。

「連続攻撃か、同時にばら撒《ま》くか、一発に込めるか。そういうこった」

「……ほう」

よしよし、伝わったようだ。シルビアは何かを掴《つか》んだような顔をしている。

「それでは訓練開始だ。二人の結論を期待しているぞ」

「うむ！　ところで、セカンド殿は何処《どこ》へ行くのだ？」

「ああ、今日中に盾術を全部覚えてくる」

「…………ぜ、全部？」

「時間が余ったら経験値も稼いでくる」

「……もう何も言うまい」

◇◇◇

「シルビア様、もうそろそろご休憩を」

「いや、あと少し粘る」

昼時。昼食休憩を勧めるメイドのエスの誘いを断って、シルビアは最大ダメージの模索に熱中していた。今、彼女の頭の中は「面白い！」という思いで一杯だった。

そう、面白いのだ。【弓術】の中では《飛車弓術》が最も火力の出る単発攻撃……それは揺るぎない事実なのだが、条件が〝最初のダメージから一秒間〟となると話は全くの別なのである。

《歩兵弓術》ならば、一秒間でギリギリ三発撃つことができる。《歩兵弓術》九段ならば、純火力200％の攻撃。三発で合計600％。そう、これは《飛車弓術》九段の600％という倍率に匹敵するのだ。ここで肝心なのが〝クリティカル〟であった。発動すればダメージが三倍となるクリティカルは非常に大きな要素となってくる。一発と三発であれば、後者の方がクリティカルが発生する確率は大きい。つまり、《飛車弓術》を一発撃つより《歩兵弓術》を三発撃った方が、クリティカルが出やすい分、堅実なダメージに期待ができるのだ。

また《銀将弓術》ならば、一秒間では二発が限度。九段で300％の攻撃のため、これまた実質600％である。工夫する余地はここにもありそうだと、シルビアが粘る理由もわかるだろう。

「……流石《さすが》、と言う他ありませんね」

エスはシルビアの様子を見て、静かに呟《つぶや》いた。シルビアが対局冠を装着した〝ダミー人形〟に矢を射続け、気の遠くなるような数字がDPSとして表示される度、エスの中で感動とも呼べる熱い感情が膨れ上がる。タイトル戦出場者とはかくも凄《すさ》まじいものなのか、と。それが自身の仕えている主人の仲間だというのだから、誇らしくないはずがなかった。

そして、そんなにも素晴らしい超一流の弓術師よりも更にとんでもない人物が主人なのだ。そう考えたエスは、不意に嬉《うれ》しくて堪《たま》らなくなった。

「軽食を持って参ります」

訓練の邪魔にならないタイミングでシルビアに昼食を取らせることが今自分のできる最善の応援であると、エスはファーステストのメイドとして恥じることのない働きをしようと心に誓い、一人密《ひそ》かに奮起した。

一方、エコはというと、リビングでたらふくご飯を食べた後、カリカリと一心不乱に筆を走らせていた。ノートに書かれている文字は日本語ではなく獣人語である。だからであろうか、普段の拙い言葉遣いからは想像もつかないような、理路整然とした文章がどんどんと形成されていく。

自身の扱う【盾術】で一秒間に最もダメージを出すにはどうするべきか。彼女は至極論理的に思考し、いくつもの案を次々に導き出す。

彼女も、午前中から抱いていた思いは、シルビアと全く同じであった。

どうしようもなく、面白いのだ。このような感想を覚えたのは、その十六年の人生で初めてのこと。それは、彼女が初めて人生をゲーム的に捉《とら》えた瞬間であった。

そして、深く深く惚《ほ》れ込んでいく。【盾術】というスキルは、こんなにも奥が深いのかと。考えれば考えるほど、身震いするような面白さが奥の奥から湧《わ》き出てくる。

【盾術】だけでこうなのだから、もしも他のスキルと組み合わせたのなら一体どうなってしまうのか？　そんなふとした考えで、エコは宇宙に解き放たれたような感覚に陥った。タイトル戦には関係のない思考。しかし、面白くて仕方のない思考。大好きなあの人が、時折見せる少年のように純粋な笑み。エコはその屈託のない笑顔の理由を、少しだけ知った気がしたのだった。

◇◇◇

帰宅！　結局、半日程度で【盾術】スキルを全部覚えてしまい、夕方までアイソロイスをずっと周回していた。《龍馬盾術《りゅうま》》の「歩兵～飛車の七種スキルで最低一度ずつ防御、この条件を満たし五種のドラゴンをチームメンバーに仕留めてもらう」という難関も、あんこの協力でちょちょいのパーだった。太陽光があるためドラゴンを岩陰に誘導する必要はあったが、大した苦労ではない。

こうもすんなり行った理由は、やはりあんこの《暗黒転移》と《暗黒召喚》だろう。おかげでわざわざ自分が転移魔術を覚える必要もなくなり、飛龍《ひりゅう》をテイムして長々と空を移動する必要もなくなった。まさに、あんこ様々である。

「さあ、今日の成果を見せてもらおうか！」

夕食前、シルビアとエコに進捗《しんちょく》を披露してもらうことにした。一日中楽しみにしていたこともあり、若干テンション上がり気味だ。

「まずは私からだな」

「よし来た」

シルビアは腕をまくり、弓を構えた。さて、何をするのか……。

「はぁっ！」

初手は、というか、決め手は、《龍馬弓術》だった。練習用のダミー人形に近付き、ゼロ距離で《龍馬弓術》をお見舞いする。

「発見したか‼」――俺の感想を一言で表すならば、こうだった。ああ、感動がこみ上げてくる。

これは、言わばショットガンだ。《龍馬弓術》は強力な範囲貫通攻撃のスキル。貫通能力を持った矢を遠距離から指定範囲に何十発もばら撒くのだ。それをゼロ距離でぶちかます……つまり、何十発分の貫通攻撃が全《すべ》てヒットする。一発一発は大した威力でなくとも、それが何十発ともなれば威力は絶大。クリティカルも一発一発に判定がある。

「どうだ⁉」

シルビアはこちらを振り返り、はらはらとした様子で俺の言葉を待った。

「凄《すご》いぞ、よく見つけたな！　安心しろ、それが正解だ」

「……うむっ！」

喜色満面の笑み。こっちも嬉しくなる。俺はシルビアに笑顔でサムズアップした。仲間と一緒に気兼ねなくゲームを楽しんでいる感覚。なんだか懐かしい気持ちになった。

「さ、次はエコの番だ」

エコはシルビアに促され、盾を構える。すると、くるりと俺の方を振り向いて、口を開いた。

「せかんど、いっしょにやって？」

「！」

この時点で、俺はもう確信した。エコは正解に辿《たど》り着《つ》いている。

「任せろ。遠慮はいらないぞ」

緩む頬《ほお》を隠しながら、対局冠を装着し、剣を構える。

もう、言葉はいらないだろう。俺は《飛車剣術》を発動し、エコに斬りかかった。

「やーっ！」

エコは《銀将盾術》で対応する。それも、俺の剣がエコの体に触れようという、その瞬間に。

「なっ⁉」

シルビアが声をあげた。だろうな。客観的に見れば、実に不思議な光景だと思う。「飛車剣術が当たった！」と思った直後、俺が弾《はじ》かれているのだから。

《銀将盾術》によるパリィだ。これは単なるパリィとは違って、〝反撃〟の追加効果が発動する。

「そうだっ」

俺は《飛車盾術》で突進しながら追撃してくるエコを見て、嬉しさのあまり呟いた。盾で弾いた直後の一瞬に準備して発動すれば、ギリギリ一秒間に収まるのだ。

……よく模索した。よく発見した。よく挑戦した。いくら褒めても褒め足りない。

バタリ、と。《飛車盾術》を喰《く》らって背中からダウンした俺の頭上に、ダメージが表示される。

《銀将盾術》による反撃と《飛車盾術》による突進。この合わせ技で出たダメージは、シルビアのゼロ距離《龍馬弓術》を上回った。【盾術】なのに何故《なぜ》それほどのダメージを出せたのか。その秘密は〝反撃効果〟にある。《銀将盾術》の反撃効果は、相手から受けるダメージ量に比例して威力が上がるのだ。つまり、俺の《飛車剣術》の威力が馬鹿に高かった分、シルビアのダメージに勝ることができたのだろう。

「エコ、正解だ。よく調べたな。偉いぞ！」

「わーい！　やったー！」

わっしゃわっしゃと頭を撫《な》でまわす。エコは嬉しそうに目を細め、甘えるように俺の手に頬ずりしてきた。普段は何を考えているのかわからないマイペースなエコだが、今日はそんな彼女の隠れた才能が明らかとなった記念すべき日である。文句なしだ。しっかりと【盾術】スキルを分析し、《銀将盾術》の特徴を調べ上げ、《飛車盾術》での追撃という限界ギリギリの最善を尽くしている。これをたった一日で発見し、実現する技術をものにしたエコに掛け値なしの賛辞を贈りたい。

「…………」

おおっと。エコに構い過ぎていたら、シルビアがぶすくれている。

シルビア、お前も凄い。「どうだ」と振り向いた時のあの顔で、全てわかったぞ。一日中、メシも食わずに試行錯誤していたんだろう？　《龍馬弓術》の特徴に気付いた時の喜びといったらもう、小躍りしたいような気分だっただろうな。目の前の課題に直向《ひたむ》きに取り組んで、純粋に楽しみながら熱中できるその真面目《まじめ》さと勤勉さは、俺も見習いたいと思うほどだ。

「そう拗《す》ねるな。お前も来い」

俺は少し恥ずかしかったので、シルビアもエコと一緒にわしゃわしゃと過剰に撫でくりまわして褒めたたえた。よせ、やめろ、と恥ずかしそうに抵抗しながらも、どこか嬉しそうな顔をする彼女に、同じく惜しみない称賛を。

「塩胡椒《しおこしょう》だな」

「う、む？」

「お前らがステーキなら、今日、塩胡椒がかかった」

「はは、なるほど。セカンド殿が、焼いてくれるのか？」

「あと三週間で、お好きなように仕上げてやろう」

「怖いな。レアで頼むぞ」

「馬鹿言え、お前はウェルダンだ」

「……雉《きじ》も鳴かずば撃たれまい、か」

◇◇◇

「さて、今日は何をするのだっ？」

翌朝。ワクワクという音が今にも聞こえてきそうな様子のシルビアが、期待の表情で問いかけてきた。エコも心なしかそわそわしている。

「やはりＤＰＳを測るのか？」

昨日《きのう》は一秒間限りの最大ダメージの模索だった。今日は十秒か三十秒か、挑戦時間が増えて然《しか》るべきと思うだろう。特定の対象を三十秒間攻撃し続け、総ダメージを三十で割ることで、ＤＰＳは簡単に計測することができる。ただ、そうしてＤＰＳを算出したところであまり意味はない。何故ならその計算は机の上で全部できてしまうからだ。

「これで攻撃したら一番安定して火力が出続けそうだ、というスキルは見当が付いているだろ？」

「うむ。恐らく歩兵弓術の連射だ」

「そうだ。歩兵の連射が最安定だ。俺はこの〝出続ける火力〟を継戦火力と呼んでいる」

最も準備時間とクールタイムが短く長時間にわたって安定した火力を出し続けられる戦術は《歩

兵弓術》の連射だ。継戦火力とは、継戦能力と火力を足した造語。俺が勝手にそう呼んでいるのではなく、メヴィオンプレイヤーの大半がそう呼んでいた。

「だが、攻撃を当てるチャンスが一瞬だけだとしたら、どのスキルが一番火力を出せる？」

「昨日発見したやつだな。ゼロ距離の龍馬弓術だ」

「ああ。そうなる」

仮に歩兵のみ・龍馬のみの二パターンで三十秒間攻撃し続け、それぞれのDPSを測ったとすると、結果は歩兵の圧勝である。龍馬は準備時間が長すぎるのだ。しかし、たった一度の攻撃に限れば、龍馬の方が圧倒的に威力が高い。

「それだけわかってりゃ十分だ。わざわざ自分でDPSを測る必要はない」

昨日の訓練「一秒間限りの最大ダメージの模索」だけで、スキルの特徴やメリットデメリットをまるっと理解できる。俺の目論見《もくろみ》は上手《うま》いことハマった。シルビアだけでなくエコもしっかりと理解できているに違いない。《銀将盾術》の反撃効果で火力を出すことに気付くくらいだ、彼女に今更【盾術】スキルのDPSがどうのこうのと説明するなど、釈迦《しゃか》に説法というものだろう。

「では今日は何をするのだ？」

「リラックスだ」

「む？　リラックス？」

「リラックスだ」

「リラックス……」

「りらっくす?」

なんでもないことのようで、究極に重要なことだな。

「これぱっかりは、やろうと思ってできることじゃない。今日からタイトル戦までの間でなんとか体得してほしい」

「いや、得心がいった。セカンド殿の普段の様子を見ていればわかる。リラックスか、なるほど」

シルビアは何かに気付いたようだ。一方でエコは「ほ?」と口を開けて首を傾《かし》げている。

「タイトル戦じゃあ、五分も十分も睨《にら》み合いっぱなしなんてのはザラだ。その間ずっと緊張状態のままでいたら、絶対に疲弊する。集中力も維持できなくなる。リラックスして、深く集中しろ。これが理想状態だ。お前らはそこを目指す必要がある」

言うは易《やす》く行うは難しだがな。

「方法としてはいくつかあるが、俺の場合は二パターンだな」

「二つもあるのか」

「ああ。一つは、没入することだ。こっちに帰ってこられなくなるんじゃねえかってくらい入り込め。怖くなるくらい、その怖ささえ忘れるくらい、潜り込め」

「それは、なんとも……難しそうだな」

「こりゃ意識してやることじゃあなくて、気が付いたらそうなっている場合が多い」

「余計なことは何も考えず、ただただ没頭するわけか?」

「そうだな。厳密には、余計なことを考えないということを考えないくらいに、だ」

「……うむ、わかった。では、もう一つのパターンというのはなんだ？」

「余計なことを考える」

「ぶはっ⁉」

シルビアが飲み物を霧のように噴き出した。ナイスリアクション。

「さっきと言っていることが逆ではないか！」

「考えずに考えろ」

「わけがわからんっ！」

「ただ単に余計なことを考えるだけじゃないぞ。考えまくるんだ。すげえ馬鹿馬鹿しいことをな」

「いやいやいや、駄目じゃないか！」

「それがな、不思議と落ち着いてくるんだ。何故か冷静になる。心が乱れたらやってみろ」

「……う、うん？　理に適《かな》っていなくもない、か……？」

「経験上、なるべくエロいことを考えるのがいい」

「前言撤回だぁっ！」

えぇー、本当なのになあ。

「まあ人それぞれだな。これが俺のやり方というだけで、お前らに合ったやり方も必ずあるはずだ。今日からそれを探していけ」

「うむ、そうだな。私は私の方法を探そう」

「エコもいいか？」

「りょうかーい！」

清々《すがすが》しいほどに元気いっぱいだ。雑念のなさそうなエコには必要ないかもな。

「じゃあ今日と明日の訓練内容を伝える。二人は装備を全部外して、木の弓と木の盾だけでリンプトファートダンジョンを周回してこい。ちなみに弓術と盾術のみ使用可能だ。変身は不可とする」

「…………………うわあ」

シルビアがゲッソリとした顔をした。エコも「ほげーっ」と不満そうな声をあげて、さっきまでの元気が嘘《うそ》のようにへにゃへにゃとなってしまう。猫耳も心なしかしょんぼりと下を向いている。

「緊迫した場面が何度もあるだろうな。そこで如何《いか》にリラックスできるかだ」

若干の荒療治感は否めないが、こうでもしないと三週間後の冬季タイトル戦に間に合わない。

二人のステータス的に命の危機とまではいかないだろう。だが、ほんの少しのミスで「魔物に囲まれてタコ殴り」となりかねないことくらいは覚悟しておくべきだ。死ぬことはないとはいえ、結構痛い。そのような緊張感のある中でどれだけ落ち着いてパフォーマンスを出し続けられるか。

少々かわいそうだが、二人にはここを頑張って乗り越えてほしい。

「一回でも無傷で帰ってくることができたら、何かご褒美をあげるぞ」

「見ていろセカンド殿！　リンプトファートなど私たちの庭だ！」

「やるぜやるぜやるぜーっ！」

同情心からちょっと飴《あめ》をチラつかせたらこれだ。こないだのショッピングが余程楽しかったと見た。まあ俺も凄《すご》い楽しかったけど。

「頑張れよー」

「セカンド殿はどうするのだ？」

「俺はアイソロイス回って盾術を全部段位にしてくる」

「……そ、そうですか」

何故《なぜ》敬語？

「しくしく、しくしく」

夕方、俺が経験値稼ぎから帰ると、シルビアがわざとらしく泣いていた。その傍らではエコが「わかるわかる」と背中をさすっている。なんだこれ、コントかよ。

「どうしたのアレ」

「無傷での帰還が難しすぎて絶望しているようです」

ああ、ユカリの説明で全《すべ》て納得した。

「何発喰《く》らった？」

「十から先は覚えていない……」

シルビアは嘘泣きをやめて、恨めしそうな表情でこっちを見る。

「武器は弱いし、防具はないし、地味に痛いし……あんまりだぁ」

「リンプトファートは庭じゃなかったのか？」

「木の弓の攻撃力の低さは、立ち回りでカバーできるようなレベルではなかったな。勝手が違いすぎて混乱したぞ。全く別のダンジョンのようだった」

「だろうな。対策は立ったか？」

「ちっとも立たないから絶望していた」

「ヒントほしい？」

「…………う、む」

かなり悩んでから頷《うなず》いた。エコもこくりと一回だけ首を縦に振る。なんだかんだ言って、悔しいんだろうな。俺は「わかるわかる」とつい微笑《ほほえ》みながら、沈黙を破った。

「これでもかってくらい、時間をかけてみろ」

◇◇◇

無意識に、私はこう考えてしまっていた。時間をかければかけるほど、集中力が維持できなくなり、ミスする可能性が上がると。そして試行回数も減り、結果的に〝無傷の帰還〟から遠ざかると。

逆、だったのだ。時間をかけてかけてかけまくって、丁寧に慎重に、集中して進んでいく。

ミスをしたらそれまでの長い時間が無駄になる……なんて、余計なことを考えてはいけない。

絶対にミスせず進めばいいのだ。

「エコ！　下がれ！」

「りょーかい！」

魔物が複数現れれば、必ず一匹ずつ誘い出し、二人で確実に仕留める。絡まり合った糸をゆっくりゆっくりと解《ほど》くように、決して焦ることなく、癇癪《かんしゃく》を起こさず、楽しようなどと考えず、一つ一つ着実に、小さなことの繰り返しを延々とこなしていく。今までの何倍も時間がかかる。しかし、それがどうした。無傷で帰還する。ただその一点だけに集中すればいい。

「あっ……！」

三匹の魔物がこちらに気付く。一歩か、二歩か、それとも半歩か、前に出すぎた。

「ぐっ！」

二対三。上手《うま》く対処できず。私は攻撃を一発だけ喰らってしまう。

くそっ……くそ、くそ、くそぉっ‼　甘えた！　どうしてあそこで何も考えず前進してしまった！　ちくしょう、悔しいな。私のせいだ。私が甘えたせいだ。

「……すまん、もう一周だな」

「うん。がんばろ」

また一からやり直しだ。あの気の遠くなるような地道な作業を、また一から。

「む、そうか」

ふと気付く。先ほど、私は「無傷で帰還することだけに集中しよう」などと考えていた。没入できていなかった。リラックスを忘れていた。「集中しよう」と考えてしまっていた。それは、雑念だ。

「…………！」

ハッとする。セカンド殿の言っていた通りだと。そして、何故だか、全てが繋《つな》がっているような気がしてならないのだ。

昨日《きのう》も、一昨日《おととい》も、そして今日も。私たちの訓練は、全てタイトル戦へ向けたもの。まさか……。

「エコ。進みながら、少し実験しよう」

「じっけん？」

囲まれたら、対処できない。武器が弱いので、DPSは期待できない。つまり、瞬間火力に期待のできるスキルで、一発のダメージを稼ぐよりない。

私は今まで、いつも通り《飛車弓術》を用いていた。それでは殺しきれないが、遠距離攻撃で最も火力の高いスキルはこれしかない。だが、ゼロ距離の《龍馬弓術》なら？　魔物に接近すると、攻撃を喰らってしまう可能性が高くなるため、できることなら離れた位置からちまちま攻撃したい。ただ、一撃で仕留められるというのなら話は別だ。

リンプトファートダンジョンはあまり広くない。魔物が見えた際には、岩陰にでも隠れない限りは、見つかった瞬間に近寄ってこられるくらいの狭さだ。ゆえに対処の時間も限られてくる。例えば、二匹の魔物に気付かれたとする。そのうち一匹をゼロ距離龍馬で仕留められたとすれば、残る一匹をエコがパリィし、その後は二人で相手できる。効率も安全性も上がるだろう。

わかったぞ。ミスをせず慎重に進むというのは、臆病《おくびょう》になることではないのだな。

「ほら、見たかエコ！　龍馬なら一発だ！」

「おーっ！　すごい！」

思った通りだ！　《龍馬弓術》には〝貫通効果〟がある。リンプトファートの魔物は頑強な甲羅を持つ石亀などが主だが、その防御を貫通して攻撃できるため相性がいいのかもしれない！

「痛《い》たたたた！」

「あいたーっ！」

私たちは石亀の集中攻撃を受けて地味な痛みに涙目となったが、それでも光明が見えた喜びの方が上回った。見ていろリンプトファート、ここからが快進撃だ……！

◇◇◇

「しくしく、しくしく」

「……で、何あれ」

夕方に帰宅すると、昨日と同じようにシルビアがソファに三角座りで嘘泣きしていた。

「ボスまで一度は無傷で行けたらしいのですが、ボスの岩石亀が話にならなかったと」

ユカリは説明を終えると「やれやれ」という風に首を振り、家事へと戻っていった。

なるほどな。しかし二日でボスまで辿《たど》り着《つ》けるようになるとは、予想以上だ。

声をかけようと近付くと、シルビアは顔を伏せたままぴくっと反応を見せる。

「最初はエコのパリィと私の削りで倒せると思っていたのだ……」

こちらから聞くまでもなく何か語り出した。

「だが、パリィしているだけだとターゲットは攻撃している私に向くのだな。エコを無視した岩石亀にそのまま突っ込まれて、あっという間に終了だ」

あちゃあ……。

「そりゃ仕方ないな。次、岩石亀とやるとしたらどうする？」

「うーむ……エコが銀将盾術のパリィを繰り返して反撃効果で倒すくらいしか思いつかん。もし岩石亀がダメージ量の多い方を狙《ねら》う習性があるのなら、エコの反撃ダメージを上回らない程度に調整しつつ私もダメージを与えるくらいか」

……うん。まあ、上等だろう。俺が教えたかったことは、大方理解していると見た。

「シルビア、エコ。よく頑張った。ご褒美あげちゃう」

「ほ、本当か⁉」

「いいのっ⁉」

どよーんとしていた空気が、一気に華やいだ。

俺が頷くと、二人は「やったやったー！」と大はしゃぎする。

「明日はショッピングだ。ユカリも来るだろ？」

「よろしいのですか？」

「ああ、たまには息抜きしないとな。それに……二人にとっちゃあ最後の休息だろうし」

「む？　セカンド殿、今何か言ったか？」

「いや別に」

冬季タイトル戦まで、あと三週間。

◇◇◇

翌日、俺は三人を連れて王都へとショッピングに出かけた。特にこれといった目的もなく、王都の店々をぶらつく。これがことのほか面白い。

ありとあらゆる物が目については、俺に真新しい情報を与えてくれる。例えば唐辛子だ。メヴィオンでは唐辛子という名前の食材アイテムが一つ存在するだけだったが、この世界ではその唐辛子だけで何十種類もある。それぞれ産地も違えば、色も形も違う。勿論《もちろん》、味も。誰《だれ》が何処でどのようにして育てて出荷しているのか。興味は尽きない。

ゲームという観点から見れば取るに足りないただの食材アイテムの一つだが、そこには俺の想像すらつかないほどに大規模な市場が隠れていたのだ。ゲームと現実の混在、この一見してミスマッチな融合が、この世界になんとも言えない深みを与えていた。

「セカンド殿。少しポーション屋に寄るぞ」

シルビアが入ったのは、見覚えのあるポーション専門店だ。以前訪れた時より幾分か外装が煌《きら》びやかになったような気がする。シルビアたちに続いて俺も入店すると、奥にいた店主と思われるオッサンがハッとした顔をして、駆け寄ってきた。

「閣下！　これはこれは。ご来店、誠にありがたく存じます」

……閣下？

「ご主人様は全権大使です。正式な敬称は閣下となります」

はてなとしていると、ユカリが耳打ちしてくれた。なるほどそうなのか。

「俺を覚えているのか？」

「勿論で御座いますとも。弊店がここまで繁盛したのも、ひとえに閣下によるものと。折を見てご挨拶《あいさつ》に伺おうと考えておりました」

何かしたっけ、と考えて、ふと思い出す。そういえばこの世界に来て間もない頃《ころ》、〝ダイクエ戦法〟でポーションを十億ＣＬ分くらい買い込んだ。

「同じポーションをあれほど買って、迷惑ではなかったか？」

「まさか！　事前にご購入される数を伝えてくださったではありませんか。感謝こそすれ迷惑などとは、とてもとても」

よかった。俺のせいで経営が難儀しているようなことはないらしい。

「調合師は大変だっただろう。なんせ毎日千個くらい買っていたからな」

「嬉《うれ》しい悲鳴というものですよ。今では笑い話で御座います」

ハハハと笑う。なんとも爽《さわ》やかなオッサンだった。

「ところで閣下、本日はどのようなご用件で？　もしや、タイトル戦へ向けてのご準備ですか？」

「まあそんなところだ。よくわかったな」

「やはり！　先の内戦での閣下のご活躍は聞き及んでおります。きっとあのお方ならば冬季でタイトルを獲得なさるだろうと、店員同士で話していたのです」

「そうだったか。出場者はよく来るのか？」

「はい。つい先ほども、今王都中で噂《うわさ》になっているお三方がご来店くださいました」

王都中で噂になっている三人？　誰だ？

名前を聞こうにも、守秘義務を破ってまでヒントを教えてくれた店主には無理だな。

「いいことを聞いた。ありがとう」

「いえ。これからも何卒《なにとぞ》ご贔屓《ひいき》に」

買い物を済ませて店を出る。俺がユカリに目を向けると、彼女は聞かれるまでもなく語り出した。

「エルンテ鬼穿将《きせんしょう》でしょう。その弟子のミックス姉妹も鬼穿将戦に出場するようですね」

「よく知ってるな」

「むしろご主人様がご存知《ぞんじ》でないことの方が驚きです。王都は今、鬼穿将含む三人が早々に王都入りしたという話題で持ちきりですよ」

「タイトル保持者ってのは、それほどスターなわけか」

「スターどころか、まるで一国の王のような扱いですね」

「じゃあ三冠になったらどうなると思う？」

「……ご主人様の言葉を借りるなら、ヤベェことになります」

「ヤベェことになるのか」

楽しみだな……と、ニヤついていたところでエコが「おなかすいたー」と腰に絡みついてきた。

時計《とけい》の針もちょうどメシ時を指している。

「じゃあメシにするか」

「やったー！」

エコはそのままよじよじと俺の背中を上って、肩車を強要してきた。仕方なしに足を持ってやると、なんとも楽しげにぐわんぐわんと前後左右に揺れる。全く元気なことだ。

「思ったのだが、セカンド殿はエコに特別甘いな？」

「ええ、私もそう思います」

こんなに可愛《かわい》い猫耳の子に甘くならないわけがない。

「昼は王都で一番高級なレストランをキュベロに予約してもらった。それで機嫌を直してくれ」

一瞬で二人の機嫌が直った。二人って、意外とこういうの好きだよな。


「お待ちしておりました。どうぞこちらへ」

レストランの前に到着すると、そこには既にキュベロが待っていた。キュベロの案内でレストランの中へ。ファーステストの豪邸に負けず劣らずの豪奢《ごうしゃ》な内装だ。

一番いい場所だというテーブルについて、キュベロを除いた四人で暫《しばら》く談笑していると……入り口の方からざわざわと言い争うような声が聞こえた。

「様子を見て参ります」

給仕をしていたキュベロが一つ言い残し、いち早く行動する。流石《さすが》は敏腕執事である。何処に出しても恥ずかしくない。そして数分もすると、キュベロが早歩きで帰ってきた。

「エルンテ鬼穿将と弟子の二人がここで昼食を取りたいと希望しましたが、どうやら予約をしていなかったようで、レストラン側と揉《も》めています。如何《いかが》いたしますか？」

「ああ、なるほど。俺は構わないと伝えてくれ。いいよな？」

恐らくキュベロは〝貸し切り〟で取ったのだろう。ただこの広いレストランを俺たちだけで独占するのは些《いささ》か申し訳ない気分だ。三人に聞くと、三者三様で頷《うなず》いた。シルビアは勿論と、ユカリは渋い顔で、エコはもう料理のことしか頭にないといった具合で。

「伝えて参ります」

キュベロは颯爽《さっそう》と去っていった。その直後、言い争う声が止《や》む。解決したのだろう。実に役立つなあ、うちの執事は。鼻高々だ。

……しかし、それから五分待てど十分待てど、キュベロが戻ってこない。

何かあったのかと思い、席を立とうとしたところで、キュベロがレストランの責任者と思しき正装のオッサンと共に帰ってきた。

「どうしたんだ？」

俺が聞くと、責任者のオッサンが恐る恐るといった風に口を開く。

「誠に失礼ながら……鬼穿将ご一行に、ご挨拶へ伺っていただくことはできませんでしょうか」

「は？」

挨拶？

「セカンド様。挨拶など必要ありません」

怒り顔のキュベロ。オッサンは冷や汗を垂らしている。

「……理解しました。あちらの方々は、大使より鬼穿将の方が立場が上と主張しているのですね」

ユカリが冷たい声で静かに言った。

「全く愚かしい。上も下もないでしょう。ご主人様がそういったパフォーマンスに利用されるなど、反吐《へど》が出ます。店を出ましょう」

「ユカリ様の仰《おつしや》る通りです。むしろ向こうから挨拶に訪れるのが筋というものでしょう」

激怒する二人。ただただ頭を下げるオッサン。シルビアとエコは戸惑い顔で俺を見ている。

「俺は今日、この店でお前らと一緒に昼メシを食いたかった。雨が降ろうが槍《やり》が降ろうがな」

俺に店を出る気はない。しかし店のオッサンは大使と鬼穿将とで板挟みにあっている。気の毒だ。どうしようもないだろう。じゃあもう、俺が当事者と話をつけるしかない。

「何が起きようと、誰《だれ》がなんと言おうと、今日はここでメシを食う。誰にも邪魔はさせない。なあ、レストランの方、俺は貴方《あなた》の味方だ。鬼穿将がなんだ。向こうがどんな理不尽を言ってこようが突っぱねろ。俺が味方してやる。権力の上に胡坐《あぐら》をかかせるな」

「――随分な物言いね」

俺がオッサンに話をしている途中で、後ろから女の声がした。ゆっくり振り向くと、そこには美人のエルフが立っていた。尖《とが》った耳、スラリとした体、やけに整った顔立ち、エメラルドグリーンの長髪、つり上がった切れ長の目。なんとなく、性格のキツそうな表情の女だ。

「貴方、大使なんですって？　何処の小国かは知らないけれど、こちらは鬼穿将よ？　挨拶に訪れて然《しか》るべきじゃない？」

「――――ッ」

一歩前へ出ようとしたキュベロを手で制す。瞳《ひとみ》の動きでわかった……この女、かなり強い。

「それに何？　鬼穿将を差しおいて、一番いい席を使うなんて。挨拶をして、席を譲って、さっさと出ていくのが礼儀ってものでしょ？　信じられないわ。厚顔無恥とはこのことね」

聞いていて清々しいくらいの暴論。しかし厄介なのは、この女がそれをまるで当たり前とでも思っているかのように発言していること。こいつがエルンテか？　だとしたら残念だ。タイトル保持者となって皆にちやほやされた結果、ここまで高慢になれるものなのか。

「貴女《あなた》、ディー・ミックスですね」

「そうよ。貴女は誰？　ダークエルフがこんなところに居ていいの？」

「狐《きつね》と呼ばれていますよ」

「狐？」

「虎の威を借るしか能のない獣風情がよく囀《さえず》る」

「……いい度胸ね、貴女」

ユカリが真正面から喧嘩《けんか》を売る。エルンテではなくディー・ミックスと呼ばれたエルフの女は、0・5秒とかからずにインベントリから弓を取り出した。おいおい、ここでやり合う気か？　と俺が疑問に思った直後、ディーから殺意が奔流する。うわあ、こいつ本気だ。

「馬鹿者」

「きゃっ！」

瞬間、ディーの後頭部にゲンコツがめり込む。

彼女の背後から現れたのは、白いヒゲを胸元まで蓄えた仙人みたいな爺《じい》さんだった。

「弟子が失礼をした」

「お師匠様！　頭を下げることなどありません！」

「お前が下げさせておるのだ馬鹿者が！」

「きゃあ！」

また殴られている。そして一緒になって頭を下げさせられている。

誰だこのジジイ？　と口から出かけたところで合点がいった。こいつがエルンテ鬼穿将か。

「別にいいけどね俺は。ここでメシ食えれば。ただ弟子の教育はもっときちんとした方がいい」

「ははは、耳が痛いわい」

「貴方、何よその口の利き方は！　言っておくけど私の方が何倍も年上なんだから！　それに貴方こそ、奴隷《どれい》の教育をきちんとするべきだわ！　それとも性奴隷には教育しない主義なのかしらね！」

こいつ年上の方が無条件で偉いと思っているのか？　そもそも鬼穿将が偉いのはさて置き、その弟子がここまで威張り散らせるものなのか？　挙句にダークエルフ差別と来た。数え役満だな。

「姉さん、いい加減にした方がいいですよ。お師匠様が怒っています」

「でも、こいつら失礼だわ！　ジェイもそう思うでしょう？」

「ですが、お師匠様が……」

エルンテの横から、ディーによく似たショートカットの女エルフが出てきた。ジェイというらしい。どうやらディーの妹のようだ。

「仕舞いじゃ仕舞いじゃ。姉妹の話は仕舞いじゃ。なんちって」

不意の駄洒落《だじゃれ》に、ミックス姉妹はガクッとずっこける。

おどけたエルンテは咳払《せきばら》いを一つすると、真面目《まじめ》な顔で俺たちの方を向いた。

「済まんの、迷惑をかけた。詫《わ》びにここは儂《わし》が払おう。どうじゃ、和解の印に食卓を囲まんか？」

「何故《なぜ》このような者たちと！」

「黙っとれぃ！」

「うぎゃっ」

ゴツーンとエルンテの鉄拳《てっけん》が飛び、ディーは涙目で黙り込む。

……この状況で、食事を一緒に？　このジジイ何考えてんだ？　俺はワケがわからず、エルンテの顔を観察する。ニコニコと人の良さそうな微笑を浮かべていた。掴《つか》みどころのないジジイだ。

シルビアとエコは未《いま》だ困惑顔。ユカリとキュベロは怒り顔だった。「平和な休日」を思えば、共に食事を取るという選択肢はない。だが……俺は興味に負けた。この世界のタイトル保持者がどのような人物か、ちょっくらこの目で見てみたくなった。

「いいぞ。俺はまだ和解したとは思っていないが」

若干の敵意を込めてジジイを見つめる。エルンテはニッと笑って口を開いた。

「素晴らしきかな。では昼餉《ひるげ》としよう」

「改めて自己紹介じゃ。儂はエルンテ鬼穿将である。この姉妹はディーとジェイ。儂の弟子じゃ」

「俺はセカンド。順にシルビア、エコ、ユカリだ。ファーステストというチームを組んでいる」

「ほう、チームか。その者は？」

「キュベロ。俺の従者だ」

「皆なかなかの実力者じゃのう」

「わかるか、爺さん」

「爺さんですって⁉　口を慎みなさい！」

「ジェイ。ディーを抑えておきなさい」

「かしこまりました、お師匠様」

「ちょ、ちょっと、ジェイ！」

ディーはいちいち噛《か》み付いてくるな。ちらりと見ると、ジェイという妹の方もあまりいい顔はしていない。二人は余程このエルンテのことを尊敬していると見える。

爺さん、相当強いんだろうなァ？　俺は期待に胸が躍った。

「さっきは年上だと誇っていたが、三人は何歳なんだ？　俺は十七だ。シルビアも十七、エコは十六、ユカリは十九、キュベロは二十四だな？」

問いかけつつ言うと、キュベロが「覚えていてくださったのですね！」と目をキラキラさせて感激していた。なんだそれ。

「ほっほ、若いのう。儂は今年で確か、そうそう、四百と三つじゃ。ディーはちょうど百か。ジェイは盤寿じゃな。まだまだひよっこよ」

四百……マジかよ。ジジイとかいう次元じゃなかった。というか百歳？　盤寿って八十一歳だろ？　このドぎつい美人とカワイコちゃんもババアじゃねーか！

「私はまだ九十九よ！　そして未成年で鬼穿将《きせんしょう》となる初めてのエルフよ。覚えておきなさい」

「儂を倒すというのか？」

「……この冬季でお師匠様に恩返しをして差し上げるわ」

「であるか。では、期待しておこう」

エルフの成年は百歳のことを言うらしい。ユカリの耳打ちである。

しっかし、この差別のデパート女がタイトル戦出場者か……品格が問われるな。

「うちのシルビアも鬼穿将戦に出るぞ。よろしく頼む」

「――ほう」

「…………？」

俺がなんの気なしにそう言った瞬間、場の空気が一変した。

エルンテは品定めをするようにシルビアを見つめる。そして、ディーは――

「はっ！」

「馬鹿がッ‼」

つい、俺の口から罵倒《ばとう》が飛び出た。

なんてことはない通常の姿勢から、ディーが即座に弓を構えて《歩兵弓術》を射やがったのだ。

こちらの五人で、彼女の僅《わず》かな予備動作を見抜き反応できたのは俺だけだった。瞬間、たまたま左手に持っていたスープの皿で《歩兵盾術》を発動しながら、矢に重ねてパリィする。

……危ねえ。0・0何秒遅れていたら皿を貫通していたところだ。俺の世界一位現役時代から衰えを知らない反応の速さに感謝だな。

「へえ。それで鬼穿将戦に出るですって？　私の歩兵弓術に瞬《まばた》きしかできなかったのに？　お笑いね。お仲間に護《まも》られてなかったら貴女、胸を貫かれていたわよ？　弓術を舐《な》めないで頂戴《ちょうだい》。貴女のような雑魚《ざこ》が出場すると、鬼穿将の品位が下がるわ。どうか辞退してくださらない？」

不意打ちしてから、言いたい放題言いやがる。

品位。品位ねぇ……確かに、悪くない早撃ちだった。構えを感じさせない体勢からの切り替えは見事と言う他ない。しかし、だ。食事の時間にやることではない。

「…………」

シルビアは無言で俯《うつむ》いた。自分にも思うところがあったのだろう。だが、落ち込む必要はないぞ。お前はまだ組手練習すらやっていないのだ。位置についてすらいない状態で勝手によーいドンと言われてレースに負け、あーだこーだと罵《ののし》られたところで、痛くも痒《かゆ》くもないだろう？

「……お主、今」

ジジイもジジイだ。呆《ほう》けた表情で俺の方を見て何やら呟《つぶや》いているが、それより前にすべきことがあるだろうが。お前が弟子をしっかりと見ていないから奔放が過ぎるんじゃないのか？

「はあ、目に余る。実に目に余る」

ため息とともに呟く。もう怒った。思い知らせてやる。

「何よ？　私、何か間違ったことを言った？」

冷たい視線を送ってやるも、ディーは悪びれる様子もない。ああ、なるほど、確かにそうだ。間違ってはいないんだろうな、お前の中では。じゃあ俺も、俺が正しいと思うことをしよう。

「来い、あんこ、アンゴルモア」

俺は立ち上がり、《魔物召喚》と《精霊召喚》を同時に発動する。

どす黒く沸騰する闇《やみ》と、七色に輝く光とが、俺の両脇を包んだ。

「な、何を……！」

ディーは咄嗟《とっさ》に弓を構え、スキルを準備する。どうせ《金将弓術》だろう。

「あら、あらあらあら」

あんこは普段から細まっている目を更に細めると、口元に指をあてて笑った。

「哀れなり小娘。我がセカンドに牙《きば》を剥《む》くなど」

アンゴルモアは言葉とは裏腹に、楽しそうな声で嗤《わら》いながら言った。

ディーは一歩後退すると、それでも自信ありげに弓をこちらへと向ける。

「あまり私を舐めないことね」

「ディー、ならん！」

エルンテが制止する。が、少し遅かったな。ディーは俺が一歩踏み出した瞬間、《金将弓術》を発動した。一定範囲内の敵をノックバックさせるスキルである。

「変身」

俺は《変身》の無敵時間で《金将弓術》を無効化し、それどころかディーを吹き飛ばした。

あんこにアンゴルモアに変身にと、全部盛りである。

「アンゴルモア、風」

「御意」

「あんこ、暗黒魔術」

「はい、主様《あるじさま》」

ディーを這《は》いつくばらせ、そのＨＰ残量を強制的に1にする。

……想像を絶する恐怖だろうな。身動きが取れないままＨＰを1にされるなんて。

「後輩よ、そう笑うでない。可哀想《かわいそう》に。こやつめ、小スライムのように震えておるではないか」

「先輩こそ楽しんでおられるようで、何よりに御座います」

あれほどいがみ合っていたアンゴルモアとあんこも心なしか打ち解けたように見える。共通の敵を見つけると仲良くなりやすいというアレかもしれない。

「済まなんだ。どうか、ディーを許してやってくれぬか」

「姉がとんだ失礼を。誠に申し訳ありません」

すると、焦った様子のエルンテとジェイが俺に謝罪してきた。いや、遅いんだよなぁ……こっちの力量が明らかになってから謝るんじゃ遅いんだよ。卑怯《ひきょう》だ。ちっとも誠意を感じない。

「悪いが見逃せない。こいつは殺人未遂を犯した。そして殺そうとした相手は、第三騎士団の騎士であり、大使館の職員だ。この意味がわかるか？」

三人が青い顔をする。だから遅いんだって。どうせこっちにはタイトル戦出場者ほどの実力もあるはずがないと侮っていたんだろう？　力があってもシルビア程度なら、実力者三人がかりで暗に圧力をかければ黙ると思っていたんだろう？　馬鹿が。いざとなったら三人相手でも勝ってやる。

「今までやりたい放題やってきたツケを払う時が来たぞ」

俺たちが相手じゃなかったら、今までのように握《にぎ》り潰《つぶ》せただろう不祥事なのかもな。

……ガッカリだよ。パワハラとかいうレベルじゃねぇよ。「能力でも権力でも誰《だれ》も自分に逆らえない」という驕《おご》りが、人をこうも増長させるのか？

クソが。タイトル戦の品位を落としているのは、お前らなんだよ。

「…………」

三人は「どうすれば」という表情で沈黙する。何百年も生きてきて謝罪の方法も知らないのか？

「土下座しろ」

俺はこの日、生まれて初めて老人と女の頭を踏みつけた。

思ったほど、気分のいいものではなかった。

◇◇◇

「ハハハ！　ハッハハハハ！」

とある酒場にて。メイド服を着た女の報告を受けた美形の男が、腹を抱え大声で笑っていた。

「笑いごとではありません。あの鬼穿将を土下座させたのですよ？」

「面白いではないか！　否、最高だ！　やはりシェリィが気に入るだけの男であるな！」

「全く……」

メイドは呆《あき》れた顔を見せる。

「ただ、あの爺《じい》は老獪《ろうかい》だ。相手を鬼穿将戦出場者と知っていて接触を図ったのだろう」

「弟子の暴走をあえて止めなかったのも？」

「恐らくな。土下座と引き換えに情報を入手したのだ、エルンテの方が得をしたと私は考える」

「まさか。自分のひ孫にも満たない歳《とし》の若者を相手に土下座をしたのですよ？」

「エルンテは端《はな》から余裕を見せていた。四百年も生きていれば、土下座など屁《へ》でもなかろう」

「そういうものですか……」

男は酒を一気に呷《あお》り、カウボーイハットをかぶり直すと、立ち上がった。

その腰には、見るからに業物とわかる長剣がぶら下がっている。

「行くぞ、マリポーサ」

「かしこまりました、ヘレス様」

「……くそう、しかし悔しいな。私も彼のようにイケイケなことをしてみたいと思ってしまった」

「絶対にやめてください」

「これは嫉妬《しっと》か？」

「知りません」

「ああ、彼と剣を交える日が楽しみだ……」

◇◇◇

「よいか。今後あの男には絶対に手を出してはならぬ」

王都郊外に佇《たたず》む「ミックス家」別荘の一室、鬼穿将エルンテはつい一時間ほど前にあった土下座の屈辱などすっかり忘れたように、目の前の姉妹へと語りかける。言葉を受けた姉のディー・ミックスはぞくりと体を震わせて、妹のジェイ・ミックスは意外といった風に眉《まゆ》をあげて反応した。

「何故《なぜ》です、お師匠様。あの男、怒りにまかせて己の手の内をさらけ出すような戯《たわ》け者。私たちの敵とは思えません」

「馬鹿者。あの男の手の内があれだけと思うたか」

「……しかし」

「よう考えてみよ。ディーは完全にシルビアとやらの不意を突いたのだ」

エルンテの言葉を受け、ジェイは黙した。冷静に思い返してみれば、セカンドは食事中という最も気の抜ける時間に、それも自身ではなく隣の者に対しての不意打ちを防いだどころか、皿を使ってパリィしてみせたのである。それは、単なる反応の速さだけで片付くような話ではなかった。

「ディー、ジェイ。お主らは鬼穿将戦のことのみ考えよ。決して報復しようなどと思うな」

「ですが、このままでは引き下がれません！」

ジェイは怒りを前面に押し出して食い下がる。彼女は人生で初めて土下座をしたのだ。その短くない人生の中で、まず間違いなく最大の屈辱であった。それはディーも同様であったが、姉の失態のせいでなんの責任もない自分まで恥をかかされたという身勝手な被害者意識が彼女の心により一層の激憤を掻《か》き立てていた。

「……あの黒衣の女と、謎の精霊。未《いま》だ掴《つか》み切れぬ。またあの男は一瞬にしてその姿を変えた。一体なんのスキルやら、その効果が如何ほどか見当も付かぬ。勝てると思うか？」

「でしたら闇討ちいたしましょう。三人ならば、負けようもないかと」

「話にならん。ジェイ、己が上であるという考えは捨てよ。常に挑戦者たれ。油断や慢心は余裕の隙間《すきま》に入り込む。己を厳しく律し続けることこそ鬼穿将への道と知れ」

エルンテは一方的に話を終え、立ち上がった。そして、去り際に一つだけ言い残す。

「あのシルビアという女、えらく反応が鈍かった。当たらば〝急戦〟で攻め潰せ」

土下座と引き換えに得た情報。ディーとジェイは「はい！」と素直な返事をする。

エルンテは満足そうに頷《うなず》き、二人に背を向けて去っていった。

……その顔に酷《ひど》く歪《ゆが》んだ笑みが浮かんでいることなど、姉妹は知る由もない。

◇◇◇

翌日、俺は早朝からシルビアとエコを庭に呼び出した。そう、組手練習の開始である。

「とりあえず俺と一回ずつやろう。それから今後の方針を決める」

「うむ。よろしく頼む」

「りょうかーい！」

今回の組手には〝対局冠〟ではなく〝決闘冠〟を利用する。本番を意識してのものだ。決闘の設定は、タイトル戦と同様に致命傷を受けてもＨＰ《ヒットポイント》が1だけ残りスタンするルールである。

「シルビアからだな」

「……うむ」

少々緊張しているようだ。俺は見かねて「リラックス、リラックス」と笑いかける。シルビアは「ああ、そういえば」と困ったように笑い、目を閉じて深呼吸すると、両手で頬《ほお》をパチンと叩《たた》いて「さあ来い！」と弓を構えた。駄目だこいつ、なんもわかってねえ。

まあ、いいや……やろうか。

◇◇◇

優しげなセカンド殿の顔。私は胸を借りる思いで、戦闘態勢に入った。

次の瞬間――セカンド殿の表情が、一瞬にして冷たいものへと変貌《へんぼう》する。

……その直後、であった。

「――っ‼」

気が付けば、私の顔面から僅《わず》か数センチのところに矢が飛来していた。

一体いつ射った？　これは、なんだ？　《歩兵弓術》か？　《飛車弓術》か？　わからない。

ただ、これだけはわかる。絶対に当たってはいけない――本能がそう判断したのだろう。私は反射的に屈《かが》み、ギリギリのギリギリで回避した。

「ぐえっ」

次の瞬間、私の頭部に途轍《とてつ》もない衝撃が加わる。回避しきれなかったか？　否、追撃だ。

「いっ、あぐっ、うがっ」

二発、三発、四発……私は回避もままならず、次々と矢を喰《く》らう。全《すべ》てが頭部に、まるで吸い寄せられるようにして直撃する。ぐらぐらと脳が揺れた。思ったよりも痛みはない。が、セカンド殿の姿をまともに捉《とら》えられない。そうして、何一つできないまま、私は意識を手放した。

「――っは……⁉」

目が覚めて、理解する。負けた。完膚なきまでに。

「大体わかった。お次はエコだ」

仰向《あおむ》けに倒れる私の横で、いつもの通りの表情でそんなことを言うセカンド殿を――私の最愛の人を――目にして、初めて、私は「怖い」と思った。

彼は、私を殺そうと思えばいつでも簡単に殺せるのだ。それこそ、赤子の手を捻《ひね》るように。

……何故だろう。私は恐怖と同時に、不思議な興奮を覚えた。彼に全てを握られている。その恐怖に決して抗《あらが》おうとせず、身を委ねてしまうことが、凄《すさ》まじい快感に思えたのだ。

もっと教えてほしい。もっと愛してほしい。沸々と湧《わ》き上がる感情。私はそういったおかしな高揚感を噛《か》みしめながら、セカンド殿の背を見送った。

そして、エコとの決闘が始まる。私の時と似たようなものであった。

しっかりと盾を構えながらも腰が引けているエコに対し、セカンド殿はまるで散歩にでも出かけるかのようにのほほんと、しかし確実に歩み寄り、距離を詰めていった。

「っきゃ！」

一発、二発、三発。どんどんと攻撃が入っていく。エコが必死に抵抗しようにも、その全てが《銀将盾術》のパリィで返され、エコの方へとダメージが蓄積していった。

それから三十秒と経《た》たないうちにエコは気絶し、セカンド殿が勝利する。

……あまりにも一方的であった。いくらなんでも一発は与えられると思っていた。多少のステータス差はあれど、条件は対等のはずなのだ。【盾術】についてはむしろエコの方が有利である。

しかし、手も足も出なかった。何が違う？　何の差だ？　私たちとセカンド殿との間に差があり過ぎて、全くわからない。今後、その差が埋まることはあるのか？　だとすれば、どのような方針でどのような訓練をするというのか。

「じゃあ朝メシ食ったあとに方針伝えるわ」

「……………うむ！」

気になって仕方がない。私の心の奥底で、何かが静かに燃え上がったような気がした。

◇◇◇

勝負以前の問題……俺の出した結論である。

シルビアとエコからは、勝とうという気概が微塵《みじん》も感じられなかった。死を恐れているのか、痛みを恐れているのか、それとも戦いたくないのか。わからない。そもそも、彼女たちは本当にタイトルを獲得したいと思っているのだろうか？　もしも半端な思いなのならば、やめておいた方がいい。そう考え直さざるを得ないほどに、二人の戦いは酷いものだった。

「このままではタイトル獲得はおろか初戦敗退だ」

隠していても仕方がないので、ストレートにそう伝える。

二人は「やはり」というような顔で頷いてから、ゆっくりと口を開く。

「私とエコの気持ちは既に決まっている」

「あたし、でたい。たいとるせん。むらのみんなを、よろこばせたい」

「うむ、私も出場したい。特に、ディー・ミックスには負けるわけにいかない」

二人の決意は、思いのほか、相当に固かった。そうか……では、方針を伝えようか。

「これから残りの期間全てで、覚えられる限りの〝奇襲戦法〟を身に付けてもらう。基礎？　常識？　クソ喰らえだ。いいか？　今のお前らは弱い。どうしようもなく弱いが……まぐれで一発ブチかましてやれるような、爆発力のある出場者になれ」

当初の予定では、基礎からみっちり教えるつもりだった。それこそ、それぞれのスキルにおいて存在する〝定跡〟と呼ばれる緻密《ちみつ》な戦形の変化や、〝手筋〟と呼ばれる有効なスキルの繋《つな》がり、〝寄せ〟と呼ばれる終盤の鋭い決め手、など。俺の中にある対人戦の全てを暗記させ、その身に刻み込ませて、いちいち意識せずとも体が勝手に動くようになるくらいまで育成しようと思っていた。

だが。二人の現状では、残り三週間足らずで基礎から教えたところで初戦敗退は確実。また来季ということで、俺はそれでも一向に構わないが、恐らく二人は納得しないだろう。

で、あれば、もう奇襲戦法という名の〝ハメ手〟を使うしかない。

ＰｖＰ《プレイヤー・バーサス・プレイヤー》における奇襲戦法は、しっかりとした対応をされてしまえば、厳密には「受ける側が有利」である。だが、この世界へと来てからこれまでに得た経験からして「初見で奇襲戦法を完璧《かんぺき》に受け切れる者などこの世界には存在しないだろう」というのが俺の予想だった。何故《なぜ》なら、この世界の人間が奇襲戦法への正確な対応を研究しているとは到底思えないからだ。

奇襲という名の奇手ならば、格上相手でも一発入る可能性がある。きっと奇襲された相手はたまったものではないに違いない。突如として予想外の由々しき事態へと陥り、冷静に受けなければならない状況にもかかわらず、その内心は焦りまくりの大混乱となるだろう。ペースを乱されるだけで終わればいいが、一度乱してしまえば多分流れのままに押し切れる。狙《ねら》いはそこだ。

他のタイトル戦出場者は少々かわいそうなことになるだろうが、これも勉強だと思って懲りずにまた来季挑戦してほしいところである。

「奇襲戦法か。ふむ、望むところだ」

「きしゅーする、きしゅー！」

シルビアもエコも、かなり乗り気だ。よし。

「特訓開始だな」

◇◇◇

一人の男が王都へと入った。年に二回、この季節になると、男は必ずこの街を訪れる。

男は名をロスマンといった。歳《とし》は四十半ば。短い黒髪に少し後退した前髪、中肉中背の体格、少し皺《しわ》のある目元と、気持ちの悪いほどに鋭い眼光を放つ、何処にでもいそうな風貌《ふうぼう》の中年である。

人は皆、彼を「一閃座《いっせんざ》」と呼ぶ。

「ロスマン一閃座、お待ちしておりました」

彼を出迎えた男は、身長二メートルはあろうかという大男。

「おや、お久しぶりですねガラム君。大剣はやめたのですか?」

「ええ。ワケありまして」

第二騎士団所属騎士ガラム。彼は先の内乱の責任を取って副団長の座を降り、現在は平の団員として無償の労働を行いキャスタル王国に奉仕している。彼の処分がこれほどに軽くなった理由は、ひとえに彼の人徳によるものであった。彼もまた、冬季一閃座戦へと出場する者の一人である。

「なるほど。はてさて誰《だれ》の入れ知恵か」

「一人、面白い男がおりますよ」

「おおこれはこれは、楽しみだ……」

にんまりと笑うロスマンの顔を見て、ガラムのその巨体に怖気《おぞけ》が走った。

ロスマンは、もうかれこれ二十年以上の間、一閃座の名を有したままである。彼の実力は誰もが知っていた。そして、過去に剣を交えたことのあるガラムは、誰よりも。

「退屈しのぎになるでしょうかねぇ」

随分と楽しみな様子であった。しかし、ガラムもまた存外に楽しみな様子であった。それは、このロスマン一閃座と当たるであろうあの男との死闘を想像してのものに相違ない。

「今季は荒れるやもしれません」

ガラムの本心からの呟《つぶや》きに、ロスマンはくつくつと喉《のど》を鳴らして笑った。

◇◇◇

「しまったしまった、ロスマン殿に後れを取ってしまうとは」

ロスマンに一足遅れて王都へと到着した男は、宿屋への道すがら立ち寄った露店で既にロスマン一閃座が王都入りしていることを聞くと、悔しげな様子で呟いた。

四十代前半の男は、少し白髪《しらが》の交じった黒髪をきっちりオールバックにセットして、長身の細身に異国の着物を纏《まと》い、細長の眼鏡《めがね》をかけている。

名をカサカリ・ケララという。自称「ロスマン一閃座のライバル」であった。

「否。きっとロスマン殿は気が急《せ》いているのだ。勝機はそこにあるのではなかろうか」

ぶつぶつとひたすらに独り言を呟きながら、大通りを行く。

彼はタイトル戦出場者としては珍しく供を連れていなかった。彼の故郷はキャスタル王国から遠く離れた荒野の国。タイトル戦への出場というものの価値すらよくわかっていないような人々の暮らす異国である。その【剣術】がいくら一流のものであっても、名も知らぬ遥《はる》か遠くの国まで是非一緒にと志願してくるような変わり者などいやしない。

「否、否。油断は禁物である。ここは一つ故郷の舞いを踊り、闘志を沸き立たせるべきか」

カサカリは何やら思い立ち、突如として踊り出した。多くの人々が行き交う往来で、だ。

……彼に供が付いていない理由は、というより彼に人が近付こうとしない理由は、十中八九、彼が変人だからであった。王都の人々もそれがよくわかっているようで、ゆらゆらくねくねと夢中で舞い踊る彼を目にしても「いつものことだ」と無視している。

「カサカリ様、カサカリ様！」

王都民からの通報を受けて、カサカリのもとへ一閃座戦の運営が出した使いが駆け付けた。

例年通りに、あの手この手でどうにか落ち着いてもらい、宿屋へと案内する。

「毎度ながら、ここの料理は美味《うま》い！　しかし教えてもらったレシピ通りにやっても上手《うま》くいかない。この差は一体なんなのか。まこと不思議である」

カサカリは高級品を好まない。そして、激辛料理が大好きだった。

ゆえに、いつもの安宿のいつもの部屋を取り、いつものカレー屋へと案内するのが定跡だ。

「唐辛子か。唐辛子が違うのか。だが我が国では売っていない。どうにか入手できないものか」

「一閃座戦が終わり次第、準備いたしますので。是非お持ち帰りください」

「おお！　使いの者よ、気が利くではないか。そうだ、礼に郷土の舞いを踊ってやろう」

「いえ、結構で……結構です！　結構ですってば！」

どうか大人しくしていてくれ。誰もがそう願い、そしてすぐさま裏切られ、どうにもこうにも振り回される。そんな男が、今季も王都へと入り込んだ。

「アルフレッド様。間もなく王都に到着いたします」

「そうか。ご苦労だった」

砂利道を行く馬車の中から、御者の言葉に返事をする男。名をアルフレッドというその壮年の男は、ボサボサに伸びきった鈍色《にびいろ》の髪をさらりとひと撫《な》でしてから、手探りで馬車の窓を開けた。

彼は目が見えない。しかし耳はよい。ガラガラと大きな音をたてて進む馬車の中から御者の声を聞き取れる程度には。

「賑《にぎ》やかな匂《にお》いがする」

鼻もよい。そして、肌も、舌も鋭い。それは彼にしかわからない特殊な感覚であった。

彼が盲目となったのは三十歳の頃《ころ》。それまでは、一流の弓術師として獅子《しし》の如《ごと》き強さを発揮していた。〝あの事件〟から十余年。現在は――鬼の如き強さへと、変貌《へんぼう》を遂げていた。

「……そろそろ、返していただきます。鬼穿将《きせんしょう》」


いつの世も、天才と呼ばれる人間は少なからずいるものである。

大きな屋敷のだだっ広い自室で、彼はひたすら机に向かって資料と睨《にら》めっこしていた。

ムラッティ・トリコローリ叡将《えいしょう》――魔術師の最高峰その人である。

今年で三十六歳、若き研究者である彼は、そろそろ冬になろうかという季節にもかかわらず、肌着一枚で若干汗ばんでいた。百七十センチほどの身長に見合わず体重は百キロを軽く超えており、少し小さめの眼鏡がこめかみに食い込んでいる。

「おっほ、大発見ですぞこれは」

鼻息荒く独《ひと》り言《ご》ち、やおら立ち上がると、積み重なった本の山へ手を伸ばしガサゴソと何やら新たな資料を探し出す。ムラッティは現在【魔術】と【召喚術】の関係、特に四大属性と精霊との関係を調査研究している。なんのためにそんな面倒なことをしているのかと言えば、「やりたいからやっているのだ」としか言えない。それは彼が物心ついた頃からの性分であり、脂ぎったオッサンになった今もなお変わることのない座右の銘である。

彼は【魔術】が大好きで堪《たま》らない人なのだ。だからこそ、もっと深くまで知りたいと思うことはごく自然な成り行きと言えよう。ただ一つの問題は、その度合いが人一倍強いものであり、【魔術】の真理を追い求め過ぎるがゆえに人生の尽《ことごと》くを〝魔術漬け〟にしてしまっていることであろう。

彼の人生は、四歳以降、その全《すべ》てが【魔術】ばかりであった。世知辛い社会生活の中であっても【魔術】だけは決して彼を裏切ることはない。やればやるだけ成果が出ることを知った彼は、見る見るうちにのめり込んでいった。

金の心配は一切なかった。「トリコローリ家」といえば【魔術】の大家、ムラッティはその跡取り息子である。そして両親も両親で、頭のネジが少々ゆるんでいた。息子のために【魔術】さえやっていればそれでいい環境をつくりあげてしまったのだ。

その結果として完成したのが、ムラッティ叡将というとんでもない「魔術オタク」なのである。三十年間以上、好きなことだけをただひたすらにやり続けて生きてきた者というのは、その限定された一部分においては、異常なまでの強さを発揮する——。

「お！　ムラ様！　ここでしたか」

「おお！　そういう君はサロッティ氏ではないか。敬礼！」

「出た！　敬礼出た！　敬礼！　これ！　敬礼出たよ～！」

ムラッティの部屋を訪れたのは、彼の唯一無二の友人、従兄弟《いとこ》のサロッティであった。二人は「ドプフォ」と特徴的な声で吹き出し、半笑いで軽くじゃれ合う。

「そうそうムラ様、叡将戦がもう一週間後に迫ってる件について」

「おうふ、忘れてたでござる。というか今は研究でそれどころじゃないのだそれどころじゃあ～！」

「いや、こっちもそれどころじゃないわけだが！　とりあえずこれを見てほしいのよ」

「……えー何すか？　出場者一覧？」

ムラッティはサロッティから資料を受け取った。それは各タイトル戦出場者一覧の抜粋であった。

彼は内容にザッと目を通す。それぞれ四人の参加者がいる。例年ならば多くとも二～三人である。

「今季はいつもより多いなぁ」などと考えているうち……ある一人の名前に強烈な違和感を覚え、ぴくりと反応した。その様子に気付いたサロッティが「ほらね」とでも言いたげに口を開く。

「ヤバくね？　三つに出るとか有り得なくね？」

「スゥー……これは見逃せないと思いますコレ」

「勝ち上がってきてムラ様と当たりそうな悪寒」

「予感と悪寒をかけた高度なギャグですねわかります。って悪寒を感じているということは拙者が負けそうだと思っているということではないか～！　この～～！」

「ぐえぇぇ～！　ご勘弁をご勘弁を！」

戯《たわむ》れにサロッテイの首を絞めるムラッテイ。しかし、そのふざけた言動とは裏腹に、彼の心中は至って冷静であった。タイトル戦三つに出場できるということは、即《すなわ》ち三つの〝大スキル〟において全ての〝小スキル〟を九段にしたということ。これは途方もない経験値量である。

そもそも、メヴィウス・オンラインというゲームは、基本的に魔物を倒すことで経験値を得られるが、ただ手当たり次第に倒せばいいというわけではない。プレイヤーのステータス並びに累積獲得経験値と比較して「プレイヤーと同等もしくは上」の魔物を倒さない限り、満足な経験値は得られないシステムだ。

つまり、今回タイトル戦三つに出場する異常な男は「相当な修羅場を正面から突破し続けてきた圧倒的豪傑」もしくは「雑魚《ざこ》をひたすら倒しまくった我慢強い猛者《もさ》」のどちらかであるとわかる。

「デュフフ……」

今季はこれまでとは違ったものになる――そう確信したムラッテイは、薄気味悪く笑った。

彼の興味を惹《ひ》きつけた一番の理由は、その男が叡将戦とともに霊王《れいおう》戦へも出場するということ。【魔術】と【召喚術】の関係、彼が今まさに研究している内容そのものである。

言ってしまえば、彼にとっては叡将戦などどうでもよかったのだが……ただ一点、その男に話を聞けばまた一つ【魔術】について何かが明らかになるかもしれないという、その一点においてのみ、叡将戦への意欲がぐんぐんと増していた。

「興味深い相手キタコレですなぁ」

「禿《は》げあがるほど同意」

「久しぶりの王都だねぇ」

つば広のよれた三角帽子を被《かぶ》り、裾《すそ》を引きずるほど大きな黒のローブを身に纏った老婆が、王都ヴィンストンへと今しがた帰還した。彼女は名をチェスタという。御年七十八歳。放浪魔術オババ、稀代《きたい》の大魔術師、焔《ほのお》の魔女、元宮廷魔術師団長など、様々な異名を持つ。

「大叔母様、お待ちしておりました」

「おや、あんた、もしかしてチェリかい？　へぇ～っ、こりゃまた大きくなったねぇ」

チェスタを出迎えたのは、第一宮廷魔術師団の制服を着た背の低い女性チェリであった。チェスタは彼女の親戚《しんせき》で、大叔母にあたる。

チェリはチェスタの言葉に首を傾《かし》げた。前回会ったのは一年ほど前。身長は悲しいことにそれほど変わっていないはずなのだが……。

「何かあったのかい？　一皮剥《ひとかわむ》けるようなことが。面構えが違ってみえる」

「！」

ズバリと言い当ててみせるチェスタ。チェリはドキリとした後、俄《にわ》かにその頬《ほお》を朱に染めながら「いや」と否定をしようとしたが、チェスタに手で制される。

「みなまで言うことはないよ。そうかいそうかい、ゼファーの坊やには感謝しないといけないね。あんたのことを気にかけておくよう言っておいたのさ」

「……いえ団長は全く関係ありませんが」

「ええ？　なんだい。だったら、叱《しか》っておかないとねぇ。ケケケッ」

　第一宮廷魔術師団の現団長ゼファーは、チェスタの弟子であった。ゼファーに《火属性・伍ノ型》を習得させたのも、彼女に他ならない。

「然らずんば、何処の誰《だれ》があんたをそこまで……って、あんたの反応を見てたら大方わかっちまったよ。男だろう？　ン？」

「……………ええと」

　チェスタはにやにやとチェリを見つめる。チェリは耳まで赤くして俯《うつむ》くよりなかった。

「まあいいさ。後でゆっくり聞くとして、一先《ひとま》ず宿に案内しな。あたしゃもう足が痛いよ」

「はい、大叔母様」

　数分後、彼女の可愛《かわい》い可愛い姪孫《てっそん》の気になっている男が叡将戦初戦の相手だと知ることになる。どれ、あたしが一つ試してやろう……と、余計な意気込みを見せるチェスタを、チェリは必死で宥《なだ》めるのであった。


　こうして、実に色濃い猛者たちが、続々と王都へ集結しつつあった。

　そして、いよいよ、冬季タイトル戦が幕を開ける――。

<一閃座戦>

1．カサカリ・ケララ
2．セカンド・ファーステスト
3．ヘレス・ランバージャック
4．ガラム
｛（1 vs 2）vs（3 vs 4）｝vs ロスマン一閃座

<鬼穿将戦>

1．ディー・ミックス
2．シルビア・ヴァージニア
3．アルフレッド
4．ジェイ・ミックス
｛（1 vs 2）vs（3 vs 4）｝vs エルンテ鬼穿将

<叡将戦>

1．チェスタ
2．セカンド・ファーステスト
3．ニル・ヴァイスロイ
4．アルファ・プロムナード
｛（1 vs 2）vs（3 vs 4）｝vs ムラッティ・トリコローリ叡将

<金剛戦>

1．ドミンゴ
2．ロックンチェア
3．ジダン
4．エコ・リーフレット
｛（1 vs 2）vs（3 vs 4）｝vs ゴロワズ金剛

<霊王戦>

1．セカンド・ファーステスト
2．カピート
3．Mr. スリム
4．ビッグホーン
｛（1 vs 2）vs（3 vs 4）｝vs ヴォーグ霊王

第二章　冬季タイトル戦　前編

タイトル戦は、キャスタル王城付近の闘技場にて、年に二回、夏と冬に行われる。

収容人数は一体何千人なのか。かのコロッセオのようなだだっ広い円形の闘技場では、大勢の観客がひしめいていた。真正面の特等席にはマインの姿。タイトル戦とは、言わば御前試合。つまりはキャスタル王国の新国王マインに極め付きの武芸を披露するため開催される大会である。

「――これより、第四百六十六回冬季タイトル戦を開幕する！」

マインが長々と何やら語った後、大声で宣言した。すると、観客席から盛大な拍手が送られる。

前世では何度も何度も目にした光景。しかし、何度見ても飽きることはない絶景。この気分の高揚、戻ってきたと感じる。やっと、戻ってきたのだと。この栄光の舞台に――。

「セカンド殿。もうすぐにでも一閃座《いっせんざ》戦が始まるぞ。準備しなくてよいのか？」

俺たちが参加するものとしては、まず一閃座戦、それから鬼穿将《きせんしょう》戦、叡将戦、金剛《こんごう》戦、霊王戦の順番だ。一日あたり一つのタイトル戦が開催される。出場者数が少ないゆえ、午前中からトーナメントがスタートし、その日のうちにトーナメント優勝者と現タイトル保持者との対決まで済ませてしまうようだ。即《すなわ》ち、一日ごとに新たなタイトル保持者が誰か決まっていくわけである。

「準備もクソもないけど……まあいいや。行ってくるわ」

「うむ。頑張れよ」

「せかんど、がんばれ！」

シルビアとエコは俺に激励の言葉を伝えて、出場者専用の観戦席へと歩いていった。

ふと、観客席に見知った顔を見つける。ユカリだ。ということは、あの辺りの集団はうちの使用人だろう。百人近く来てるんじゃないか？　凄《すげ》えなおい。

ん？　おお、あっちにはチェリちゃんと第一宮廷魔術師団の面々もいる。他には王立魔術学校の制服もちらほら。最前列には伯爵令嬢のシェリィまでいる。皆、誰かの応援かな？

「一閃座戦、初戦は、セカンド・ファーステスト対、カサカリ・ケララ！」

実況席から俺の名前を呼ぶ声が聞こえる。やけに簡潔だ。どうやら彼は実況ではなく司会のようだった。メヴィオンの時は実況者と解説者が会場を盛り上げげつつネット中継のコメント読み上げまでこなしていたが、まあこの世界ではその必要はないだろうな。

俺はいつも使っているユカリ印のミスリルロングソードを腰にひっさげ、闘技場の中央まで歩み出る。相対するは、細長い眼鏡《めがね》をかけて何処《どこ》その民族衣装っぽい着物を纏《まと》ったオールバックのオッサンだった。カサカリ・ケララという名前らしい。さて、一閃座戦の出場者数は俺含め四人、つまりは、いきなり挑戦者トーナメント準決勝だ。これに勝って、決勝で勝って、現一閃座に勝てば、晴れて一閃座のタイトルを獲得。計三勝。うーん、こりゃ楽勝かもしれない。

「お目にかかれて光栄です、ニューフェイス」

「ああはい。こちらこそ」

さらりと一礼。礼儀正しい人だな。俺たちは決闘のためのアイテム〝決闘冠〟を装備して、ルール設定の確認をする。ダメージ表示機能はＯＮで、ＨＰ《ヒットポイント》１維持の致命傷は強制スタンで……よし、オッケー大丈夫。互いに問題ないようなので、決闘が承認される。

「では……」

カサカリはしゃらんと腰から得物《えもの》を抜いて、片足で立って構えた。へぇ、レイピアか。珍しい。それに独特な構えだ。一本足打法のようなものだろうか。

俺は特に抜く必要も構える必要もないので、そのまま突っ立って開始の合図を待っていた。

「――始め！」

審判の号令がかかる。瞬間、カサカリは素早く三歩、間合いを詰めてきた。かと思えば、直前でぐにゃりと体を曲げ、まるで何かの踊りのようにして俺との間合いギリギリを行ったり来たりする。

……一閃座戦、即ち【剣術】同士の勝負は、一言に集約するとすれば「間合いの取り合い」である。なるほど、理に適《かな》った工夫だ。確かに間合いを掴《つか》み辛《づら》い。そうしてこちらの出方を窺《うかが》っているのだろう。なんせ俺はニューフェイスだからな、事前情報が一つもない。

「出し惜しみはしない主義なんだ」

向こうの礼儀に応じて、予《あらかじ》め宣言する。初戦だろうがなんだろうが、関係ない。今回の一閃座戦、俺は初《しょ》っ端《ぱな》から本気で行くと決めていた。

世界一位の定跡、〝セブンシステム〟――篤と御覧《ごろう》じろ。

「‼」

初手、《歩兵剣術》と《桂馬剣術《けいま》》の複合をカサカリの右足手前に突き刺すようにして放った。

二手目、カサカリは足を一歩引く。当然の対応。直後、バランスを取るため中空へと無防備に放り出されたカサカリの左手を《歩兵剣術》で斬り上げて狙《ねら》う。三手目だ。

「つな⁉」

ギリギリ躱《かわ》したようだ。カサカリは慌てて距離を取る。この四手目、デカすぎる隙だ。五手目、俺は間合いを詰めながら《飛車剣術》を準備し、懐へ突き入れるように突進した。

「させぬ！」

レイピアで防ごうと《金将剣術》を準備し始めるカサカリ。最悪の六手目だ。

ああ残念。その場合は、これで決着がついてしまう。

「そぉんな馬鹿な――⁉」

スキルキャンセル、直後《角行剣術》を準備し、俺はミスリルロングソードを投げた。

「ぐあっ」

金将間に合わず、回避不可能。ずぶりとカサカリの無防備な首筋を貫通する。

七手。これでほぼ〝寄り〟だ。鮮血を散らしながら倒れるカサカリ。俺はトドメとばかりにインベントリからもう一本のミスリルロングソードを取り出しつつ《龍馬剣術《りゅうま》》を準備していたが……カサカリが起き上がることはなかった。どうやら急所への一撃とクリティカルでＨＰを全《すべ》て吹き飛ばしてしまったらしい。決闘の設定通りに、カサカリはＨＰを1だけ残しスタンした。

「………し、勝者、セカンド・ファーステスト‼」

暫《しば》しの沈黙の後、審判が大きな声で宣言する。

直後――地を割るような歓声と拍手が闘技場に鳴り響いた。

もの凄い熱気だ。メヴィオン以上かもしれない。特に使用人たちのいる一角がヤバイことになっている。俺はいい気分になって、そっちに向かって手を振ってみた。やつらはより一層の盛り上がりを見せる。いいねぇ嬉《うれ》しいねぇ。

「なんだありゃ！」「あのカサカリを完封かよ！」「圧勝だ！」「一瞬だった！」「凄ぇもん見た！」

よく耳をそばだてると、観客席から色々な感想が聞こえてくる。殆《ほとん》どが俺を褒めてくれていた。だが「あのカサカリを」……この言い方、少々引っかかる。さっきのオッサンがまるで強者《つわもの》だったかのような表現。馬鹿を言うな。踊りで間合いを誤魔化《ごまか》そうなんていう小手先の工夫をするやつが、強者なわけがない。あれは「メヴィオン始めて二年の中学生が目立つためにオリジナリティ出そうとして調子乗っちゃった図」だ。

確かにいい反応はしていたが、やはり基本ができていない。常連の観客か何か知らないが、気取った野郎がわかった風なこと言いやがって。ちょいとむかっ腹が立つ。あれを強者と思ってほしくない。タイトル戦をこんなものだと思ってほしくない。まだまだだ、まだまだ。

「――いやはや、お見事なものでした。素晴らしい剣筋ですねぇ」

出場者用観戦席へ向かう途中、知らないオッサンにいきなり話しかけられた。何処にでもいそうな普通のオッサンだったが、目だけが異常にギラギラしている。もしかしたらカラメリア中毒者かもしれないと思った俺は、気味が悪いので完全に無視をした。

もう片方の準決勝戦は、ガラムという大男と、ヘレス・ランバージャックという金髪の美青年との試合だった。あの大男には見覚えがある。宰相に人質を取られてなんやかんやしていた大剣のオッサンだ。しかし見たところ大剣ではなくなっている。俺のアドバイスを参考にしたのだろう。負かされた相手のアドバイスを素直に聞けるやつというのは、経験上、強《したた》かな印象がある。這《は》いつくばって泥水すすってでも勝ちを拾いにいくような粘り強さがある男と言えよう。

一方のヘレス・ランバージャックという男。なーんか、見たことも聞いたこともあるような気がするんだが……はて、誰《だれ》だったか…………ん⁉　いや、待て、そうだよ！　知ってるはずだ！　ランバージャックってお前、シェリィんとこの家名じゃねーか！

「あいつの兄貴か！」

「今さら気付いたのか。ではセカンド殿、それに加えて、ほら、思い出せないか？」

「ん？　何を」

隣の席のシルビアが聞いてくる。俺はパッと浮かばなかったので、エコに視線をやった。

「どらごんのとき、いたよ？」

エコはばっちり覚えていたようだ。

「すまん、なんだっけ。ドラゴンの時？」

「三人で龍馬と龍王を習得しにメティオダンジョンへ行った時だ。帰り際に剣術師とメイドの二人組を見ただろう？」

「あ？　あぁー！　そうだ、見た見た。凄えなお前ら、よく覚えてんなそんなの」

「まあ、私は先ほどのセカンド殿の一戦で、あの日あの時に見たあの美しさを思い浮かべて、そこから連鎖的に思い出したようなものだがな」

「美しさ？」

「あ……いや。ええと、ち、違うっ！　恥ずかしいからこれ以上聞くなっ」

勝手に自爆して勝手に恥ずかしがっているシルビア。俺はあえて興味なさそうに「ふぅん」と流した。ここですぐに追及するのは素人《しろうと》だ。シルビアが忘れた頃《ころ》を見計らってこれでもかと言わんばかりに蒸し返し、その日の夜に徹底して追い詰める。これがシルビアいじりの最新定跡である。

「ほら、動き出しそうだぞ！」

シルビアはなんとか話を逸《そ》らそうとして、闘技場の中心を指さした。

ガラムとヘレスは、かれこれ二十分ほど睨《にら》み合ったまま動かない。実力の拮抗《きっこう》している試合ではよくある状態だ。互角の勝負ならば、先に動いた方が不利というのは常である。

挑戦者決定トーナメントでは、制限時間が一時間。確かにシルビアの言う通り、そろそろどちらかが焦《じ》れて動き出す頃だろう。

「うごいたっ」

熱が入るあまり声を出したエコが、俺の膝《ひざ》の上から立ち上がって、ぐいっと前方に身を乗り出す。

俺はエコが落っこちないように後ろからその細い腰を支えた。エコが立ったせいで試合が見えないわエコのしっぽがふぁさふぁさ顔をくすぐるわで散々だったが、彼女がここまでタイトル戦に熱中してくれているのは、教える側としてとても嬉しく感じる。

そう、面白いんだ、タイトル戦は。見るのも、やるのも、な。

「おおっ！　力押しか！　凄いぞシェリィの兄！」

「がんがーん！　ばーん！　いけーっ！」

何やら盛り上がっている。ガンガンバーンってなんだ。

「っきゃはー！」

「押し切ったぞ！　見たか⁉　見たか⁉　セカンド殿！」

見えねえっての。

「というかお前ら、そんなにはしゃいでたのか」

「いや、セカンド殿の時は全くだったぞ」

「なんでだよ！」

「そんな暇もなく終わった」

「はじまったとおもったら、かってた」

ああ、そういう……。

「次はシェリィの兄と試合のようだぞ」

「らしいな」

「見たところ、かなり前に出てくるスタイルだ」

「へぇ、そりゃまた結構なことだ」

「えー……なんか、なんだろう、他人事《ひとごと》みたいじゃないか？　大丈夫か？」

「今から気合入れたところで何もかも遅いからな。試合は、始まる前に殆ど決まってるもんだ」

「ははは、応援し甲斐《がい》のない男だ。だが……うむ、カッコイイな」

「シルビアも今のうちにカッコつける練習をしておけ。タイトルを獲得するってことは、大量の弟分妹分に自分の背中を追わせるってことだ。兄貴姉貴にはカッコつける義務がある。そして背中がでかけりゃでかいほどいい」

「……私も、幼い頃にタイトル戦を見て憧《あこが》れたものだ。あのような強い騎士になりたいと夢見たものだ。今度は、私がその夢を見せる側に立つというわけか」

「まず近いところでは、うちの使用人どもだな。カッコつけるにはうってつけだ。やつら手放しで褒めたたえやがる」

「ふふっ、では、もっとでっかい夢を見せてやれ。ほら、もう入場が始まるぞ」


一閃座《いっせんざ》戦、挑戦者決定トーナメント決勝。相手はシェリィの兄、ヘレス・ランバージャック。

彼は個性的なカウボーイハットをクイッと上にずらして、おもむろに話しかけてきた。

「セカンド君、お初にお目にかかる。私の名はヘレス。放浪剣術師をしている」

「ああ、一度見かけたことがある。メティオダンジョンで緑龍《りょくりゅう》を狩っていたな」

「そうか！　では私の実力も存じていよう」

「そうだな。なんとなくな」

「妹が世話になっていると聞く。先ほどのカサカリ殿との試合も見た。実を言うと鬼穿将《きせんしょう》との一件についても知っている」

「……何が言いたいんだ？」

「私は、嬉しくて嬉しくてもう仕方がない。是非とも、楽しませてくれたまえッ」

ヘレスは満面の笑みでその腰から剣を抜いた。俺と同じく、ミスリルロングソードである。

「セカンド！　あんたお兄様なんかに負けんじゃないわよっ！」

瞬間、観客席から某ご令嬢のものと思われる野次が飛んだ。ヘレスはガクッとずっこける。

「なんか、って言われてるけど」

「ハ、ハハハ、暫《しばら》く会わないうちに生意気になったものだ」

「兄妹《きょうだい》で仲いいなお前ら」

「少なくとも私はそう思っているがな」

どうやら妹から一方的に嫌われているようだ。

「両者、位置へ！」

雑談を終え、審判の指示で位置につく。ヘレスの表情は、直前までの少年のような笑顔を微塵《みじん》も思わせない、凍《い》てつくほどに鋭いものへと変わっていた。

「――始め！」

号令がかかる。直後、ヘレスは一気に間合いを詰めてきた。シルビアの言う通り、ガンガン来るタイプみたいだな。さて、初手は変わらず、《歩兵剣術》と《桂馬剣術》の複合をヘレスの右足手前に突き刺すようにして放つ一撃。〝セブンシステム〟の第一手である。

「その技、既に見ているッ」

優位を誇示する叫び、だったのだろう。二手目、ヘレスはカサカリとは違って、俺の攻めをあえて大きく回避しようとせず、カウンター気味に右足を少しだけ引きつつ左上方から《銀将剣術》を振り下ろさんとした。

……………あーあ。

わかる人ならわかる。「あーあ」だ、これは。皆、そう口にするだろう。「あーあ」と。

「えっ」

三手目、俺はスキルキャンセルして切り返す、などということはなく、そのまま左方へ倒れ込みながらミスリルロングソードの柄《つか》の先端を指先で摘《つま》みつつ横方向へずらすようにスライドさせた。

――ヘレスの《銀将剣術》は地面へ。俺の《歩兵剣術》はヘレスの左足首へ。確かな手応《てごた》えがあった。俺はしゃがんだ状態でぐるりと一回転しながら《飛車剣術》を準備して立ち上がる。

四手目、ヘレスは〝パス〟だった。左足がなくなり、バランスを崩したのだろうか。

五手目、俺の《飛車剣術》がその脳天へ直撃。勝負は完全に決した。

ぐちゃぐちゃになって然《しか》るべきヘレスの頭部は、決闘冠の効果ゆえ無傷であった。しかしそのＨＰ《ヒットポイント》はきちんと1まで減り、白目をむいて気絶している。

「勝負あり！　勝者、セカンド・ファーステスト！」

なんとも味気ない勝利だった。観客席は大盛り上がりである。だが、シェリィだけはぽかんと口を開けて固まっていた。目の前で兄貴の足首が取れたんだ、そりゃ仕方ない。

俺は一戦目の時と変わらず、ユカリの方へと手を振ってから、大歓声を背に受けながら出場者用観戦席へと向かう。その道中、見覚えのある眼鏡《めがね》のオッサンが待ち構えていた。

「カサカリさんだっけ」

「如何《いか》にも。私はカサカリ・ケララである」

見たところＨＰとスタンはもう回復したようだ。ピンピンしている。

「セカンド殿。後学のため、貴殿の剣術について一つお尋ねしたい」

「どうぞ」

何やら真面目《まじめ》な顔で迫ってくるので、さらりと首肯した。すると、カサカリは目を丸くして驚く。

「まさか答えていただけるとは思ってもいなかった」

「じゃあ聞くなや」

「おっと、お気を悪くしないでいただきたい。これは普遍的なことについて申しているのです。普通、剣術師が剣術について問われると聞き、素直に頷《うなず》くかといえば、答えは否。貴殿は実に変わっている。私は大変嬉《うれ》しいのです。この気分の高揚、今にも舞い踊りたいくらいである」

あんたも十分変わっていると思うけどな、と言うと話が更に脱線しそうなので黙っている。

「失礼。私の故郷では感情を舞いで表現するのです。どうです、セカンド殿も是非私の故郷で」

「本題に入ってくれ」

「ああいや、これはどうもすみませんな。私の悪い癖でして。では」

カサカリはふぅと一呼吸おいてから、やけに真剣な表情で、ゆっくり口を開いた。

「貴殿の、あの初撃、躱《かわ》すことが最善と見た。しかしそこからが見えない。見えようもない。貴殿の剣術は何処かおかしい。受け側が有利という常識を考え直さざるを得ん剣術である。その極意、どうかご教授願いたい」

随分とまあストレートに聞いてくれる。このオッサン、タイトル戦出場者にもかかわらず、恥も外聞もなく俺に〝コツ〟を聞いてきやがった。

……むかつく。クソむかつくが、いいだろう。基本くらいなら教えてやる。

だからさ、夏季までにはタイトル戦に相応《ふさわ》しい出場者になっていてくれ。頼むから。ヘレスもそうだ。あまり俺をガッカリさせないでくれよ。

「全力回避が最善だ。カウンターを狙《ねら》うとさっきのヘレスのようになる。次の斬り上げは歩兵をぶつけて崩すか、回避。どちらも面白い。あんたの場合、金将が大悪手だった。飛車で鍔迫《つばぜ》り合《あ》いか、角行と桂馬の複合で急所を狙って切り返せばまだまだこれからの試合だ」

「ふむ、そうであったか」

「というか、こんな対応をいちいち教えてもきりがない。基本ができてないんだ、あんたらは」

「……というのは？」

「常に複数の狙《ねら》いを持て。細部の細部まで丁寧に綿密に手を抜くな。相手の対応を全《すべ》て網羅してその上を行く対応を編み出せ。この三つをいちいち考えずにできるようにしろ」

「お待ちを。ああ、いや、理解できたが……網羅？　それは、一体何通りになる？」

「知らんけど、樹形図的に増えていくな」

「そんなことが可能なのだろうか？」

は……？

「いや、やるんだよ。できるできないじゃねぇよ。やれ。まずやれ。何日も何か月も何年も繰り返せ。できるまでやれ。それからだ。単純だよ。できりゃ勝てる。できなきゃ負ける。だったら、できるまでやるしかないだろうが」

「………‼」

なんだこいつ。俺より前からこの世界で暮らしてるくせに。全てが無駄にならない人生のくせに。

「わかったらさっさと消えろ。気分悪いわお前」

「……感謝、申し上げる。そして新一閃座の誕生を心より願っている」

◇◇◇

「凄《すご》いですわ！　凄いですわ！　すンごいですわ～っ！」

一方その頃、観客席ではファーステスト家の使用人たちが大騒ぎしていた。

「うるさいですパニっち」

「オメェこそ試合中に喘《あえ》ぎ声がうるせぇんだよ！　コスモス！」

「エル姉、ナイス。私もちょうどうるさいと思ってたんです」

女三人寄れば姦《かしま》しいと言うが、最早《もはや》そんなレベルではなかった。メイド十傑に加えてその部下たちも大勢いれば、四天王とその部下の男衆までワイワイと騒がしい始末である。

「ご覧になりましたかっ？　モモ、あれがご主人様です。我ら誇り高きファーステスト家のご主人様なのですわ！　私《わたくし》は以前ご主人様に緊張しない方法を伝授していただいたことがあったのですが、これがまた大変に素晴らしいお話でして、私一字一句違《たが》えずに覚えていますのよ。お話ししましょうか？　聞きたいでしょう？　そう、それは私が使用人邸のお庭を歩いていた時のこと――」

「わかったわかった、マリーナ。少し黙っててくれ。というかいちいちオレに話しかけんな。感動の余韻が薄れる」

エス隊副隊長のマリーナとエル隊副隊長のモモが、なんとも仲良さそうに、絶妙に噛《か》み合っていない会話を繰り広げる。

「……あ、兄貴。こ、これ、セカンド様って、マジ、とんでもねぇ人なんじゃ……」

「ようやく気付いたのかお前よぉ！　ったく！　しょうがねぇやっちゃなぁ！」

一方では、青い顔をしてガクガク震える厩務員《きゅうむいん》のプルムが、何故《なぜ》か物凄《ものすご》く嬉しそうな顔でテンションの高い厩務長のジャストにバシバシと頭を叩《たた》かれ続けていた。

その他の使用人たちも皆、思い思いの感想を口にしては、隣同士で共有して、べらぼうに盛り上がっていた。中にはセカンドの一挙手一投足を余すことなく記録する者や、その戦術を解析する者、次戦の展開を予想する者までいるようだ。

「ユカリ様、注意せずともよろしいのですか」

「今日ばかりは。ご主人様の晴れ舞台です」

「大いに盛り上げるのも使用人としての務めということでしょうか」

「まあ、意識せずとも十分盛り上がっていますが」

「……ええ。斯《か》く言う私も、先ほどから震えが止まりません」

「大義賊R6《リームスマ・シックス》の若頭が聞いて呆《あき》れますね」

「仕方ないでしょう。セカンド様の剣術は……なんと申したらよいか、とにかく、異常ですよ」

「同意します。しかし貴方《あなた》たち使用人は、ご主人様に教えを乞《こ》える立場にあります」

「生まれてきてよかったと、心の底からそう思いますね」

「当然です」

　こうしてユカリが大勢の使用人を連れて観戦に来た理由の一つに、使用人の洗脳教育があった。決して裏切ることのないよう、信仰とも呼べる信頼と崇拝とも呼べる尊敬を集めるため、セカンドの雄姿をあえて見せているのだ。そうでなければ、セカンドに対して熱い気持ちを抱きかねないこんな場所へライバルとなり得るメイドたちをユカリがわざわざ連れてくることなど考えられない。言わば苦渋の決断である。独占欲の強いユカリらしからぬ行動には、そのような裏があった。

「イヴ。最終戦は何秒で終わると思いますか？　私は四十秒以内に賭《か》けます」

「あ……さ……ぅ」

「三十秒以内に賭けます、と申しております」

「そうですか。私が勝てば、暗殺講習の講師を一日だけ貴女《あなた》たち二人に任せて私は休暇を取ります。

私が負ければ、貴女に付与を施した籠手《こて》を贈りましょう」

「え⁉　……ぉ！」

「え、待ってください、講師なんて無理ですよぉ。と申しております」

「条件も聞かずに賭けるからこうなるのですよ」

ユカリ、イヴ、ルナの三人は、一つも表情を変えずにそんなことを話している。どこか、いつもより賑《にぎ》やかな雰囲気。ユカリもユカリで、結構楽しんでいるのであった。

◇◇◇

カサカリと別れて、出場者席への通路を歩いていると、今度は男女の二人組が何やら話しているところに出くわした。こんな場所でイチャついてんのかよと思った俺は、ちょうどイラついていたこともあって、いっちょ冷やかしてやろうと近付いたが……どうも様子が違う。

「ほら、早く参りましょう。特別にアルファの席も用意してあるんだ」

「え、いや、ええと私」

「明後日《あさって》にはどうせ一緒になるのです。プロムナードの娘がヴァイスロイ家の席にいても、誰《だれ》も文句は言いませんよ」

「いえ、あの、私、一人で観《み》たくって……」

「何を寂しいことを！　僕と一緒にいた方が楽しいに決まっています。さあ、ほら」

「えぇー、いやあ、ちょっと……」

やけに気障《きざ》ったらしい水色の髪をしたバンドマンっぽい美形の男が、黒縁眼鏡《めがね》の地味めな焦げ茶のロングヘア女に言い寄る図。あー、わかった、ナンパだこれ。

俺は女を助けることに決めた。何故かって、眼鏡の女のおっぱいがマジでけぇからだよ！

「………………」

というのは冗談としても、単純に困っていそうなので助太刀《すけだち》しようと思う。

「おい、邪魔になってんぞ」

まずは軽く一声。二人はこちらに気付いた。

「おや。貴方はセカンド・ファーステストではないですか？　一閃座《いっせんざ》戦はよろしいので？」

「うるせえな。邪魔だよ」

「……おかしなことを申しますね。僕たちは通路の端に寄っているではないですか」

「目障りだって言ってんだよ。わかんねぇかなぁお坊ちゃんには」

男の額にピキピキと筋が立った。よしよし、喧嘩《けんか》の売り方としては花丸だろう。

「お坊ちゃん？　ご存知《ぞんじ》ないのか？　僕はニル・ヴァイスロイ。ヴァイスロイ家の者ですよ？」

「おっと、なら赤ん坊の方だったか。すまんすまん。道理で言葉が通じないわけでちゅねぇ～」

家の名前を出したら俺がビビるとでも思っていたんだろうが、ンなわけない。俺は全く気にせずに煽《あお》りを続けた。直後……「ぶちッ」という音が聞こえる。

「貴様！　人間風情が！　エルフに盾突くか！」

「エルフだったのかお前。言われて初めて気付いたわ。エルフってもっと気高いイメージだが、お前には風格も気品もねえなおい。それともヴァイスロイ家だけが特別そういう感じなのか？」

あの気品ありまくりのユカリを見習えと言いたい。あいつなんか風格の塊だぞ。腕組んで立ってるだけでめっちゃ強そうだもの。

「言わせておけば！　我が家名を侮辱するか！」

いやお前を侮辱してるんだよと言おうとしたが、ニル・ヴァイスロイとかいうカルシウム足りてなさそうなエルフは早くも手が出そうになっていたのでやめておいた。

「まあいいや、女を置いてとっとと去《い》ね」

「なんなのだ貴様は！　それに彼女は僕の婚約者だ！」

「え……そうなの？」

マジかよ。オイオイオイ、だとしたら俺ただのＤＱＮじゃねーか。とんだツッパリ損だ。

「い、いえ、その。まだ違います」

「……まだ違うらしいけど？」

「明後日には婚約する！」

「そうなの？」

「ええと、はい、あの……私が叡将戦《えいしょうせん》で彼に負けたら」

「じゃあ違うじゃん。嘘《うそ》までつくのかよ最近のエルフは。最低だなヴァイスロイ家」

「貴様ぁあああああッ！」

吠《ほ》えた。

「明後日の叡将戦、アルファは必ず僕に負ける！　そしたら僕の婚約者だ！　そんなことすら理解できないのか貴様は！」

ニルは顔を真っ赤《まか》にして激昂《げきこう》しながら、眼鏡の女を無理矢理に抱き寄せた。その大きな胸がむにゅっとニルに当たる。

「俺のおっぱいがぁ!!!!」

「貴様のではないわッ！」

この男、許せねえ……！

「……わかったぞ。明後日の叡将戦で彼女がお前に負けたら、お前は彼女と婚約する。しかし彼女としてはお前との婚約は望むところではない。つまり、家と家との政略的ななんやかんやだな！」

「何をごちゃごちゃと！」

「そうなんだな！」

俺はニルを無視して、眼鏡の女アルファの目を見て問いかける。

アルファは、こくりと、小さく頷《うなず》いた。

「彼女を家に送れ、あんこ」

「御意に、主様《あるじさま》」

瞬間、流れるように《魔物召喚》する。喚《よ》び出されたあんこが闇《やみ》に紛れてアルファに触れるとほぼ同時に、あんこは姿を消した。

「な、なんだ……!?」

ニルが驚く。直後――彼の腕の中からアルファの姿が一瞬にして消滅した。

「うわあっ!? き、貴様、何をした!?」

「知らん。彼女、何か用事があったんじゃないか？ 帰ったんだろうきっと」

「そんなわけあるかぁ！ 突然消えたんだぞ!? どういうことだ!?」

何やら喚《わめ》いているニルを眼前に、ちょうど六十秒後、俺もあんこによって《暗黒召喚》される。

転移した場所は、湖畔の豪邸のリビングだった。

「お待たせ。レモンティーくらいしかないんだけどいいかな」

「え!? は、はい。えええ……？」

アルファは混乱している様子だ。俺はキッチンで紅茶を淹《い》れながらあんこを労《ねぎら》って《送還》し、レモンを切りつつアルファに話しかけた。

「砂糖は？」

「あ、ええと、なしで……」

少し落ち着いてきたみたいだ。リビングのソファに座らせて、対面に俺も腰かける。

俺は紅茶を一口含んで、ユカリのように美味《おい》しく淹れられていないことに気が付いた。

「ヘタクソですまん。いつもは人にやってもらうんだ」

「いや、その……ちゃんと美味しいですよ？」

アルファはふーふーと紅茶を冷ましながら眼鏡を曇らせて、ちびちびと飲んでいる。

そうして、暫《しばら》く、どこか心地《ここち》好《よ》い沈黙が流れた。

「……あのぉ。一閃座戦、大丈夫ですか？」

………………ヤッベェ忘れてた。次の開始は何時だ、オイ！　い、いや、しかし、折角ここまでカッコつけたんだ、この動揺を悟られるわけにはいかない。堂々としなくては。

「気にするな。そんなことよりお嬢さん、あのエルフと婚約したくないんだろう？　一つアドバイスを受けてみないか？」

「それはまあ、はい、できることなら……しかし、ええと、アドバイスですか？」

「ああ。これは勝つためのアドバイスではなく、負けないためのアドバイスだ」

「負けないための……？」

今までの一閃座戦の二人からして、この世界のタイトル戦出場者たちは〝基本〟を知らない傾向がある。彼女も多分そうだろう。ならば、教える価値は十分にあると俺は予想した。

「簡潔に伝える。決して大技を使おうなどと思うな。相手と一定距離を保ち、壱ノ型で攻撃、参ノ型は最後の最後で奥の手の目くらましだ。相手の魔術は常に全力回避すること。これを徹底しろ」

「壱ノ型が攻撃で、参ノ型が目くらまし……それって、逆ではなくて……？」

もう知ってるよ、なんて言われたらどうしようかと思ったが、どうやら大丈夫そうだ。

「時間をかけてじわじわと削れ。辛抱強く戦え。決め手に頼るな。避けて避けて避《よ》けまくって、隙を突いてねちねち攻め続けろ。じきに相手は焦る。決めに来ようとする。そこがチャンスだ、なんて考えるな。ずっと、ずっと、こつこつちまちま壱ノ型だ」

「それで……勝てるでしょうか」

「半信半疑だな？　判定勝ちでもいい。時間切れ時点でより多くダメージを与えている方が勝ちだ。とにかく負けないことだけを考えて動け。壱ノ型を信じろ。叡将戦は、壱ノ型を制する者が制す」

「……一つだけ。お聞きしても、いいですか？」

「なんだ？」

「どうして、初対面の私に、ここまでしてくださるんですか？　貴方、すぐ一閃座戦もあるのに……叡将戦でも、当たるかもしれないのに……」

なかなか答え辛い質問をしてくれる。何故だろう、気まぐれ？　カサカリの件でイライラしていたから？　自分でもよくわからない。

……そうだな。だが、ただ一つ言えることがあるとすれば。

「その素敵なおっぱいに釣られて、つい」

こういうこったな。

アルファは、俺の酷《ひど》く率直なセクハラを受け、くすりと笑って言った。

「私、貴方を信じてみようと思います」


その後、あんこの《暗黒転移》と《暗黒召喚》で闘技場へと舞い戻った俺は、なんとかギリギリ最終戦の開始に間に合った。

一閃座戦、最後の相手はロスマンという名前のオジサンだった。カサカリとの試合の後にちょろっと話しかけられた、カラメリア中毒者っぽい前髪後退気味の中年その人である。

「あんたが一閃座だったのか。無視して悪かった」

「いえいえ。私を知らない方もいるのだと勉強になりましたよ」

へぇ、謙虚な人だなあ。

「貴方の剣筋、二度だけですが見させていただきました。いやはや、どちらも甚《いた》く鋭い。私は貴方に敵《かな》わないかもしれません」

悠然と語るロスマン。微塵《みじん》もそうは思っていないだろう、自信に満《み》ち溢《あふ》れた言い草。

………ほぉ～。

「強いだろ、お前」

「さて、どうだったでしょう。ここのところ、あまり人を斬っていないもので」

「期待させてくれるなあ」

「こちらこそ、楽しませていただきたいものですねぇ」

じわじわと高まってくる。そうだ、この感覚だ。タイトル戦とは、こうでなければならない。

「両者、位置へ」

審判の指示でロスマンと距離を取る。ロスマンの得物《えもの》は、なんの変哲もない長剣だった。

まあ、相手がなんであろうが、俺のやることは変わらない。

セブンシステム――世界一位の定跡を採用する。

「――始め！」

号令がかかる。同時に、ロスマンと俺は間合いを詰めた。

俺の初手は、やはりこれだ。《歩兵剣術》と《桂馬剣術》の複合をロスマンの右足手前に突き刺すようにして放つ一撃。さて、どう受ける。

「何度見ても素晴らしい」

ロスマンは何やら嬉《うれ》しそうに呟《つぶや》きながら、トントンと軽やかに後退して、初撃に加え《歩兵剣術》による斬り上げの追撃をも難なく躱《かわ》した。最善の対応だ。

寄せては返す波のように、今度はロスマンが攻めに転じてくる。俺はその隙に《飛車剣術》の準備を済ませておき、構うことなく突進した。ほれほれ、対応せざるを得まい。

「なるほどなるほど」

一言。ロスマンは《金将剣術》の準備を始める。おいおい、それだとカサカリん時の手順と合流しちまうぞ。誘っているのか？　この先に何か用意しているのか？　なら、乗るのも一興か。

俺は即座にスキルキャンセルし、《角行剣術》を準備、ミスリルロングソードを投擲《とうてき》する。

「この発想も面白いですねぇ」

俺の投擲を見て、ロスマンは《金将剣術》をキャンセル、その後《香車剣術《きょうしゃ》》でミスリルロングソードを弾《はじ》いた。貫通攻撃は同じく貫通攻撃で弾くことができる。その特性を利用した防御。なかなか勉強しているな。

さて、弾かれてそれで終わりかというと、そんなわけがない。俺はロスマンが弾いている間に、インベントリからもう一本のミスリルロングソードを取り出し、《龍馬剣術《りゅうま》》を準備していた。カサカリの時は発動せず終わったこいつを、今度はしっかりと発動する。

「これまた抜け目がない」

すると、俺の《龍馬剣術》の発動とほぼ同時に、ロスマンが《金将剣術》を発動した。

ああ、そう。このタイミングで《金将剣術》を発動できるってことは、さっきの《香車剣術》発動の直後にもう準備を始めていたということ。つまり、俺の《龍馬剣術》を読んで、彼なりの対応を準備していたというわけだ。

《龍馬剣術》は全方位への強力な範囲攻撃。《金将剣術》は全方位への範囲攻撃。どちらも防御向けの〝対応〟スキルだが、前者の方が範囲が広く威力が高い。しかし、相手の攻撃を防御するという一点だけ見れば、前者後者どちらであっても十二分な効果を発揮する。即ち——

「終わりですかな？　ではこちらから参りましょう」

ロスマンは無傷であった。

今度は、どうやら攻めたいようだ。まあ、そういう変化もアリか。仕方がない、受けてやろう。

「ひゅッ——！」

口から息を漏らしながらの《銀将剣術》が、俺の喉元《のどもと》へと突き入れられるようにして放たれる。

「……？」

非常にぬるい攻撃。俺は《歩兵剣術》でパッと弾いて、次なる攻めの継続手を待つ。

「ふッッ！」

上段からの《銀将剣術》。弾く。次いで、横薙《よこな》ぎの《歩兵剣術》。弾く。最後は、決め手とばかりに《香車剣術》と《桂馬剣術》の複合。避ける。あくびが出るな……。

「応じてばかりではつまりませんよぉ」

ロスマンは間合いを取ってから、そんなことを口走った。

挑発だ。「攻め合ってみせろ」と、そう言っている。

……………何故《なぜ》。何故、そんなことが言えるのか。もしかして、こいつ、俺の定跡を破ったとでも思い込んでいるのか？　初撃を躱して、フェイント入れて、投擲を弾いて、金将で受ければ、俺の攻めは終わりだと……本気でそう思っているのか？

「お前はさ、その対応を強制されていることに気付いていないのか？」

「強制？　何をです？」

「………………」

セブンシステムは。セブンシステムってのは。世界一位の、定跡なんだよ。それがどういう意味か、こいつには一生わからないんだろうな。

「わからないんなら、いいわ」

周りのやつらは皆、全《すべ》てのスキルが九段だった。【剣術】だけじゃない。【弓術】も【魔術】も、実装されているスキルの全てが九段だ。それが当たり前の世界だった。

タイトル戦とは、頂点同士のぶつかり合い。命のしのぎ合いだ。息をするように超絶技巧を披露し、気の遠くなるような時間を費やしたありとあらゆる全てをその一瞬にのみ注ぎ込む勝負だ。

当然、俺は〝研究〟された。数百人のランカーによって研究し尽くされた。やつらは俺の試合映像を何度も何度も繰り返し見て、足の運びから指先の動きに至るまで俺の行動の全てを研究していただろう。「この変化の二十一手目にこういう癖ありますよね」などと気持ち悪い指摘をされたこともある。だが、世界一位というのは、得てして、そういうものである。

ｓｅｖｅｎのこのパターンには、こうするのが最善だ。こう来られたらこうだ。こういう戦法ならｓｅｖｅｎは恐らくやり辛いはずだ。

並み居る廃プレイヤーどもによって、数え切れないほどの対策を講じられた。

……それでも。それでも、俺は世界一位を維持し続けた。

セブンシステムってのはな、そんな定跡なんだよ。何百人何千人という廃プレイヤーどもによって立てられたｓｅｖｅｎ対策、それらを全て受けとめ、吸収し、凌駕《りょうが》するため、途方もない進化を積み重ねてきた定跡なんだよ。

お前に、お前如《ごと》きに……簡単に打ち破られるようなものじゃないんだよ。

「攻めさせせんじゃなかった」

後悔が口をついて出る。期待した俺が馬鹿だった。

彼が悪いんじゃない。少し楽しもうとした俺が悪いんだ。

「行くぞ」

「おやおや、またそれですか」

ロスマンは、俺の初手《歩兵剣術》と《桂馬剣術》の複合を見て、呆《あき》れるように呟く。そして、わざとらしい余裕の笑みを浮かべながら、以前と同じようにトントンと二歩退いて躱した。

「お次は飛車の突撃でしょうか？」

その通り。

「で、角行を投げると」

その通りだ。

「通じませんよ。龍馬でしょう？」

ああそうだ。

「さて、これで終わりで――!?」

終わらせねえよ。《龍馬剣術》の方が広範囲なんだ、《金将剣術》をぶつけて受ける時、こっちが金将の範囲外から攻撃してやれば、相手は龍馬の攻撃が有効範囲に到達するまで待つ必要がある。僅《わず》か０・１秒ほどの差だが……致命的だ。

「ごめんな、さっきは見逃したんだ」

俺は謝りながら、《角行剣術》の突きを入れる。素早く強力な貫通攻撃。貫通効果があるため、対応するなら《歩兵剣術》では駄目だ。

ロスマンは俺の《角行剣術》を見抜き、《金将剣術》の硬直終了後、必死の形相で《香車剣術》を準備して対応しようとしたが――やはり、０・１秒足りていない。

セブンシステムは無慈悲にも正確なのだ。この距離で、このタイミングで、《龍馬剣術》を使った時、相手が《金将剣術》で受けた場合、《角行剣術》で攻撃すれば、必ずその後の対応に０・１秒遅れてしまうため、攻め切ることが可能。ゆえに《金将剣術》の対応は悪手。定跡に、そう刻まれている。既に、こう判明してしまっている。これはどうしたって覆すことのできない摂理。何年も前から明かされていた不変の事実。

だから定跡になる。だから最善の対応を求められる。だから行動を強制される。そして、下手《へた》な対応は、決して許されることなどない。

「強いよお前。素人《しろうと》にしては」

俺の《角行剣術》がその心臓へと吸い込まれるようにして接近する。

「……ぁあああ‼」

ロスマンは、咆哮《ほうこう》した。遠いのだ。0・1秒の差が、永遠のように、遠い……。

「——勝者、セカンド・ファーステスト！」

◇◇◇

審判によって、判決が下される。悲しげな顔で見下ろす男と、跪《ひざまず》き気絶する男。それは、誰《だれ》がどう見ても、完膚なきまでに、セカンド・ファーステストの勝利であった。

即ち。二十年以上もの間、一閃座《いっせんざ》に君臨し続けた豪傑の失冠を意味する。

即ち。初戦から一度たりともその身に傷を受けることなく、その全ての対決を四十秒以内に終わらせた、新たなる一閃座の誕生を意味する。

即ち。誰もが目を奪われるほど美麗で、魂を奪われるほど圧倒的な、新時代の幕開けである。

「――!!」

堰《せき》を切ったように、怒涛《どとう》の歓声が闘技場全体で爆発した。

あのロスマン元一閃座が、勝負にもならなかった。手も足も出なかった。まるで赤子の手を捻《ひね》るかのように瞬殺された。観戦者は皆、感じ取っていた。それがあまりにも異常なことであると。しかし、真の意味で理解できていた者は、数えるほどしかいない。

わけもわからないまま思考を停止し、目の前の事実のみを受け入れ熱狂する者。その理不尽なまでのおかしさに、無力と知りつつ異議を唱える者。理解できず現実から逃避する者。常軌を逸した神がかり的なまでの超絶技巧を察知し、身を震わせる者。惚《ほ》れ込む者。憧《あこが》れる者。呆れる者。恐れる者。種々の感情は正も負も入り乱れ渦となって、止まることはない。

ただ、誰もがその胸に確《しか》と刻んだことだろう。セカンド・ファーステストという男の名を。この男が進む先では、一体何を見せてくれるのか。多くの人々が注目し、心の底から期待する。

いよいよである。セカンド・ファーステストは、世界に認識されるのだ。

世界一位へと返り咲くための、その第一歩。あまりにも、大きすぎる一歩であった。

◇◇◇

「クラウス、どう思いますか?」

「最早呆れるよりありません、陛下」

闘技場正面の観戦席。国王マイン・キャスタルが話しかけるのは、彼の兄クラウス・キャスタル。今となっては、第一王子の座を失い、キャスタルの名を失い、マインの〝奴隷《どれい》〟となった、ただの従者の男である。

「ボクは何が起きていたのかわかりませんでした。クラウスはわかったようですね？」

「ええ。剣術ならば、一閃座戦出場者を除き、王国で一、二を争うほどと自負しておりますから」

丁寧な言葉遣いとはいえ、上からものを言うマイン。流暢《りゅうちょう》な敬語で、頭を下げるクラウス。少し前ならば考えられない光景であったが、今の王宮ではこれが絶対の関係である。

クラウスは、マインの実母フロン・キャスタルによる強力な庇護《ひご》により、また情状酌量の余地が少なからずあったことにより、マインの奴隷となることでその命をかろうじて繋《つな》ぎとめることができた。奴隷としての制約は他に類を見ないほど厳しい。主人のどのような命令にも逆らうことができなくなる〝絶対服従〟や、特定の人物に対して決して攻撃を加えることができない〝限定攻撃不可〟など、追加の制約は合わせて十数項目にも及ぶ。クラウスはそれらを甘んじて受け入れた。

「流石《さすが》はセカンドさん、ですか」

「それだけで済ませてよいようなものではないかと」

「済ませてはいけない？」

「ええ」

クラウスはマインの「流石」という思考停止とも言える呟きに、少し苛立《いらだ》った。

たった今あの男が見せたあの技術が一体どれほどのものか！　できることならそう吠《ほ》えたかった。

クラウス自身が一流の剣術師だからこそ嫌というほどわかるのだ。彼は今その興奮をマインと共有できないことが大変に悔しかった。そして、それを理解せずしてキャスタル国王は務まらないだろうとも考える。

しかし同時に、マインがこの一閃座戦の観戦において何故自分を隣に置いたのか、その理由に合点がいった。試合内容を解説させるためである。マインは自身の無知をクラウスでもって補おうと、また学び取ろうとしていた。無知ならば、無知らしく謙虚に勤勉に過ごす。それもまた国王としての一つの形なのだとクラウスは考えを改める。

今までは敵対し合い忌避していた相手。ただこうして強制的に距離を縮められてみれば、互いに改めて気が付くことはとても多かった。

「陛下。私が思うに、陛下は感覚が麻痺《まひ》しておられます」

「麻痺、ですか」

「そうです。恐らく、否、間違いなく、セカンド新一閃座と共に暫《しばら》く過ごされたからでしょう」

「うーん……どの程度、麻痺していますか？」

マインの質問に、クラウスは考える。どう説明すればわかりやすいものか、と。

宰相や第一王妃に利用されていたとはいえ、二十歳《はたち》で第一騎士団長を務めていた男である、地頭はそれほど悪くない。また、その実力は紛れもなく一流のものであった。

「私は第一騎士団の平均的な騎士三人を相手に圧勝できる腕が御座います」

「はい。よく知っています」

「その私が、仮にカサカリ殿と百戦、試合をしたとしましょうか」

「百戦ですか。クラウスならば二十勝はしそうなものですが」

「いいえ、確信を持って言えます。百敗です。百戦して百敗。千戦したならば一勝、取れるか取れないかでしょう」

「……そこまで、ですか」

ここで、マインはようやくその全貌《ぜんぼう》を理解できたようだ。

「カサカリ殿とロスマン殿の対戦成績。陛下はご存知でしょう」

「そうですね。過去二十年、ロスマンさんはずっと一閃座でしたから……」

マインは自分で言いながら青い顔をする。

「そのロスマン殿に手も足も出させず一方的に捻り潰《つぶ》した。これがどのようなことか、陛下には確とご理解しておいていただきたい」

「……しかし、一時は少しばかりロスマンさんが押していたようにも見えました」

「まさか。押させていたのですよ。セカンド一閃座は、本来ならば決められるところをあえて手を抜いておりました。あまりにも味気がないと、少し遊んだのでしょう。もしくは観客への娯楽性を重視したのか。つまるところ、そもそも勝負にすらなっていない」

「…………」

クラウスの解説に、マインは思わず閉口した。

雲の上の人だと思っていたのだ。海抜0メートルの麓《ふもと》から、雲に隠れて見えない山の頂《いただき》をずっと見上げていた。そして、ようやく、雲の上まで辿《たど》り着《つ》いてみたら……その先は、麓から雲までの距離よりも、何倍も、何十倍も高かった。頂上が霞《かす》んで見えないほどに。この世界に暮らす彼らに宇宙という概念が存在するのかは定かでない。だが知っていたとすれば、きっとこう思うに違いない。宇宙の人だと。彼は宇宙人だと。その山の頂は、宇宙空間まで到達しているのではないかと。

「改めて恐ろしいと感じました。クラウスもそうですか？」

「私は……畏敬《いけい》の念を。もしできることならば、彼に剣を学びたい」

意外な言葉。マインは目を丸くして……それから、にこっと笑った。

「丸くなりましたね、兄上」

彼の母フロンによく似た笑顔。クラウスは少し頬《ほお》が熱くなるのを感じながら、微笑《ほほえ》んで返した。

「……第一王子という立場。その矜持《きょうじ》も、権力も、次期国王への固執も。今思えば、私には不要のものだったようだ」

そして、マイン。愚かではない弟。お前は、聡明《そうめい》に、純真に、成長したようだ――。

◇◇◇

「思うてたんと違う」

夜、ぶつぶつと俺は主張した。

「何が違うのだ？　セカンド新一閃座殿」

シルビアがからかうように言ってくる。現在、ファーステスト邸では「一閃座獲得おめでとうパーティ」なるものがささやかに開催されている。何故《なぜ》ささやかなのかというと、明日にはシルビアの鬼穿将《きせんしょう》戦が控えているし、明後日《あさって》には俺の叡将《えいしょう》戦が控えているからだ。本番の盛大な打ち上げは、全《すべ》ての日程を終えてからを予定している。ただ、ささやかといっても曲がりなりにもパーティだ。いつものメンバーに加えてキュベロやイヴなど序列上位の使用人たちも十数人ほど呼んでいる。しかし「一緒に飲もう」と誘ったはずなのだが、彼ら彼女らは何故か俺たちの給仕に奔走していた。なので結局いつものメンバーでの晩酌となる。

「聞いてくれるかシルビア」

「うむ、聞こう」

かれこれ一時間、ほろ酔い気味の俺はこうして愚痴をこぼしている。

「タイトル戦が予想の十倍くらい低レベルだった」

「じゅっ、十倍か……」

一閃座戦出場者、やつらは元よりこの世界の住人。つまり【剣術】が生業《なりわい》のはずである。【剣術】のプロのはずである。なのに、アレって……あんまりだ。

「気になる。気になるなあ。どうなんだ？　今の今まで、情けないと思ってなかったのか？　素人《しろうと》同士の泥仕合を見ていて、つまらなくはなかったか？」

「いや、昔は私の方がド素人もいいところだったから、特に気にもならなかったが」

「なるほど。そういう意見もあるのか」

酒が入ると、俺とシルビアは饒舌《じょうぜつ》になり、エコはうとうと眠くなり、ユカリは更に寡黙になる。

ゆえに、晩酌となるといつも俺とシルビアが喋《しゃべ》ってばかりだ。

「ただ、今となっては理解できるが……少し前の私なら、今日の戦いを見ていても、セカンド殿が何をやっているのか見抜けなかっただろうな」

「マジかよ。お前仮にも騎士志望だろ？　剣術習ってなかったのか？」

「多少習ったところで、あれは理解できんだろうな、普通は。逆にロスマン殿やカサカリ殿の剣筋なら、かろうじて見えるレベルだ。ゆえにタイトル戦は大衆娯楽たり得るのかもしれん」

「レベルが低いから、大衆向けってわけ？」

「うむ。言い方は悪いがそうだ。ただ、セカンド殿の剣術もある意味では大衆向けだろう」

「というと？」

「勝ち方が鮮やかで気持ちがいい。素人にとっては謎の爽快感《そうかいかん》があって癖になるだろうな。だから大衆向けと言える。そのうえだ、玄人《くろうと》にとっては考察する深みがあって、強者《つわもの》にとっては実に勉強になるという、楽しみ方の幅広さ。従来のタイトル戦より面白いのは確かだと私は思う」

「ああ、そっかそっか。シルビア、それはな、当たり前のことなんだぞ。本来、タイトル戦とはそうでなくてはいけないんだ」

「なるほど、そういう話か」

「そうだ。だからガッカリしていた」

「楽しみにしていたのに、蓋《ふた》を開けてみれば、本来あるべきと考えていた水準にも達していなかったと。それは、なんとも……悲しいな」

「そうだ。最初は怒っていたが……今は、ただ、悲しい」

ふと気が付くと、給仕を終えた使用人たちが、俺とシルビアの話を静かに聞いていた。

「なあ、どうすればいいと思う？」

黙って聞いていてもつまらないだろうからと、使用人たちに話を振ってみる。

真っ先に反応したのは執事のキュベロだった。

「シルビア様やエコ様のように、お弟子様をお育てになるのは如何《いかが》でしょう。セカンド様を師匠として育ったレベルの高い方々がタイトル戦に出場することで、タイトル戦の水準を底上げすることが可能なのではないかと愚考します」

「なかなかナイスな提案だな。他には？」

キュベロ以外にもアイデアを聞いてみる。数人が手を挙げたので、端から順に当てていった。

「わたくしたち使用人が、いずれタイトル戦に出場してご覧に入れますわ。そうしたらきっとタイトル戦の水準も上がりますし、ご主人様の栄誉にもなって、一石二鳥ですわっ」

シャンパーニというお嬢様っぽいメイドの言。なるほど、使用人を弟子にするってのもいい案かもしれない。

「私は、まだタイトル戦に出場していない、しかし高い戦闘技術を持った人が、世界の何処かに隠れていると、そう思っています。ゆえに、ご主人様が大いに活躍することで、または大いに挑発することで、そういった方々があぶり出されてくるのではないかなと」

エスというサイドテールの赤毛のメイド。なかなか鋭いことを言う。活躍、それに挑発か……俺がその潜伏しているやつだったら、絶対に黙っていられないな。

「あたしは今のままでいいと思うぜ。今日のご主人様の大活躍を見たらよ、強いやつだったら絶対、居ても立ってもいられねぇはずだ。夏季にはわんさか集まってくるんじゃねーか？」

エルという男勝りなセミロングの赤毛のメイド。エスの姉だな。妹の方の意見と合わせてみると、俺はもう活躍も挑発もしているから、後は待っているだけでいいと、そういうことか？　うーん、確かにそれも一理ある。

「アタシもエルちゃんと同意見よぉん。セカンド様のその溢《あふ》れんばかりの超カリスマ的魅力なら、世界中の猛《たけ》る強者たちが蜜《みつ》に吸い寄せられる虫の如《ごと》く集まってくると思うわぁ」

リリィという園丁頭のムッキムキなオネエさん。やたらと俺を褒めてくれる。ただそのガバガバ理論だと害虫も集まってきそうで嫌だな。

「ぁ……っ……」

「私はご主人様の保持しているスキル習得条件等の情報をあえて一部に開示することで、全体の水準の底上げを狙《ねら》ってみるのはどうかなと思いました。と申しております」

真っ白い肌をしたメイドのイヴの言葉が、通訳のルナによって述べられる。瞬間、空気が凍るのがわかった。「こいつ正気か？」というような、驚きとも呆《あき》れともとれる視線が向けられる。

「っ！　……？」

「私、また変なことを言ってしまったでしょうか？　と申しております」

「いや、ちっとも変ではない。俺は理に適っていると思う」

「っっっ～！」

「ありがとうございますご主人様、と申しております。そして照れております」

ルナによるいらない補足が入ったせいで、イヴの顔が赤い絵の具でも混ざったかのように紅潮する。肌が白いせいでかわいそうなくらいわかりやすい。「くふっ」と俺が思わず吹き出すと、イヴは涙目になってぷるぷる震えて、バシバシと隣のルナを叩《たた》いた。

「さて、案は出揃《でそろ》ったか？」

以降、挙手はなかった。なるほどなるほど、素晴らしいアイデアばかりだ。皆の意見を聞いて、俺の中でもある程度は整理がついた。

そもそも期待すんのが間違いだったというわけだ。まだまだ〝これから〟の話だった。言わばグランドオープン直後なのだ。このメヴィウス・オンラインという世界は、住人と共に、これから成長していくに違いない。で、あれば。俺が盛り上げないで誰《だれ》が盛り上げるというのか。なぁに遠慮すんな、任せておけって。いい感じでお祭りにしてやる。

「よし……全部やるわ」

「セカンド殿、それは」

「ご主人様、それは」

立ち上がって、宣言する。すると即座にシルビアとユカリが止めに入ってきた。この二人が声を揃えるなんて、よっぽどである。

「どうして止める？」

「挑発はまずいぞ。それこそ、品位が問われないか？」

「スキル習得条件の開示など容易に行ってはいけません。秘匿すべきです」

それもそうか？　まあ、何事もやり過ぎは良くないな。

「じゃあ、ほどほどに全部やる」

「信じられるかっ！　いっつもほどほどなどと言ってメチャクチャするくせに！」

「ご主人様のほどほどは信用できません。塩ひと摘みと聞いてひと握り入れるような方ですから」

仲間だというのに今も昔も全く信用されていなかった事実が判明した。というかユカリの一言で俺がバーベキュー以外の料理をろくすっぽできないことが使用人にバレたんじゃないだろうか。

「わかったわかった。じゃあ、逐次相談してからやることにする。これでいいか？」

「まあ、それなら構わんが……絶対に私を巻き込むなよ。絶対にだぞ！」

「仕方がありません。ご主人様は一度言いだしたら聞きませんから、妥協することにいたします」

シルビアは常日頃《つねひごろ》からいじりすぎたせいか、きっと酷《ひど》い目に遭わされるに違いないと警戒している。フリかな？　ユカリは相変わらず冷淡に毒舌を振るうな。普段の夜とは別人だ。

「もうたべられないよ？」

「え？」

エコが何か言った。

「どうした？」

「………ｚｚｚ」

「寝言かよ！　鮮明すぎるだろ！」

こうして、パーティはお開きとなった。明日は、シルビアの鬼穿将戦である。

◇◇◇

「よくもまぁのこのこと出てこられたわね、貴女」

鬼穿将戦、挑戦者決定トーナメント準決勝。私の対戦相手は――ディー・ミックス。

闘技場中央、私は彼女と正面から向かい合い、堂々と言い放つ。

「こちらのセリフだ。うちのセカンド一閃座《いっせんざ》にあそこまでやられて、よく衆目に顔を晒《さら》せるな？」

「っ……あの男は関係ないでしょ。私は貴女に対して遺恨があるの」

効いている。それが明らかに感じ取れた。

セカンド殿から授けられた幾つかの奇襲戦法、対人戦の基礎。そこには〝盤外戦術〟も含まれている。ディー・ミックス、彼女はセカンド殿が〝トラウマ〟になっている……そうアドバイスをくれたのは、ユカリの使役する精霊ウィンフィルドだった。セカンド殿曰《いわ》く「あいつほど盤外戦術が得意なやつを知らないから聞いてみろ」と。私もそう思うが、ウィンフィルドの場合は盤上の戦術も人一倍得意なのではないだろうか。いや、この場合は精霊一倍か。ともかく、私はウィンフィルドから、ディーの心の傷口に塩を塗り込む方法を教わった。その手順としては、開口一番にセカンド殿の名前を出し、拒否反応を示されたところで……こう捲《まく》し立《た》てるのだ。

「私に対してだけか？　それは違う。私はセカンド殿の仲間だ。お前たちは一閃座を敵に回したのだ。だからこそ、この対戦においてお前は卑怯《ひきょう》なことなど何一つできないぞ。セカンド殿が見ているのだからな。それにマイン陛下もご覧になっている。セカンド殿は陛下と非常に懇意な間柄だ。もしセカンド殿が先の一件について報告していたとすれば、キャスタル王国からお前に処分が下るかもしれんぞ。無期限出場停止処分のような、な。加えて、お前たちは土下座をして許されたと思っているのかもしれないが、それは勘違いだ。セカンド殿はまだ許しては――」

「うるさい！　うるさいわよ‼　あの男の名前を呼ばないでッ‼」

ディーは癇癪《かんしゃく》気味にそう叫び、耳に蓋をした。よく見ると体が微《かす》かに震えている。

おいおい、効きすぎではないか？　ううむ、少し心が痛い。「卑怯な行為は何一つできない」など啖呵《たんか》を切っておいて、私はこれから卑怯な行為スレスレの奇襲戦法を使おうというのだからな。

「両者、位置へ」

審判の指示に従い、所定の位置に移る。ディーは余裕のない表情で、エメラルドグリーンの長髪をボサボサにしながら後頭部を掻《か》いていた。よし、盤外戦術は成功と見ていいだろう。

「――始め！」

号令。直後、私はディーに対して距離を詰めるように駆け出し――

「アハハハッ！」

ディーは大口を開けて笑いながら弓を構えていた。瞬時の復調。しまった、演技だったか……！

「くっ！」

次々と飛来する《歩兵弓術》を横方向へ疾駆して躱《かわ》す。

「ほらほらほら！　逃げるだけぇ⁉」

……いや、演技ではなさそうだ。ディーは何処かおかしい。精神的な理由かはわからないが、かなり攻め急いでいる。

ならば、早速、出そう。奇襲戦法、その壱……！

「喰《く》らえッ！　〝鬼殺し〟！」

私は《歩兵弓術》を回避しながらディーへと接近し、その距離が八メートルほどとなったところで《角行弓術》を準備した。

「当たっちゃうんですけどぉ！」

当然、ディーの放つ《歩兵弓術》を躱す方法がなくなる。ここが〝鬼殺し〟の骨子。もしディーが《銀将弓術》や《飛車弓術》などの強力なスキルを放っていたとすれば、被ダメージやその衝撃が厳しすぎて《角行弓術》など繰り出せるわけがない。しかし、それが《歩兵弓術》ならば。

「ぐうっ！」

少し痛い程度で、何も問題はない！

「嘘《うそ》っ」

ディーは短く一言、私の《角行弓術》を躱そうと動き始める。

しかし、残念。狙《ねら》いはお前ではなく……。

「きゃっ！」

その足元。《角行弓術》は強力な貫通攻撃。それを地面とほぼ平行に放つことで、矢が地面を削り、煙幕のような効果を生み出すのだ。

「何、これっ⁉」

ディーは煙幕に包まれ、視界が遮られる。この瞬間こそが好機。次の一手が決め手となる。本来なら、煙幕に包まれた相手からは距離を取って有利に攻撃するのが筋。だが、鬼殺しは違う。

「受けてみろッ」

私はあえて煙幕の中に突っ込んだ。ディーの姿を捉《とら》え、更に煙幕の中を追う。そして、身を擦《こす》り合わせるような近距離へと飛び出し――《金将弓術》を発動する！

「なんっ……⁉」

《金将弓術》は範囲攻撃＋ノックバック効果を持つ、近距離対応スキル。範囲攻撃のため、確実にぶち当てられる！

「う、げっ」

ディーは吹き飛ばされ、地面に尻餅《しりもち》をついた。

大きすぎる隙。奇襲戦法その壱〝鬼殺し〟、大成功だっ！

「とどめッ！」

私は地面へと倒れたままのディーへ向かって《銀将弓術》を放った。

これで決めてやる――と。そう、欲が出た。

何故《なぜ》なら、私の覚えられた奇襲戦法は三つだけだから。準決勝で一つ、決勝で一つ、最終戦で一つ。理想はこうだ。ゆえに、残り二つはなるべく温存したい。セカンド殿に再三言われたのだ。「奇襲戦法は相手が初見の時にしか通用しない」と。

……何故、私は準備時間の短い《歩兵弓術》を撃たなかったのか。

後悔したところで、もう、遅い。

「バァーカ！」

欲を出したら、こうなる。勉強になったな。ディーは私の《銀将弓術》をギリギリで避けると、あれよあれよという間に体勢を立て直してしまった。

ああ、最悪である。これで……振り出しに戻る、だ。

「貴女、詰めが甘いわよっ！」

ディーの鋭い《歩兵弓術》が襲い来る。三週間前にも思ったが、やはり彼女は強い。性格は最悪とはいえ、流石《さすが》は鬼穿将《きせんしょう》戦出場者。現鬼穿将の一番弟子というだけある。

「くっ……！」

まだ距離が近いうちに再び《金将弓術》をお見舞いしてやろうと頑張ったが、先ほどの鬼殺しを警戒してか、今度は一歩も近寄らせてくれない。

セカンド殿の言った通りだ。奇襲戦法は、やはり相手が初見の時にしか通用しない技なのだろう。

「…………」

一瞬の逡巡《しゅんじゅん》。出すか、出さないか。

……はぁ。何を迷っているんだ、私は。ディーにだけは、絶対に負けるわけにはいかない。なんとしても、勝ちたい。なら、迷わず出すべきだ。そうだろう？

奇襲戦法、その弐――〝香車ロケット〟を。

「アハッ！　尻尾《しっぽ》巻いて逃げるのぉ？」

挑発するディーを無視して、私は全力疾走で最大限距離を取った。

ここまで離れれば、ディーの《歩兵弓術》などこの目で矢を見てから歩いて回避できる。

「香車ロケットを喰らえッ！」

奇襲するならその戦法の名前を口に出すのは礼儀だと、セカンド殿から習った。ゆえに、素直にその通りにする。ただ、このネーミングセンスはどうだろう。ロケットという物がどのような物かは知らないが、なんだか語感からしてちょっとダサい。私ならもっとカッコイイ名前が浮かぶのだがな。闇穿香車光《ヤミウガツキョウシャノヒカリ》とか、なかなかイイんじゃないか？

まあ、いくら名前が恰好《かっこう》悪くても……その威力は途轍《とてつ》もないんだがな。

「……？　それは何？　龍馬《りゅうま》……!?」

混乱と警戒とともにディーは《歩兵弓術》の手を緩めた。よし、鬼殺しがよい方向へ働いている。

私はディーを遠目に見つつ《龍馬弓術》を準備し……自分の足元へ向かってゼロ距離で発動した。

バゴォオオン！　と地面を揺らすほどの衝撃と轟音《ごうおん》が闘技場に鳴り響く。

舞い上がる土煙。そして、私の目の前には――私がしゃがめばすっぽり隠れられる程度の〝穴〟。

間髪を容《い》れずにその穴へと飛び込んだ私は、流れるように《香車弓術》を準備する。

……後は。ひたすら〝連打〟だ。穴の中から、地上に立つ、ディー・ミックスへ向けて。

即ち、地面を無視して撃つ……！

「貴女、一体何を――」

土の中を貫通しながら突き進む《香車弓術》の矢が、その何発目かで、通り道を完成させ、ディーへと到達した。「そんな無茶苦茶な！」と、思うだろう？　私もそう思った。だからこそ奇襲戦法として成立する。知ってさえいれば、回避の方法など幾らでもある。言わば隙だらけのクソ戦法。だが、知らない者は、咄嗟《とつさ》に理解できず、侮る。混乱する。見事に引っかかる。私もそうだった。彼女もそうだった。それだけの話だ。

「嘘⁉」

ディーの前方斜め下の地面からいきなり現れる貫通矢。完全なる不意打ち。躱せる者など、そこから矢が来ると予《あらかじ》めわかっていた者くらいだろう。

「ぐっ、ぎぃっ」

彼女に刺さった香車ロケットは二発だった。十分だ。運がいい。私は穴から飛び出して、《歩兵弓術》を連射する。ディーは腹部と腰を矢が貫通したせいで、思うように身動きが取れていない。

撃つ。撃つ。撃つ。何度も何度も、これでもかと、《歩兵弓術》を、撃つ。

「――勝負あり！　勝者、シルビア・ヴァージニア！」

そして、私は勝利した。

「……………」

私が、勝利した？　……嘘だろう？

そこで、ようやく、私の耳は周囲の騒音を捉え始めた。

割れんばかりの大喝采《かっさい》。この拍手も、歓声も、全《すべ》て私に向けられたもの。

「…………か、勝った」

勝った。勝った。勝った……！　私、勝った！　勝ったぞ、セカンド殿！

◇◇◇

「エルンテの先兵よ。君たちはとても哀れに見える」

「何故です！　何故これほど！　貴方、目が見えないはずなのに……！」

「目が見えぬゆえに見えるものもある」

「く、う……っ！」

鬼穿将戦、挑戦者決定トーナメント準決勝。アルフレッド対ジェイ・ミックス。

勝負はまだ始まって五分と経《た》っていないが、その結果は最早明白であった。

「あの男への師事、即刻やめるべきだ。君たち姉妹のためにならない」

「余計なお世話です！」

「……話にならないか。ならば私が根本を絶つまで」

「きゃあっ！」

圧勝。そう言っても過言ではないほど、一方的な勝利。審判によってアルフレッドの勝利が宣言されると、観客は俄《にわ》かに沸き立つ。しかし勝者本人の表情は、依然として冷厳なままであった。

アルフレッドは従者の案内で闘技場から去っていく。その後姿を見ながら、彼の次の対戦相手であるシルビアがセカンドと語り合う。

「ジェイは研究されていたな。アルフレッド殿に全てを封じられていた」

「ああ。だが、お前は研究されていないだろう。ニューフェイスだからな」

「うむ。奇襲し甲斐《がい》があるというものだ」

「負けられない、というような切羽詰まった表情をしているが……あいつには少々かわいそうな思いをさせることになる」

「ジェイに色々と語りかけていたな。彼には、何か深い事情がありそうだ。次の試合の前にでも、私が聞いておこう」

「そうか。ところで、奇襲戦法のストックは残り一つだが、大丈夫か？」

「やれるだけやってみる。初出場で一勝できただけでも、私としては満足だがな」

「まあ三週間でよくやったと思うよマジで」

「ほお、珍しいな。聞いたかエコ。セカンド殿が素直に褒めてくれたぞ」

「茶化すな。悪くない奇襲だった。一勝おめでとう、シルビア」

「……うむ！」

◇◇◇

「失礼。アルフレッド殿」

試合前。私は決勝の対戦相手アルフレッド殿の控室を訪れた。ボサボサに伸びきった鈍色《にびいろ》の髪をした、壮年の男である。

「おや、何故《なぜ》ここへ？　シルビア・ヴァージニア」

彼は目が見えないはず。しかし私の呼び声だけで私が誰《だれ》かはっきりと感じ取っていた。そして、私の正確な位置までも。

「貴殿はエルンテ鬼穿将と因縁浅からぬ関係だと思い、話を聞きにきた」

「そうか。ということは」

「うむ。私にも心当たりがある――」

私はあの日のディー・ミックスにされた行為から土下座の顛末《てんまつ》までを語る。

するとアルフレッド殿は、話のオチを聞いた途端、大口を開けて笑った。

「そうか、そうか。君は面白い師匠を持ったな」

「正直言えば、私もスッとしたが……時折やりすぎる節もある」

「ふむ。もしや彼は、私が君に負けるだろうと、君の前でそう口走ったのではなかろうか？」

「！　何故わかる？」

「話を聞いていてわかったが、君は随分と真っ直《まっす》ぐな人だ。そして彼は激情家のように見えて思慮深い。簡単な推理さ。君が私のところを訪ねるよう自然に誘導したのだろう」

「……誘導」

言われて初めて気が付いた。確かに、セカンド殿が「あいつには少々かわいそうな思いをさせることになる」などと口に出さなければ、私は恐らくアルフレッド殿のもとを訪れることはなかっただろう。かわいそうな思い、という言葉が気になって、私は訪問を決意したのだから。

「彼は君の扱い方を心得ているようだね」

「嬉《うれ》しいような悲しいような、複雑な気分だ」

まあ、本音を言えば悲しくなどないのだが。多分アルフレッド殿には見抜かれているだろうな。ううむ、恥ずかしい。

「私は断じて君に負けるつもりはない。だが、君たちになら話してもよいかもしれない」

話してもよい、とは。アルフレッド殿とエルンテ鬼穿将の関係についてだろう。

私は「是非に」と返して、居住まいを正した。

「とはいっても単純な話だ。私はあの男に目を潰《つぶ》され、鬼穿将の座を失った」

「なんだと⁉」

「静かに」

「……す、すまない」

つい取り乱してしまった。しかし、目を潰された？　それは……。

「何故、治さない？」

高級ポーションさえあれば、潰れた目は治るはず。見たところ金に困っている様子もない。

……いや、言ってしまってから気が付いた。アルフレッド殿の目は、確と、そこにある。

「否。治せないのだ。その道に詳しい者に、呪術《じゅじゅつ》の類と聞いた」

「呪術……」

「曰《いわ》く、噂《うわさ》の聖女にしか治せないようだ」

「聖女だと？」

聖女――【回復魔術】の頂点と謳《うた》われる、唯一無二の存在。噂には聞いたことがある。

「……カメル神国か」

「そうだ。私としてもあの国には容易に近付けない。聖女とあっては尚《なお》のこと。数か月前から面会を希望しているが、未《いま》だ梨の礫《つぶて》である」

だろうな。依存性の高い危険な薬物〝カラメリア〟でキャスタル王国を密《ひそ》かに侵略しようと企《くわだ》てていたような国だ。いかなタイトル戦出場者でも、一筋縄ではいかないに違いない。

……うむ。一つ、可能性があるとすれば。

「セカンド一閃座《いっせんざ》ならば何か知っているかもしれん。いや、知っているに違いない。貴殿が王国に滞在しているうちに、話を伝えておこう」

うちのチームマスターなら、きっと聖女以外の解決策を知っている。確信を持ってそう言える。ことスキルにおいて彼以上に知識を持っている人など、私には想像もつかないほどだからな。

「……ありがとう、頼りにさせてもらう」

アルフレッド殿は私の提案を受け、感謝とともに頭を下げた。それから、こう続ける。

「君はとても親切だな。そして……正義感が強い。先ほどから、隠せていないぞ」

やはり、気付かれていたか。私の、腸《はらわた》が煮えくり返るほどの、この怒りに。

「目を潰すなど……言語道断。薄々感じていた通り、ろくでもない老爺《ろうや》だった」

「あの爺《じい》は、一見して飄々《ひょうひょう》とした気のよい老人だが、その腹の中では闇《やみ》が渦巻いている。実に老獪《ろうかい》だ。そして残酷。勝つためには手段を選ばない」

「……報復か」

「そうだ。私は今日この日のために盲目の弓術を極めてきたのだ。エルンテとミックス姉妹への対策を山ほど立ててきたのだ。ゆえに、ここは、絶対に、譲るわけにはいかない」

アルフレッド殿の決意は相当に固かった。

さりとて、私が次戦で手を抜くかというと、それは有り得ない。彼に対しても、セカンド殿に対しても、観戦者に対しても、失礼極まりない行為だとわかっている。

「だが。君の話を聞いたうえで、一つだけ言っておかねばならぬことがある。あの爺の弟子、ミックス姉妹についてだ」

「ディーとジェイ、か」

「そう。あの二人は、エルンテにいいように利用されている。長年エルンテに師事してきたのだ。その人格は曲がって然《しか》るべき、だろう？」

どういうことだ？　曲がって然るべき……？　……っ‼

「――まさか⁉　エルンテがッ！」

「そうだ。彼女たちをあのような性格に育てたのは他でもないエルンテだ。そしてそのトゲトゲしさを利用して事前に対戦相手へと絡むことで情報を集めている。ないし、潰している。厄介な部分は、それで憎まれるのはディーやジェイということ。エルンテの名前は無傷のままなのだ。扇動しているのはエルンテだというのに……！」

アルフレッド殿は拳《こぶし》をグッと握りしめ、静かな怒りをあらわにする。

もしかすると、自身の目を潰されたことより、ミックス姉妹が利用されていることの方に心を痛めているのかもしれない。彼の悲痛な表情を見て、私はそう感じた。

「わかっただろう。エルンテとはそのような爺。必ずこの手で倒さねばならぬ敵。だから、私は、なんとしても君に勝たねばならんのだ」

……賭《か》けるものの重みが違うな。セカンド殿の言っていたことが、私にもようやく理解できた。かわいそうな思いをさせることになる――。

「すまない、アルフレッド殿。私も、負けるつもりはない」

鬼穿将《きせんしょう》戦、挑戦者決定トーナメント決勝。対戦相手は、盲目の弓術師アルフレッド殿。

私と彼は、何も語ることなく、ただ静かに弓を構え、審判の声を待っていた。

……勝っても負けても、恨みっこなしだ。

「――始め！」

号令がかかる。私は気を重くしながらも《歩兵弓術》をアルフレッド殿へ向けて放った。

奇襲戦法、その参――〝新鬼殺し〟。その第一手である。

「甘い」

アルフレッド殿は、まるでそこに矢が飛来することを知っていたかのように、ひらりと最小限の動きで身を躱《かわ》した。そして、反撃とばかりに《歩兵弓術》を放つ。

「むっ⁉」

鋭い。ディーの射るそれより、何段階か上の狙《ねら》いだ。この距離で正確に私の頭部を捉《とら》えてきた。

だが、まだまだぬるい。世の中には、どのような距離からでも、いくら動いていようとも、呼吸するように顔面それも眉間《みけん》のみを狙い撃ちしてくるバケモノがいるのだ。私はそのような男と三週間も訓練していたのだ。言ってしまえば、慣れたものであった。

「はっ」

次いで《歩兵弓術》。シュパパッと、三連打。これも〝新鬼殺し〟の準備である。

「いい腕だ」

「そちらもな」

それから私たちは、《歩兵弓術》で互いに小競り合いを続けた。

アルフレッド殿は私の出方を窺《うかが》っている。セカンド殿の言った通りだ。私はニューフェイス、情報が足りないのだろう。後の先を取ろうというのがあちらの狙いと見た。

だが、私がただ単に《歩兵弓術》を射っていたのだと思ってもらっては困る。

仕掛けるなら、ここだ……！

「受けてみよ！　〝新鬼殺し〟！」

私はしっかり礼儀を守ってから、勢い良く前方へ駆けだした。

アルフレッド殿は何やらスキルを準備している。恐らくは〝対応系〟だろう。

その選択は、本来ならば間違いではない。そう……本来ならば。

「何っ……？」

私はアルフレッド殿のスキル準備に合わせて《角行弓術》を準備し、上空へ向かって放った。

混乱している。その様子が見て取れた。

「くっ」

こちらの狙いがわからないのだろうアルフレッド殿は、準備していたスキルをキャンセルし、左方へ素早く三歩だけ移動した。

……凄《すご》い。本当に左方へ行った。狙い通りだ。

私は今まで、右方へ追い詰めるように《歩兵弓術》を放ってきた。場外＝敗北ということを考えると、無意識に左方へ移動したくなるというもの。ごく単純な誘導だが、その効果は抜群だった。

「勝負あった‼」

私は全力で接近しながら、大声で叫ぶ。

私の放った《角行弓術》は、アルフレッド殿の脳天まであと僅《わず》かの距離。

「油断は禁物だ」

しかし。その矢が、そのまま、アルフレッド殿に届くことはなかった。

彼は迅速に《香車弓術》を準備し、自身の頭上に放って、迫りくる《角行弓術》の矢を――

「……すまない」

「⁉」

――弾く、その前に。私が大声で叫びながら放った《歩兵弓術》と《桂馬弓術》の複合が、《角行弓術》の矢へと、先にぶつかった。

キィン！　というような、甲高い音が鳴り響く。《角行弓術》は貫通効果を持ち、《歩兵弓術》と《桂馬弓術》の複合は貫通効果を持たない。ゆえに、ぶつかり合えば貫通矢の方が勝る。

だが、その貫通矢の横っ面に矢が当たった場合は？

答えは、ズレる。貫通矢の軌道がズレる。それも、《歩兵弓術》という《角行弓術》に比べて貧弱なスキルが当たったならば――極めて僅《わず》かにズレるのだ。

「ぐおっ‼」

アルフレッド殿の放った《香車弓術》は、軌道が僅かにズレた貫通矢に当たることはなく、彼はその左肩に《角行弓術》を喰《く》らい、俄《にわ》かにバランスを崩す。

「く……ま、まだだっ！」

が、倒れ伏すことはなかった。恐るべき気力で体勢を立て直し、こちらへ向かって《歩兵弓術》を撃とうとする。

「………」

私は、無言で、《金将弓術》を放った。半径三メートル以内への範囲攻撃＋ノックバック。

……もう、それほどに接近していたのだ。アルフレッド殿は、私の位置を捉えられなくなるほど、ギリギリまで追い詰められていた。それでも、決して膝《ひざ》をつくことなく、最後の最後まで、攻撃しようとしていたのだ。

「──っ‼」

ノックバック効果で後方へと吹き飛ばされるアルフレッド殿。ああ。その、先は……。

「場外！　そこまで！　勝者、シルビア・ヴァージニア！」

常に複数の狙いを持つ。セカンド殿に教わったことだ。

新鬼殺しは、相手を天空からの《角行弓術》へ対応させ、直前で歩と桂の複合による狙撃で軌道をずらし、それを本命と見せておいて、同時に急接近からの近距離攻撃を狙《ねら》う奇襲戦法。

目の見えないアルフレッド殿にとっては、実に厄介な戦法だったことだろう。

ゆえに……こうも、呆気《あっけ》なく、決着がついてしまった。

「……エルンテ鬼穿将は、私に任せておいてくれ」

「頼む」

短く、一言。そうとだけ口にして、アルフレッド殿は気を失った。

……負けられなくなったな。奇襲戦法のストックは、これでゼロ。さて、どうしたものか。

ただ、賭けるものは見つかった。私は騎士。セカンド殿の騎士。彼の愛するタイトル戦のため、その秩序を守るため、私は、正義のために戦う……！

鬼穿将戦、最終試合。

私の相手は、言わずもがな。にこやかな笑みを浮かべているこの老人。エルンテ鬼穿将。

「ディーに灸《きゅう》を据えてくれたようで助かったわい。儂《わし》もほとほと手を焼いておったのでな」

よくもまあそんなことを言える。そう差し向けたのは、貴様だというのに。

「怖いのだろう？」

「何？」

「私に負けるのが、怖いのだろう？　私がディーやアルフレッド殿に対して使った戦法の数々。それを自身にも向けられるのが、怖いのだろう？」

堂々と言ってのける。すると、エルンテの表情が強張《こわば》った。

「弱い魔物ほどよう吠《ほ》える。余裕がないのはお主の方ではないかの？」

「戦ってみなければわからないぞ」

「は……ははは っ！　はぁっはっはっはっ！」

「……何がおかしい」

――ゾッとする。突如として笑い出したエルンテは、その老いさらばえた皺々《しわしわ》の皮膚の奥に隠れた片目を開いてギロリと私に向け、歪《いびつ》に笑いながら口を開いた。

「ディーが来ようがジェイが来ようが、若造が来ようがお主が来ようが、儂は勝つ。お主らの手の内などここへ至るまでに全《すべ》て明かされておる。雑魚《ざこ》がいくら足掻《あが》こうと、鬼穿将は儂のものよ」

「……卑劣な」

「なんとでも言え。勝てばよいのだ。どのような手を使ってでも、最後に勝った者のみが笑えるのだ。四百年、儂はそうやって生きてきた。そうしなければ勝てぬ。そうしなければ生きられぬ。無知なお主に教えてやろう。鬼穿将戦とはのう、血で血を洗う殺人決戦なのだよ」

「やはり、ミックス姉妹を利用していたのだな」

「何がそれほど気に食わん？　弟子を使って出場者の手の内を探ることか？　それとも、弟子をけしかけて出場者を潰《つぶ》すことか？　それとも、弟子に対して、師匠に決して敵うことのないような半端な弓術を教えることかのう？」

「貴様の、全てだ……ッ！」

弓を構え、互いに所定の位置へ移動する。

――勝ちたい。これほど勝ちたいと思ったことはない。勝つ、勝つ、勝つ。勝つ……！

審判によって号令がかかる。私は即座に、エルンテとの間合いを詰めるよう疾駆した。

手始めに、鬼殺しを。次に香車ロケットを。そして新鬼殺しを。持てる全てを出し尽くす。

「――始め！」

「さぁて、何から来る？」

エルンテは余裕の表情だ。見ていろ、その顔、慚愧《ざんき》に歪《ゆが》ませてやる――ッ！

◇◇◇

「まあ、こうなるか……」

シルビアとエルンテとの試合は、概《おおむ》ね俺の予想通りとなった。鬼殺し、香車ロケット、新鬼殺し……全て、エルンテには通用しない。どれも一度、見せてしまっているから。

足元に《角行弓術》を撃つ隙も、《龍馬弓術》《りゅうま》で穴を掘る隙も、《歩兵弓術》で端へ誘導する隙も、エルンテは与えてはくれなかった。

「ぐあっ！」

また、シルビアが被弾する。奇襲戦法が通用しないとなれば、後は実力のぶつかり合いだ。

数百年の経験と、三週間の経験では……勝負にならない。

「くっ……そぉ！」

立ち上がる。何度も、何度も。シルビアは懲りることなく立ち上がり、鬼穿将へと立ち向かっていく。勝てるわけがない。そんなこと、あいつも、試合の前から痛いほどわかっていただろう。

……それでも、立ち上がり、立ち向かう。薄ら笑いを浮かべるジジイに、せめて一撃でも、と。

「まだ、だっ……！」

シルビアは全身が傷だらけだった。盾代わりにしていた左腕には三本の矢が刺さっており、最早動かないだろう。

そう。攻撃の手段など、もう、ないというのに。それでも、立ち上がり、立ち向かう。馬鹿みたいに、ただひたすらに、真っ直《ま す》ぐに、何度も、何度も、何度も。

「そうだ……行けっ……！」

「しるびあ……がんばれ……！」

気が付けば、俺は座席から立ち上がり、応援していた。

エコもそうだ。俺と一緒だ。居ても立ってもいられないんだ。

「──シルビア！　近付け！　それしかない！」

観客席から応援の声が飛ぶ。声をあげたのは、ノワール・ヴァージニアさん。シルビアの親父《おやじ》さんだった。寡黙で堅物な印象のあの人が、ここまで声を張りあげるなんて。彼を知っている人物は心底驚いたことだろうが……俺は、好きだ、そういうの！

「行けオラァッ！　前に出ろ！　シルビア！」

「いっけえぇえー！　しるびあああぁ‼」

力いっぱい応援する。シルビアは今、きっと、正義に燃えている。絶対に負けられないんだ。あいつ、負けられなくなったんだ。だったら、応援するしかないだろうが。あいつがせめて、前向きに倒れられるように。

「うおおおおお──ッ‼」

シルビアは、血反吐《ちへど》をまき散らしながら叫び、疾駆した。

「無駄じゃ。無駄無駄」

エルンテの《歩兵弓術》が、その体を襲う。

「ぐっ、うっ……ぐぅうう！」

ぐさぐさと体中に矢が突き刺さった。

シルビアの足が、止まる。それでも、決して、膝はつかない。

「そろそろ終わりにしようかのう」

エルンテは冷徹に呟《つぶや》いて、《飛車弓術》を準備した。

「――シルビアッ‼」

俺は思わず叫んだ。

「ぐぅ、う……ぅうあああああああッ‼‼」

俺の叫びに呼応するように、シルビアは前に進む。

その弓に矢すら番《つが》えず。ただ、体のまま、真っ直ぐに。

そうだ、進め……！　行け！　行け！　行けっ……‼

「無駄じゃて」

エルンテが《飛車弓術》を放つ。

……誰《だれ》もが、「終わり」だと、そう、思っただろう。

「――何⁉」

エルンテの顔が驚愕《きょうがく》に染まる。シルビアはエルンテの《飛車弓術》を、地面に倒れ伏して躱《かわ》した
のだ。まだ、そんな余力があったのか――そんな驚きの顔だった。

「うあ゛あ゛あッッ‼」

驚きはまだ終わらない。

シルビアは、その左腕に刺さっていた矢を、右手で乱暴に引き抜き、逆手に握った。

「喰《く》らええぇッッッ‼」

我武者羅に突撃する。

「うがぁっ⁉」

最早【弓術】でもなんでもない。

シルビアは、その右手に握った矢をエルンテの首筋に思い切り突き刺した。

「ぐ……が……⁉」

「はぁっ……はぁっ……はぁっ……！」

エルンテは首を押さえて数歩後退する。痛みにその顔が歪んだ。そして。

「こ、小娘があああああッッ‼」

絶叫だ。エルンテは憤怒した。即座に《歩兵弓術》を発動し、シルビアの顔面に叩《たた》き込《こ》む。

「――っ」

クリティカルヒット。エルンテは仰向《あおむ》けに倒れたシルビアに近付いて、その首を踏みつける。

「この儂の首にッ！　矢を！　刺すなどッ！　許せん‼　許せん‼」

ドスドスと腹いせのように蹴《け》りを入れ続ける。あまりに醜い光景だった。

「し、勝負あり！　勝者、エルンテ鬼穿将《きせんしょう》！」

「せかんどっ」

エコが声をあげる。ああ……そうだな。

「任せておけ」

俺は、エコに一言、そして、俺の後方に座る盲目の男に一言伝えて、席を立った。

あのクソカッコイイ勇者に、祝福を。あの醜い老人に、鉄槌《てっつい》を。

◇◇◇

「……ん……っ」

誰かに頬《ほお》を撫《な》でられたような感覚で、失ったはずの意識が呼び戻される。

ゆっくり目を開けると、そこには、私の最愛の人が立っていた。

「これ飲んどけ」

ポーションが渡される。ああ、そうか……私は、負けてしまったのだな。

「………？」

よろよろと少しだけ上体を起こし、高級ポーションを飲んで、周囲を見回す。

てっきり控え室かと思っていたら、そこは、まだ闘技場の中心であった。

「？？？？」

では、何故《なぜ》、セカンド殿がここに……？

「――注目！　これより、エルンテ鬼穿将と、セカンド・ファーステスト一閃座《いっせんざ》による、エキシビション・マッチを行う‼」

「……う、嘘《うそ》だろう？」

「な、何故《なにゆえ》！　儂は聞いておらんぞ！　拒否す――」

「キャスタル王国国王マイン・キャスタルの名のもとに命じます。エルンテ鬼穿将、セカンド一閃座とのエキシビションに応じなさい」

「…………へ、陛下」

「さあ、位置へ。エルンテ鬼穿将」

「逃げ場はないぞ、ジジイ」

◇◇◇

「ルールは単純。通常の鬼穿将戦と同じだ」

「……む、然様《さよう》か」

俺がエキシビションのルールを伝えると、エルンテはそれまでの狼狽《ろうばい》が嘘のように落ち着いた。自分の土俵で戦えると知って安堵《あんど》したのだろう。

「よいのかね？　一閃座よ。儂《わし》は鬼穿将であるぞ？」

「ああ。ちなみに、二枚落ちだ」

「何？　二枚落ち？」

〝二枚落ち〟とは、ハンデ戦の一つ。上手側が、龍王《りゅうおう》・龍馬《りゅうま》および飛車・角行の四種スキルを封じて戦う手合いの形式を言う。

「ふむ、その程度ならばよかろう。舐《な》めてもらっては困るわい。儂は鬼穿将、二枚落ちとて――」

「あ？　いや、勘違いしてるぞ」

「なんじゃと？」

「二枚落とすのは、俺の方だ」

「　　」

エルンテは絶句する。そして、口を大きく開けたと思えば、大声で笑いだした。

「ふわぁっはははははは！　はぁっはっはっはっは！　お主は冗談が上手《うま》いのう！」

「冗談じゃねえよ」

「ははは、ではなんじゃ。洒落《しゃれ》か？」

「怒りだ」

「……っ」

俺は怒っている。俺を知る人物なら、わかるだろうさ。俺がハンデをつけているのだ。この、俺が、タイトル戦という真剣勝負の舞台で、わざわざ、ハンデを宣言しているのだッ……！

「ほら、これで回復しろ」

「……安くないポーションであろうに。随分と親切じゃな」

「お前のＨＰ《ヒットポイント》が低いと困る」

「手加減されたと思われるのが嫌か？」

「俺の楽しみが減る」

「………………」

一発でも多く叩き込みたい。

審判の指示に従い、移動する。

「両者、位置へ」

瞬間、雑念が消え去った。いつもの感覚、心穏やか。目的はただ一つ。ひたすら、甚振《いたぶ》る。

「――始め！」

号令とともに《歩兵弓術》を放つ。

「何⁉」

エルンテはオーバーなリアクションをとってから、大きく体を反らして回避した。

「見えなかったか？」

多分、そうだろう。鬼穿将戦のポイントは、如何にして「いつ射るかわからなくする」かだ。なんでもない棒立ちのような状態から一瞬でスキルを発動する。現実では「矢を番え、弓を引き絞り、狙《ねら》いを定めて、射る」という流れをクオリティをそのままに省略するのは不可能に近いだろうが、ここはゲームの中。慣れりゃできる。

ただ、言うは易《やす》く行うは難し。これは先天的にできる者と、いくら練習してもなかなかできない者の二つのパターンに分かれる。俺の場合は後者、完全に身に付けるまで一年もかかった。ＰｖＰ《プレイヤー・バーサス・プレイヤー》における高等テクニック、かつ必須《ひっす》テクニックだと俺は思っている。

「げあっ」

そうしてひょいひょいと《歩兵弓術》を放っていると、エルンテの眉間《みけん》に一発だけ入った。

おいおい、つまんねーの。このまま決着ついちまうぞ。

「ね、狙いが、正確すぎる！　小僧、何か、卑怯《ひきょう》な真似《まね》をしているのではあるまいなッ」

何やら言いがかりをつけてきた。卑怯な真似ねえ。自分がやっていることは相手もやっているもんだと思っちまうわけか。ただまあ、四百年生きているジジイに狙いが正確と褒められるのは素直に嬉《うれ》しいな。世界一位のやり方は間違っていなかったのだと裏打ちされたように感じる。

俺はそう思いつつも無視をして、ひたすら《歩兵弓術》を連打した。【弓術】における〝定跡〟など使う必要もなければ見せたくもない。というか《歩兵弓術》以外で攻撃したらダメージがもったいない。一番威力の低い《歩兵弓術》が、一番多くあの老体に叩き込めるスキルなんだからな。

「鬼穿将戦ってのは、戦略云々《うんぬん》以前に、テクニックの差がモロに出るからな。例えばお前、こんなことできないだろ？」

言いながら、俺は前方へ移動しつつ《歩兵弓術》を様々な角度で撃つ。退屈しているだろう観客に、ちょいとサービスだ。エルンテはその隙に《歩兵弓術》を何発か撃ってきたが、射るタイミングも軌道もバレッバレである。当たるわけがない。

「ぬぅおっ⁉」

直後。エルンテの足元へ、ほぼ同時に五本の矢が飛来した。まるで一度に五発射ったような不思議な現象。これはスキルでもなんでもない、単なるテクニックである。矢を射る位置や角度、力加減を調整することで、このようなこともできるのだという一例。

「まあ、もうやらないけどさ」

曲芸まがいの〝魅せプ〟はこれっきりにして、俺はまたひたすら《歩兵弓術》を撃つ作業へと戻る。

あ〜らら。一気に五発も入ったら、決め手になりかねない。楽しみが五分の一になるからな。

こんな《歩兵弓術》連打の打開すらできないようなやつが鬼穿将だってさ。わかってはいたが、世も末だな。二枚落ちではなく十枚落ち（歩兵のみ使用可）でもよかったくらいだ。

「せいぜい最後まで走り回ってくれ」

試合開始から十五分が経過した。エルンテは息も絶え絶えに逃げ続けている。SP《スタミナポイント》を回復させる余裕を与えないよう、常に《歩兵弓術》で押し続けた結果だ。

こんだけ同じことを繰り返してんだから、そろそろ打開策に気付いてもいい頃《ころ》なのに、エルンテはちっともこちらへ向かってこない。

そう、少し考えればわかる。歩兵連打を打開するには、接近して攻め合うこと。ただし今回の場合は技量の差が大きすぎて、接近したところでなんの解決にもならないだろうけども。

「わかった。お前、怖いんだろ」

《歩兵弓術》の手を少し緩めて、そう問いかけてみる。

「な、何がッ！」

「俺が怖い。負けるのが怖い。痛いのが怖い。接近して攻め合うのが怖い」

「違う！」

「何度も何度も立ち向かってきたシルビアのことも、怖かったんだろ？　だから蹴った」

「違う‼　意趣返しじゃあ！」

意趣返し。【弓術】を使わずに手で矢を突き刺されたから、自分も同じく【弓術】を使わずに蹴ったと。これは酷《ひど》い言い訳だ。

「嘘《うそ》だ。お前は今までずっとそうやって戦ってきたんだろ？　もう二度と自分に立ち向かおうなどと思わせないよう、シルビアの心を徹底的に叩き潰《つぶ》しにいったんだろ？」

「だったらなんだと言うんじゃ！　小僧！」

「いや。やり方はスマートじゃないが、目的は悪くない。何やったってこの人には敵わない、と相手に思わせることは大切だ」

「……な、何ぃ？」

「俺はな、別にお前がシルビアを踏みつけたことに対して怒ってるんじゃないんだよ」

「はぁ……？」

ジジイに「何を言ってるんだこいつは」みたいな目で見られる。

理解できないか。まあ、できないよなぁ。

「アルフレッドに全部聞いたぞ。呪術《じゅじゅつ》で目を潰したらしいな？」

「だからなんじゃ」

「弟子が逆らえないのをいいことに扇動して鬼穿将戦出場者を潰していたらしいな？」

「だからなんじゃ」

「鬼穿将の権力を利用して揉《も》み消《け》しながらレストランの時みたいに潰して回ってたんだろ？」

「だからなんじゃ！」

「弟子が最終戦に上がってきても勝てるように半端な弓術を教えてたらしいな？」

「だからなんじゃァッ！　儂はずっとそうやって勝ってきた！　勝利のためならば手段など選んでおれぬ！　それが儂のやり方じゃあッ！」

「なら自分がやられても文句は言えないな」

「…………‼」

タイトル保持者が、タイトル戦を穢《けが》しやがって。

「初めて会った時、言ったよなあ？　やりたい放題やってきたツケを払う時が来たんだよ」

最後に勝った者のみが笑えるんだろう？

「……俺がいる限りお前、二度と笑えないな」

俺は《香車弓術》と《桂馬弓術》を複合し、エルンテの足を狙《ねら》って地面スレスレに放った。

緩やかな《歩兵弓術》の連射中にそれを行うことで、単純な回避を難しくする。

「ぬあああッ⁉」

結果、エルンテの右足先を貫通矢がえぐり抜けていく。足の親指というのは、移動において非常に重要な部位。これだけでかなり変わってくる。

「うっ、ぎぃっ、ぐがっ」

早速、エルンテに《歩兵弓術》が刺さるようになってきた。親指ぶち抜いた効果だな。

俺はその両足と左手を狙って《歩兵弓術》を放つ。次々に刺さる。数十秒後には、エルンテの足と左腕には十本以上の矢が刺さっていた。

「も、もう……無理じゃ……こ、こうさ――」

言わせない。降参すら言えずお前に潰された出場者が今まで何人いた？

言い換えれば、だ。タイトル戦にすら出られずにアカウントをクラックされたプレイヤーが、何人もいるってことだろう？

「――か、ひゅっ」

その喉《のど》に《歩兵弓術》の矢がぶっ刺さる。エルンテは仰向けに倒れたまま、沈黙し、動かなくなった。左手は矢が刺さりまくりで、弓を引き絞ることもできない。足はズタボロで、満足な移動ができない。喉は潰れ、少しの声も出せない。哀れな姿。

俺はエルンテに歩み寄り、その顔を覗《のぞ》き込むような体勢で頭側に立った。

「勝利のためなら手段を選ばない。もう二度と自分に立ち向かおうなどと思わせないよう、相手の心を徹底的に叩《たた》き潰すのもまた、戦法の一つ。お前の理屈だ」

顔面から数センチのところで《銀将弓術》を準備する。エルンテの目から俄《にわ》かに涙が溢《あふ》れた。

さあ、別れの挨拶《あいさつ》だ。これから半年、地獄を過ごすことになるだろう、呪《のろ》いの挨拶。

「また、夏に会おう。鬼穿将《きせんしょう》」

こうして、濃密な鬼穿将戦は幕を閉じた。


「観客ドン引きでしたよ。というかボクもドン引きでした」

「だろうな。俺も老人をボコボコにするのは些《いささ》か気分が悪かった」

ファーステスト邸にて、今夜は「鬼穿将戦お疲れ様パーティ」がささやかに開催されている。

ただ、使用人たちはなんとも落ち着かないことだろう。何故《なぜ》なら、参加者にキャスタル王国国王マイン・キャスタルがいるためだ。声をかけたらお忍びで参加してくれた。ついでに鬼穿将戦出場者のアルフレッドにも声をかけたところ、二つ返事で参加を決めてくれた。

「しかしその後、陛下が観客へ向けて真実を明らかにしてくださいました。セカンド一閃座《いっせんざ》のエキシビションについても、観客は理解を示してくれるでしょう」

アルフレッドが俺とマインの両方を立てるように言う。気配り上手だな。

「いいえ、真実ではありませんよ。明確な証拠がないのですから。それでもボクは国民に事実として伝えてしまいました」

「アルフレッドの目は証拠にならないのか？」

「その呪術をエルンテの手の者によってかけられたという証拠がありません」

「難儀だな。まあでも世間のエルンテに対する印象は〝裏で汚いことしまくって勝ってたエセタイトル保持者で、一閃座に二枚落ちで負かされたクソ雑魚《ざこ》ジジイ〟になるだろうけどな」

「前半については、ボクのせいで、ですね」

「国王ってのは一つ発言するだけでもえらい大変だなあ」

「ええ、おかげ様で」

マインめ、言うようになったな。実に成長を感じる。酒も進むというものだ。

「ところで、セカンド一閃座。夏季は鬼穿将戦に？」

宴もたけなわというところで、アルフレッドが単刀直入に聞いてきた。

「悩んでいる。夕方まではバリバリ出るつもりだったが、あえて出ずにあいつを苦しませ続けるのもアリかもしれない」

「ははは、それは確かに、あの爺《じい》にとっては辛いものがありそうだ」

「まあ、後は……シルビア次第だな」

「セカンドさんは、どうせ他にもたくさん出るんでしょう？」

「モチのロン」

「……すまない、後学のために聞かせてほしい」

「今季は一閃座・叡将《えいしょう》・霊王《れいおう》を獲得する。夏季は、これはまだ予定だが、三冠の防衛に加えて、闘《とう》神位《しんい》・四鎗聖《しそうせい》・千手将《せんじゅしょう》・天網座《てんもうざ》・毘沙門《びしゃもん》の五つくらいだな。鬼穿将と金剛《こんごう》は保留。余裕があったら影王《えいおう》と天津星砕《あまつほしくだき》も狙う」

「……………………」

「……………………」

「…………何か言ってくれ。俺がスベったみたいじゃないか」

「いや、予想の三倍多かったんで思わず天国の父上に会いに行ってました」

「冗談、ではないのだろう。声音が嘘《うそ》をついていない。いやはや凄《すさ》まじいな。一閃座と呼ばず、もう今のうちからセカンド三冠と呼んでおこうか」

酔っ払っているせいか、二人とも結構な冗談をぶっこんでくる。

そんなこんなで、お疲れ様パーティは相当に盛り上がった。時計《とけい》の針は軽々とてっぺんを通り過ぎている。パーティ中、誰一人として「明日は叡将戦なのだからほどほどにしておけ」などと言ってこなかった。何故なら、一番言ってきそうな普段はあれほど口うるさいパーティの主役が、飲まない・食べない・喋《しゃべ》らないの三拍子《さんびょうし》揃《そろ》っていたからだ。

俺はそろそろだろうと思い、パーティの終了を宣言する。

そして解散の間際、アルフレッドを呼び出した。

「その目の解呪についてだ」

「！」

目に呪術をかけられたと聞いていた。それも聖女にしか治せないと。

それは恐らく、ある甲等級ダンジョンに生息するある魔物によるもの。その魔物はプレイヤーを失明させる呪術を使うことで有名だった。魔物限定のスキルである。即ち、エルンテは腕の立つテイマーを雇っていたのだろう。

治し方は二つある。一つは、【回復魔術】《回復・異》ないし《回復・全》を使うこと。もう一つは、一度死んでリスポーンすること。後者はこの世界では不可能なので、前者が妥当だろう。

ただ、一つ気になるのは……〝聖女〟という存在。

《回復・異》も《回復・全》も、というか【回復魔術】の習得方法は全《すべ》て『カメル教』が関係している。治し方に該当する二つは、カメル神国にある〝聖地〟でしか習得することはできない。

メヴィオンには聖女などという輩《やから》は存在しなかった。いても教皇くらいなもの。しかもキャスタル王国とここまで関係は悪くなかったし、カラメリアなんて薬物も聞いたことがなかった。

……なーんか、怪しい。そう思うよなぁ？

「いつになるかわからんが、俺が覚えてくる。そしたら一報入れるから、それまでカメル教とはあまり関わらない方がいい」

「……！　感謝の言葉もない。そしてご忠告、誠に痛み入る」

アルフレッドは感激したような表情で、ピシッと綺麗《きれい》な礼をして、従者と共に帰っていった。

急に、家の中が静かになる。聞こえるのは、使用人が片付ける食器の音くらいなもの。

少しばかり、寂しい。鬼穿将戦が終わってしまったのだなと、改めて実感させられた。

「さて、シルビア」

俺はぼーっとしている勇者に声をかけ、自室で二人きりになった。俺も、何回か経験がある。だから、よーくわかる。絶対に負けられない試合で負けるってのは、そういうもんだ……。

「泣いていいぞ」

正面から向かい合って、優しく微笑《ほほえ》みかけた。

「…………ふ、ぅ、ううう、ううっ――――！」

突如、シルビアは滂沱《ぼうだ》の涙を流し始める。

俺は彼女を胸の中に迎え入れて、震えるその背中をずっとずっと撫《な》で続けた。

――悔しい。悔しい。悔しい。嗚咽《おえつ》まじりに、何度も何度も口にする。

ああ、彼女は大丈夫だ。きっとまた立ち上がり、立ち向かっていく。その強さがある。

こんなに強いシルビアが、挫折《ざせつ》なんてするものか。何も心配することなどなかった。

最高だ、お前は。惚《ほ》れ直すとは、このようなことを言うんだろう。

そうして、俺たちはきつく抱き合ったまま、この日の夜を明かした。お次は、叡将戦だ。

◇◇◇

やってきました叡将戦。俺は朝からテンションアゲアゲだった。

「今日は遊ぶぞ！」

朝食の席で、高らかに宣言する。使用人たちからもらったアドバイスの一つ、活躍して挑発して世界中の強者《つわもの》を夏季タイトル戦に誘い出す作戦。今日はその決行の日だ。

「遊ぶ？　な、なんだ、一体何をするつもりだ？　嫌な予感しかしないぞ！」

一夜明け、シルビアは表面上すっかり元通りとなった。本当に強いな、お前は。

「派手にキメることだけ考えてやったり、効率度外視で魅せに魅せたりしようかな」

「……頭が痛いですね」

ユカリがこめかみに手をやって呟《つぶや》いた。飲み過ぎか？

「タイトル戦活性化のためだ。見とけよ～、今季はともかく、夏季はきっと盛り上がるぞ～っ」

「そう上手《うま》く行くものだろうか……」

「行き過ぎるくらいだ。気分的には」

「いきすぎるー！」

「イエーッ」

エコとハイタッチして、賑《にぎ》やかな朝食を終える。

昨日《きのう》一昨日《おととい》と殺伐としていたからな。今日は、ほんわか行こうぜ。


「あ。セカンド……一閃座。おはようございます」

「おお、チェリちゃん。久しぶりだな」

闘技場に到着すると、出場者用の観戦席に背の低いこけしみたいな丸っこい黒髪の女の子、宮廷魔術師のチェリちゃんがいた。ここには出場者の関係者も少数に限り出入りができる。つまり。

「誰かの応援か？」

「え、ええ、まあ、はい。大叔母様が出場するので」

へぇ、大叔母さんが……というのはさて置き、ンンー？　なんか、ぎこちないな？　前はあれほど毒舌だったのに。やはりアレだろうか。ぶん殴って泣かせた件がまだ響いているんだろうか。

「あの時はすまなかったな」

「え？　……あっ。いや、一閃座が気にされるようなことではありません」

チェリちゃんはまるで「今言われて思い出した」ような顔で反応した。どうやら違ったみたいだ。だとしたら何故《なぜ》ぎこちない？　というか、俺のことを一閃座と呼ぶのか。違和感バリバリだ。前はなんて呼ばれていたっけ。貴方？　そういえば名前で呼ばれたことなかった。あ、そういうことか。

「俺がタイトル保持者だからって畏《かしこ》まる必要はないぞ」

「いえ、そういうわけでは……」

これも違った。じゃあなんなんだよ。もうわからんわ……。

「――照れてんのさ、この子は」

「お、大叔母様っ！」

首を傾《かし》げていると、通路の方からつば広の三角帽に大きなローブを纏《まと》ったイケイケな婆《ばあ》さんが現れた。ワーオ、カッチョイイ。如何にも魔女って恰好《かっこう》だ。この人がチェリちゃんの大叔母さんか。

「どうも初めましてセカンドです。カッコイイですね」

「あら、ご丁寧にこりゃどうも。あたしゃチェスタだよ。あんたこそ男前だねぇ」

「一閃座。私は照れてなどいませんから。絶対、照れてませんから。そこだけは訂正させていただきますから！」

挨拶の傍ら、顔を赤くして必死に否定するチェリちゃん。答え合わせみたいなもんだぞそれ。すぐムキになるあたり、変わってないなあ……少し安心した。

「セカンド殿。チェスタ様は以前に宮廷魔術師団長を務めていたお方だ。失礼のないようにな」

シルビアがこっそり忠告してくれた。ありがたい情報だ。俺が臨時課長補佐代理だとして、ゼファー第一宮廷魔術師団長が課長だとすれば、このチェスタさんは差し詰め部長ってところか。

「宮廷魔術師団長だったんですか？　臨時講師をやっていましたが、聞いたことのない役職です」

「今はないみたいだねぇ。この老骨の時代はあったのさ」

「大叔母様がお辞めになってから、宮廷魔術師の中に務めあげられるような実力の人が出てきていないんです」

おお。ということは、チェスタさんは相当に強いということだな。

……いや、違う違う。期待するのはヤメだとつい一昨日に決めたばかりじゃないか。

「うちのチェリが世話になったそうじゃないか。何かお礼を考えとかないとね」

「いえ、俺は講師としての仕事をしたまでだと」

「へぇ～っ、できた男だねぇ。チェリ、あんた見る目あるよ」

「やめてください！　もうっ」

チェリちゃんは事前にチェスタさんへ俺のことを話していたようだ。その口ぶりから、恐らく褒めてくれていたのだろう。だから照れているんだな。なるほど可愛《かわい》いやつめ。

「しかし実力の方はどうかねぇ？　色男」

「人柄は自信がありませんが、実力は誰《だれ》よりも自信がありますよ」

「本当にな……痛っ」

余計なことを小声で呟くシルビアの肘《ひじ》をこっそりつねる。

「そうかい。あんたが魔術でどれだけやれるか、見ものさね」

「初戦、よろしくお願いします」

「こちらこそだよ、新一閃座」

何やら期待されているようだが、本気ではやらない。今日は、遊ぶと決めたのだ。

相手がチェリちゃんの大叔母さんといえど、計画を変えるつもりはない。

さぁて、初戦はド派手にキメてやろうか……！

◇◇◇

叡将ムラッティ・トリコローリ。彼は今日という日を死ぬほど楽しみにしていた。更なる【魔術】の深淵《しんえん》を覗《のぞ》けるような気がしてならなかったのだ。そして、二日前――それは確信に変わった。

三つのタイトル戦に出場する異常な男セカンド・ファーステスト。彼が一閃座《いっせんざ》を獲得したのだ。

それも、圧倒的というのも烏滸《おこ》がましいほどの実力を見せつけて。

絶対に、自分がまだ知らないことを知っている！　そう考えたムラッティは大いに興奮した。叡将戦を待たずして今すぐにでも話を聞きに行きたいくらいであった。しかし、生来の人見知りがたたって、なかなか行動に移せない。

翌日、エキシビションを見たムラッティは、更なる興奮に身を焦がした。もう絶対に絶対に面白い話が聞ける。それがわかっているのに、その無駄にふくよかな体は動かなかった。気持ち悪がられるだろうな、とか。上手く喋れないに決まってる、とか。どうせ明日会うんだしいいか、とか。いざ行動しようとなると、言い訳ばかりが頭に浮かんだ。

彼は出不精な肥満であった。幼少期から三十年近く部屋にこもってばかりで、大好きな【魔術】をひたすら研究していたのだ。そうなっても仕方がないと言えた。唯一まともに話せる相手は、従兄弟《いとこ》のサロッティくらいなもの。彼の幼馴染《おさななじみ》であり、同じオタク仲間の男である。

そんな彼も、【魔術】に関することとなると例外的にアクティブであった。経験値稼ぎ然《しか》り、新たな【魔術】の習得然り、魔物特有の【魔術】の調査然り、頻繁に独りで外へと出ていく。ただ、そこに他人が加わるとなると話は別。彼は他人が怖かった。

誰とも会おうとせず、誰とも話そうとしない。付いた二つ名は「孤高の叡将《えいしょう》」——彼にとっては不名誉なものであった。

そんな彼が、今日、何年ぶりか、勇気を出そうとしている。

なけなしの勇気の種火へと必死に燃料を注ぎ、その巨体をなんとか動かそうとしている。

「がんばれがんばれムラ様！　負けるな負けるなムラ様！」

友の声援を背に受けて、いざ、叡将戦へ——。

叡将戦出場者ニル・ヴァイスロイは、余裕の表情で観戦席に座していた。今年で百二十八歳。その余裕は年齢からくるものかといえば、そうではない。エルフという種族は、個体差はあるが、やや晩熟。寿命は人間の約五倍であり、成長速度は人間よりも遅い。即ち、百二十八歳とは人間でいうところの二十五歳ほど。ニルの場合、その精神年齢は二十歳《はたち》にも満たないと言える。

ゆえに、楽観していた。叡将戦挑戦者決定トーナメント準決勝、ニル・ヴァイスロイ対アルファ・プロムナード。この試合に勝てば、ニルは念願叶《かな》いアルファを自分のものにできる。これは、エルフ界における魔術の大家である「ヴァイスロイ家」と、エルフ界でも比較的新興の魔術家系「プロムナード家」、その両家間で取り決めた約束。決して覆ることはない。

ニルは欲望《おっぱい》に目が眩《くら》み、自分がアルファに負けることなど微塵《みじん》も考えていなかった。ヴァイスロイ家の嫡男と、プロムナードなどというぽっと出の家の娘。それも叡将戦初参加、加えて自分より二十八も歳下《としした》と来れば、勝負になるわけがないと思い込んでも仕方がない。

「フン。あの男も図に乗りやがって」

闘技場の中央で向かい合っている二人は、先日ニルに絡んできたやけに失礼な男セカンド・ファーステストと、元宮廷魔術師団長チェスタ。

ニルはセカンドの顔を遠目に観察しながら、誰にも見られていないからか普段の丁寧な言葉遣いを忘れたように荒々しく、憎々しげに呟いた。しかし、その表情はすぐに余裕のあるものへと戻る。

「あれだけ僕を煽《あお》っておきながら、初戦敗退かな？　はは、お笑いだ」

負けるに決まっている――そう思っていたのは、ニルだけではない。【魔術】を知る者は、皆そう思っていた。セカンドは【剣術】に加えて【弓術】まで上げている。であれば、【魔術】を習熟する余裕などあるわけがないと、そう考えて然るべきだろう。

加えて、相手はあのチェスタである。キャスタル王国最強の宮廷魔術師として名高い「焔《ほのお》の魔女」が相手なのだ。【剣術】に【弓術】に【魔術】にとあっちこっち手を出している者より、専門家の方が強いに違いないと、誰だってそう思ってしまう。

「せいぜい頑張ってくれたまえ。セカンド・ファーステスト」

ゆえの、高みの見物。憎らしい男は負けるし、好きな女は手に入れられるし、そして、あわよくば叡将も……ニルは今まさに前途洋々、順風満帆の気分であった。

「――始め！」

審判の号令がかかる。いよいよ、叡将戦初戦が始まった。

さて、どうなるか……と。セカンドの様子を見た瞬間、ニルは思わず目を見開いた。

セカンドはなんと、伍《ご》ノ型の魔術陣を展開していたのだ。

「は、ははは！　馬鹿だ！」

ニルは嘲笑《ちようしよう》した。誰もがこう思う。「詠唱が間に合うわけがない」と。

伍ノ型というのは、最強にして最弱。威力は頭一つ抜けて高いが、その詠唱の長さから、対人戦における使いどころは殆《ほとん》どない。

「どうしようもないな、あの男」

ニルの嘲笑は冷笑へと変化する。彼の目から見て、セカンドはどう考えても〝雑魚《ざこ》〟だった。

「何をやっているんだこいつは」と、呆《あき》れざるを得ない。

チェスタも同様に思ったことだろう。彼女はセカンドの足元に展開された魔術陣を即座に見抜き、それが伍ノ型だとわかった瞬間、素早く接近した。そして、間髪を容れず《火属性・参ノ型》を詠唱する。準備時間は短いが、威力は申し分ない【魔術】だ。

「決めに行ったか。これで終わりだろう」

ニルの予想は、この参ノ型でセカンドがダウンし、そのまま壱ノ型の連撃でなすすべなくやられるというもの。チェスタが接近した理由は、その壱ノ型の連打を見越してだろうと考える。

また、セカンドが伍ノ型の詠唱を途中で破棄して壱ノ型で切り返してきた場合、あえてその攻撃を受けることで自身の詠唱時間を作り出し、反撃するという狙《ねら》いもあった。その際、接近していることは、チェスタにとって非常に有利に働くのだ。距離が短いため、相殺が難しくなるのである。

「この一瞬でそこまで判断するとは、流石《さすが》は焔の魔女。決勝は手こずりそうか」

早くも、チェスタが勝った後の、そして自身がアルファに勝った後のことを考え始めるニル。

……しかし、直後に、その予想は驚きの形で覆される。

「——っ⁉　なんだと⁉」

チェスタの《火属性・参ノ型》が発動し、セカンドの腹部に直撃した。

確実に、直撃したはずだった。なのに。

「何故《なぜ》ダウンしない⁉」

誰もが驚愕《きょうがく》した。セカンドはダウンしなかったのだ。チェスタも驚きの表情を隠せていない。

——そこには、この場において、セカンドとムラッティ叡将しか明確に認識していない、とある事実が存在した。それは、ダメージとＨＰ《ヒットポイント》の比率とダウン効果の関係である。

【魔術】参ノ型におけるダウン効果は、「HPが一割以上削れるダメージ」でなければ発生しないのだ。これは【魔術】がゲームとして細部まで解析されている世界で生まれ育った者か、趣味で【魔術】の細部の細部まで研究している者くらいしか、知り得ないだろう事実。

つまり、観客の常識では「参ノ型をモロに喰《く》らってダウンしないのはおかしい」と、ムラッティの常識では「参ノ型を受けてもHPが一割すら削れないなんてヤベェ」と、そうなる。

……そして、伍ノ型の準備が、完了してしまう。

「嘘《うそ》だろ……」

ニルは恐れ慄《おのの》いた。長い歴史を持つ叡将戦において、伍ノ型が行使されるのは、百数十年ぶりのこと。それもそのはずである。発動しようとしても、詠唱中に必ずダウンをとられてしまうのだ。滅多なことでは発動できるわけもない。

「そ、そうか！　よし、近付け！」

思わず声をあげたニル。何故なら、チェスタがセカンドとの間合いを限界まで詰めたからだ。伍ノ型は非常に強力な範囲攻撃スキル。近付いてしまえば、その広すぎる攻撃範囲ゆえ、セカンドは自身を巻き込んでしまうため、発動できなくなる。チェスタはそう考えたのだ。

…………だが、相手は、頭のネジがゆるんでいた。特に今朝《けさ》は、一段とゆるんでいた。

誰がなんと言おうと「遊ぶ」と言って聞かなかったのだ。

そして、セカンドは満面の笑みで、《雷属性・伍ノ型》を――自分の体へと撃ち込んだ。

「⁉　⁉　⁉　⁉」

瞬間、闘技場全体が驚愕と困惑に包まれた。皆が考えることは、ただ二つ。「今あいつ自爆しなかったか⁉」ということと、「あの魔術は一体なんだ⁉」ということ。

眩《まばゆ》い閃光《せんこう》がビカビカと迸《ほとばし》り、雷鳴の如《ごと》き轟音《ごうおん》が一帯に響き渡った。闘技場の中心では、電撃が龍のように荒れ狂っている。観客は皆、その光の筋の一つ一つに身の毛もよだつほどの殺傷力を感じ取っていた。火属性でも水属性でも風属性でも土属性でもない、見たこともない【魔術】、有り得るはずのない【魔術】。叡将ムラッティでさえ初めて目にする特殊な属性。精霊大王アンゴルモアと、その主人にのみ許された力――雷属性魔術。

「う……げほっ……」

次第に落ち着いていく稲光の奥から、一人の男が姿を現す。男は全身が傷だらけであった。至るところから血を流し、その白く美しい肌には見るも無残に焼け焦げている部分もある。

……対して。その傍らに横たわり気絶している老婆は、ほぼ無傷であった。

それは、バリバリと範囲内に何度も放出された電撃の、その最初の数発が〝致命傷〟となったことを意味する。以降の電撃の全《すべ》ては、決闘システムにより、全てが無効化されたのだ。

魔術師とは、それほどに貧弱なＨＰをしていた。逆に剣術師は、近距離戦闘職ゆえＨＰが上がりやすい。加えて弓術師でもあり、召喚術師でもあり、何よりエコとの訓練のために【盾術】スキルを殆ど高段まで上げていたセカンドのＨＰは、チェスタと比べて何十倍にもなっていた。

ゆえに、セカンドは《雷属性・伍ノ型》を耐え切れた。強く長い痛みと引き換えに。

……即ち、彼はパフォーマンスを取ったのだ。全身が焼《や》け爛《ただ》れるほどの電撃による激痛の回避よりも、叡将戦を大いに盛り上げ、夏季タイトル戦へと強者《つわもの》を誘い出すための、パフォーマンスを。

それを遊びと言うのだから、誰《だれ》も始末に負えないだろう。

「し……勝者、セカンド・ファーステスト！」

戸惑いながらも宣言する審判。しかし、結果は結果である。叡将戦の記念すべき初戦は、セカンドの自爆攻撃による勝利という、仰天の結果に終わった。

◇◇◇

初戦の内容は、観戦者全員に途轍《とてつ》もない衝撃を与えた。

特に大きな衝撃を受けたのは、叡将ムラッティ・トリコローリ。セカンドの放った《雷属性・伍ノ型》……その魔術陣を目にした瞬間から、彼はその場で立ち上がり、思わず大声をあげた。

歓喜、驚愕、興奮。どのような言葉を尽くしても足りない。彼の感情は、三十六年の人生で最大の爆発を起こした。そう、やはり在った。この世には、在ったのだ。未《いま》だ見ぬ【魔術】が――！

「…………‼」

ムラッティは、闘技場の中心で未知の【魔術】を行使する青年の一挙手一投足を、穴が開くほどに凝視した。彼が人生で最も集中した瞬間だった。

まるで生まれて初めて目にした映像作品に没頭する子供のように。口をぽかんと開けたまま、ただただ、ひたすらに、迸る電撃を見つめ続ける。彼にとって、その雷属性魔術は、他のどのような娯楽より、睡眠より、食事より、女体より、薬物よりも、極上の快楽に思えるものだった。

人生を賭《と》して求め続けてきた更なる【魔術】の深淵《しんえん》。それが具現化していきなり目の前に降臨したかのような、あまりにも直接的で刺激的で究極的な衝撃。その脳みそを剥《む》き出《だ》しにされ、そこへバケツ一杯の快楽物質をぶっかけられたような多幸感、絶頂感。つまるところ。

「最ッッッッッッ高ォ――――‼」


「いよいよだねアルファ。これが終わったら、婚約だ」

叡将戦挑戦者決定トーナメント準決勝。ニル・ヴァイスロイ対アルファ・プロムナード。

水色の髪をした美形の男エルフと、焦げ茶のロングヘアで黒縁眼鏡《めがね》をかけた巨乳の地味めな女エルフの試合である。下馬評はニルが優勢と言われていた。アルファは初参加ゆえ、経験からも実力からも、ニルには劣っている。

「あ、あの、私……」

「ん？　どうしたんだい？」

何やら声を出そうと口を開いたアルファに、ニルが気障《きざ》ったらしく問いかける。

アルファは暫《しばら》く沈黙した後、ニルへ視線を向けると、今までにない強い口調で言った。

「私、負けませんから」

その眼鏡の奥で、闘志が燃え上がる。

「………」

不意の反抗に、ニルは沈黙した。つい一昨日《おととい》まで、アルファは諦《あきら》めていたのだ。プロムナード家に生まれた宿命なのだと、家のためになるのならそれでも構わないと、仕方がないのだと、そう考えていた。だが、生まれて初めてその目にした一閃座《いっせんざ》戦が、鬼穿将《きせんしょう》戦が、彼女に勇気を与えた。

勝利のために死力を尽くすことの美しさ。ただひたすら技術の向上を求め、工夫し、改良し、努力することの尊さ。そして、負けるとわかっていても立ち向かっていく者の、強さ。

彼女は心から憧《あこが》れた。自分もそうありたいと願った。百歳という若さが、彼女にそうさせた。

「あの男に何か言われたのか」

「……だとしたら、なんだと言うのですか」

ニルは鋭く見抜く。直近の不穏分子といえば、あの男、セカンドしかいない。

「僕が勝つ。この試合を終えたら……覚悟しておけ」

「──っ」

ゾクリと、アルファの背中を悪寒が駆け上がった。ニルの目が一瞬にして暴力的なものへと変貌《へんぼう》したのだ。気障というマスクを被《かぶ》った彼の本性であった。

「両者、位置へ!」

審判から指示が出る。ニルとアルファは互いに距離を取り、所定の位置についた。そして、

「──始め!」

ついに、試合開始の号令がかかる。

……面白いことに、その後は、不思議と一方的だった。

手を変え品を変え、アルファに攻撃を当てようとするニルと、射程距離ギリギリから壱ノ型を連射し続けるアルファ。ニルは焦っていた。一発も攻撃が当たらないからだ。それもそのはず、アルファは攻撃よりも回避に専念していた。壱ノ型という最も準備時間のかからない【魔術】の詠唱中でさえ、ニルから攻撃が来ると察知できた時には事前に詠唱を破棄し、全力で回避行動へと移るほどに。慎重を絵に描いたような戦闘スタイルである。

そして、また隙を見て壱ノ型を撃つ。ひたすら回避し、ちょこちょこっと撃つ。見事なヒットアンドアウェイ。壱ノ型は威力が低いとはいえ【魔術】における最速の攻撃手段である。ニルはいちいちその対応に追われ、思うような攻撃ができなかった。

では逆にと、ニルも壱ノ型でのヒットアンドアウェイを戦法に取り入れた。しかし、そう上手《うま》くは行かない。現状、アルファに先手を取られているため、ニルが先手を取り返すことは困難だったのだ。ならばとカウンターを狙《ねら》おうとしても、【魔術】に【魔術】をぶつけて相殺させる場合、有利属性か同じ属性でなければならない。ゆえに、対応に次ぐ対応で、どうしても後手に回ってしまう。かといって自身への被弾を無視して攻め合おうとしても、同じペースで削り合ったら、アルファによって既に何発か壱ノ型を当てられているニルが先に倒れることになるだろう。

——手詰まり。まさか、自分が、そんなわけがない。

だが、いくら考えようとも、ニルの頭ではよい対策が一つも浮かばなかった。

……焦燥。このままでは、アルファを手に入れることができない。そのうえ「婚約のかかった一戦でプロムナード家の娘などにボロ負けした男」と、一生バカにされ続けてしまう。

焦る。焦る。焦る……。

「クソォオオオッ！」

ニルは吠《ほ》えた。威嚇した。アルファを脅した。暴言を吐いた。しかし、アルファは意に介さず、ただただ冷静に、回避し、距離を取り、壱ノ型を撃ち続けた。簡単なことではない。酔っ払いが鬱《うっ》陶《とう》しく絡んできている中で爆弾処理をするようなものである。並大抵の集中力では不可能だ。

そして、三十分が経過する。試合時間は一時間。つまりは折り返し地点。

このまま行けば、より多くダメージを与えているアルファの判定勝ちである。

「…………！」

試合時間、残り二十分。そこで、はたと、ニルは閃《ひらめ》いた。先のセカンド対チェスタ戦。そこでチェスタが取った作戦は、伍ノ型詠唱中のセカンドへ接近して参ノ型を放つというもの。

――〝接近〟。そして、そこで、わざと壱ノ型を喰《く》らい、自身の詠唱時間を稼ぐ。

「これしかない……！」

ニルは、無防備にアルファへと全力疾走した。アルファは、距離を取りながら壱ノ型を放つ。

「――っ！」

あえて無防備に突っ込むニル。そして、壱ノ型を喰らいながらも《水属性・参ノ型》の詠唱を始め、即座に発動し――

「きゃっ」

ついに、アルファが一撃、その体に喰らってしまった。

「は、はは、やったぞ！」

ニルは大いに喜んだ。壱ノ型数発より、参ノ型一発の方が、威力が大きい。即ち、このまま時間切れまで行けば、ニルの判定勝ちとなる。しかも……。

「ほらほら！　貴様がやっていた嫌らしい作戦だ！　そっくりそのままお返ししてやる！」

アルファのダウンにより、先後が入れ替わる。

今度はニルがヒットアンドアウェイでアルファを翻弄《ほんろう》する番となってしまった。

アルファは丁寧に回避し続ける。丁寧に対応し続ける。だが、反撃の機会は一向に回ってこない。

残り十五分。この状況が続けば、アルファの判定負け。

「………………っ」

しかし、どうすることもできない。

彼女は諦めかけていた。一生懸命にのぼってきた崖《がけ》から、一気にずり落ちた。そうして、また、以前の彼女に戻っただけである。強さに憧れる前の、ただの意気地なしの彼女に。

「――落ち着け！」

観戦席から、野次が飛んだ。

何処かで聞き覚えのある男の声。彼女は振り向かずとも、その声の主が誰かわかった。

「くっ……！」

不思議と、脚に力が入る。勇気が湧《わ》いてくる。立ち向かう気力が漲《みなぎ》ってくる。

彼が言うのだから、まだ何処かに勝機はあるのだと。何故《なぜ》だか、彼女はそう納得できた。

……負けたくない。ドクリと、心臓が鼓動する。彼女の感情は大きな高ぶりを見せた。

そして、不意に、彼の言葉を思い出す。参ノ型は、最後の最後の奥の手の、目くらまし――。

「……！　行きます！」

彼女の中で、気付きがあった。くらましとは、相手の目を欺くこと。偽り、騙《だま》し、惑わせること。

アルファはニルの《水属性・壱ノ型》を躱《かわ》してから、間髪を容れず《風属性・参ノ型》を詠唱し始める。詠唱が間に合うわけがない。そんなこと、誰《だれ》もがわかっている。

「馬鹿め！　無駄な足掻《あが》きだ！」

ニルは「チャンス！」とばかりに準備中だった《水属性・壱ノ型》の詠唱を済ませて放った後、回避に徹するため動きだす。

ここで、二人の性格の差が出た。慎重なアルファならば、この時、壱ノ型の詠唱を即座にキャンセルして回避に専念したことだろう。しかしニルは「相手が参ノ型詠唱中ならば壱ノ型一発当ててから逃げても余裕だ」と、そう考えてしまった。

事実、その通りである。参ノ型の詠唱は、それほどすぐには終わらない。だが……。

「馬鹿は、貴方です！」

アルファは、《風属性・参ノ型》の詠唱を、開始から僅《わず》か0・3秒で破棄していた。参ノ型は、目くらまし。その刹那《せつな》、相手に「参ノ型を詠唱しているな」と思わせるだけの――フェイク。

「何ィ⁉」

直後、ニルの頭部に《風属性・壱ノ型》が直撃する。入れ替わりで準備していた壱ノ型だ。

またしても、攻守交替。残り時間、約十分。総ダメージ量は、未《いま》だニルの優勢。しかし、アルファは、とても落ち着いていた。「焦るなよ」と、あの人に、そう言われているような気がして。

その後。彼女は、変わらず、焦らず、地道にヒットアンドアウェイを続けた。ニルの接近にも、フェイクにも、惑わされることなく、慎重に、じわじわ、こつこつ、ちまちま、壱ノ型で攻撃した。

残り一分。ダメージ量が、ついに逆転する。

「――試合終了！　判定により、アルファ・プロムナードの勝利！」

そして、彼女は勝利した。

◇◇◇

叡将《えいしょう》戦挑戦者決定トーナメント決勝。

試合直前、俺は巨乳眼鏡エルフのアルファ・プロムナードと言葉を交わす。

「あの、セカンド一閃座。先日はありがとうございました」

「アドバイスか？」

「はい。貴方の助言がなければ、私は負けていました」

「いや、でもお前、才能あるよ。俺のアドバイス聞いてから二日でここまで仕上げたんだ。センス抜群だと思う」

「……あ、ありがとうございます」

素直に褒めちぎってやると、彼女は頬《ほお》を朱に染めて俯《うつむ》いた。

眼鏡と髪で表情がよくわからないが、きっと照れているのだと思う。

「両者、位置へ」

審判の指示に従って、距離を取る。

さて、今回は、さっぱりと優しく行こう。初戦がド派手だったから、ここで緩急をつけることも大事だ。脂っこいものが続くと、観客の胃ももたれるからな。朝昼晩と揚げ物は流石に嫌だろ？

「――始め！」

号令がかかる。アルファの戦法は、ニル戦の時と同様に《風属性・壱ノ型》でヒットアンドアウェイのようだ。俺は今回、雷属性を封印する。何故ならアルファが相殺できないからだ。雷属性が対人戦において反則級に強い理由の一つとして、【魔術】をぶつけ合って相殺するという対応が難しい点が挙げられる。これをやっちゃあ、あまりにも一方的。それはつまらないだろう。

「なあ、これ知ってるか？」

ひょいっとアルファの壱ノ型を躱し、俺はそう言いながら、地面に伏せる。

「な、何してるんですか……えっ‼」

アルファはすぐに気が付いたようだ。そう、この体勢で【魔術】を詠唱すると、術者の足元に出現する魔術陣が見え辛い、即ち、その属性や【魔術】の型の看破が難しくなるのだ。非常に原始的だが、なかなかに厄介な手法である。ただ見た目は恰好《かっこう》悪いのであまり使いたくはないが。

そうして、伏せたまま《水属性・壱ノ型》を発動する。アルファはワンテンポ遅れつつも、同じく《水属性・壱ノ型》をぶつけて対応した。悪くない観察力だ。

「イイねえ。じゃあ、これはどうだ？」

次いで、俺は《風属性・壱ノ型》を詠唱する。アルファは回避しようと、射程距離外へ逃げるように距離を取り始めた。ヒットアンドアウェイの基本だ。こうされると、こちらは困ってしまうと、言いたいところだが……。

「嘘《うそ》っ⁉」

俺の《風属性・壱ノ型》は、俺の足元に向かって放たれた。

ぶわっと風圧が加わると同時にジャンプすることで、体が斜め四十五度に飛び上がる。

ダメージ判定もあって少し痛いが……これで、一気に距離を詰められるのだ。そして。

「これは移動中にはならないから、詠唱できるんだ」

ジャンプの瞬間から詠唱を開始することで、詠唱しながら移動するという本来では考えられない状況を可能にする。射程距離外に逃げていたアルファに近付きつつ、《火属性・参ノ型》の詠唱を進めながらの、着地。

「着地をミスると詠唱がパァになるから注意な」

一言伝えて、参ノ型の準備を完了させた。アルファの位置は、バリバリの適正射程距離。こちらの参ノ型は、いつでも撃てる。確実に当たるだろう。俺とアルファの攻撃力差を考えても、これで必至だった。彼女はなんら有効な対応もできず詰まされる形だ。

……が。俺はあえて、一拍だけ待った。アルファがどのような対応をするのか見たかったのだ。

彼女はセンスがいい。教えたいことがたくさんある。まだ指導対戦を続けたかった。

「くっ……！」

そして、アルファは、驚くべきことに、その場に――伏せた。

「…………ああ最高」

考え得る最高の対応だった。伏せて詠唱し、自身の魔術陣を隠すことで、敗北必至の状況といえども「何をしてくるかわからない」という緊張を相手に強いる、間違いを誘う怪しい一手。

それだけではない。その〝伏臥《ふくが》詠唱〟を教えたのは、つい数分前だ。にもかかわらず、彼女は応用してみせた。このどうしようもなく追い詰められた状況に、最高の形で。

「もう少し、やろうか」

俺は《火属性・参ノ型》をアルファの少し手前に撃って、後退するように距離を取る。

もっともっと、見たくなったのだ。彼女に色々なことを教えたくなった。

「はいっ……！　よろしくお願いします！」

参ノ型の余波を受け、少しダメージを負ったアルファが、一生懸命に喰《く》らいついてくる。

……こうして、それから数十分。俺たちは衆目の中、長々と指導対戦を続けた。

観客からは「イチャイチャしてんじゃないわよ！」「最早試合になってないじゃないですか！」「やはり胸か！　胸なのか！」「帰ったらお話がありますご主人様」「おなかすいた！」など様々な

野次が飛んできた。

いいじゃないの、たまにはこのくらい。勉強になっただろぉ？　お前らもさぁ。

「試合終了！　勝者、セカンド・ファーステスト！」

審判から判決が下る。俺とアルファは笑顔で握手をして、舞台を後にした。

さあ、お次はいよいよ叡将との対戦。どんなヤツなんだろうな？　なんにせよ、楽しみだ。

◇◇◇

「ど、どど、ど、ど、どもっ」

叡将戦、最終試合。ヤベェやつがきた。

「……どうも」

「で、へ、で、デュフッ。せ、せ、セカンド氏。デュフフ……」

叡将ムラッティ・トリコローリ。一言で表せば……「オタク」だろうか？

恰幅《かっぷく》のいい、というか今にも腹がシャツを突き破りそうなくらい肥えに肥えている、眼鏡《めがね》の汗だく男。そして息が荒い、距離が近い、動きが変に機敏で、口調が独特。どーも見覚えがある、秋葉原あたりに居そうな雰囲気。

「あっ、あ、そうだ。セカンド氏、かみ、かみな、雷属性の話なんですけど～」

この噛《か》み具合、唐突さ、圧倒的な会話の下手《へた》さ、絶妙な馴《な》れ馴れしさ。こいつは人間でもエルフでも獣人でもない。きっとオタクという種族に違いない。

「拙者、魔術大好きでして、あ、雷属性、凄《すご》いっすね。ふへへ。でも拙者も負けてないっていうか、あー、あ、そっか、いいや。あの、四大属性の伍ノ型の習得方法、こっち全部教えるんで、か、雷属性魔術の、話を、聞かせてもられられぅえかなってていうことでして」

不自然な一人称、自分の興味のあることしか話さない、隙あらば自分語り、意味不明な自己完結、無駄に優位に立とうとする、大事なところで噛む、全体的な挙動不審。

間違いない、こいつオタクだ……！

「ど、どっすか？　どっすか？　じょ、条件は悪くないと思われ」

「いや、どうも何も、既に知ってるんだよなぁ」

「えぇ……マジすか。えー。じゃあどうしよっか……あー……」

一撃で残機が尽きたようだ。なんか、こいつ……可愛《かわい》いかもしれない。いや変な意味ではなく。彼なりにコミュニケーションに必死な感じが、俺としてはそこそこ好印象だ。

「この試合で善戦したら、教えてやらなくもないぞ」

「あっ、神。セカンド氏、マジで神だわ」

「だろう？　崇《あが》めてもいいぞ」

「神すぎて拙者もう嬉《うれ》しすぎ警報発令中な件……あ、雷属性以外も神ってたといいますか、伏せて魔術陣隠すとか、飛んで移動しながら詠唱するとか、その発想に頭皮ごと脱帽なんですがそれは」

「お前の体形じゃあどっちも軽やかにはできそうにないけどな」

「お、おうふ、これは一本取られましたな。アイタタタ」

……あれ？　おかしいな。何故か話していて楽しい。

こいつもだんだん慣れてきたのか、饒舌《じょうぜつ》になってきた。

「どうして雷属性魔術について知りたいんだ？」

「よくぞ聞いてくれました。拙者、幼少期から魔術の研究をしておりましてですね。あ、ちなみに拙者、八歳で王立魔術学校を卒業したでござる。最初はきちんと行っていたのですが死ぬほどいじめられまくったので飛び級で一年しか通ってござらんのでご了承を。で、かれこれ三十六年の人生の殆《ほとん》どを魔術に費やしてきて今があるわけなのですが、そんな拙者が一度も目にしたことのない魔術なわけですよ。その雷属性魔術は！　気にならざるを得ないでしょ常識的に考えて！」

「そうか、わ、わかった。わかった！　離れろ！　顔が近いんだ顔が！」

「こ、これは失礼」

パーソナルスペースぐちゃぐちゃだなこいつ。

だが、八歳で魔術学校卒業か。伍ノ型も四大属性全《すべ》て習得しているようだし、明らかに他の出場者とはレベルが違う。研究という着眼点もいい。利益を求めるでもない、誰《だれ》に公開するでもない、全てが無駄になるかもしれない、一見して毒にも薬にもならないような細かいことを、ただひたすらに熱中してやる。何処かシンパシーを感じるな。

ムラッティはきっと、【魔術】が堪《たま》らなく好きなんだろう。俺もそうだ。メヴィウス・オンラインというゲームが、堪らなく大好きだった。

「いい試合をしよう」

「キタコレ。セカンド氏と善戦して雷属性魔術について聞いちゃうゾの巻」

「はいはい」

テンション上がり過ぎておかしくなってないか？　大丈夫だろうか。冬だというのに汗だくだ。

「両者、位置へ」

いつものように、所定の位置へ移動する。ムラッティはひょっこひょっこと歩いていった。運動神経のうの字も感じない。本当に大丈夫だろうか。

遊ぼうと思っていたが、これは相当な手加減が必要かもしれない。

「――始め！」

号令。直後、ムラッティは《火属性・壱ノ型》を放ってきた。射程外から――。

「ははっ！」

心配は無用だった。こいつ、わかっている！

「いざ参りますよぉ！」

地面に落ちて燃え盛る炎で、ムラッティの足元に広がる魔術陣が見え難《にく》くなる。申し分ない初手だ。恐らく、やつは〝定跡〟を持っている。独自の定跡を。ならば、見定めるが吉。

「来い！」

俺は横方向へ移動し、ムラッティが《水属性・参ノ型》を詠唱していることを見抜いてから《風属性・参ノ型》を準備した。

【魔術】の属性には四すくみの関係がある。「火＞土＞風＞水＞火」と、それぞれが有利属性と不利属性を持っている。【魔術】に【魔術】をぶつけて相殺する場合、基本的には同属性、もしくは有利属性で対応できる。ただ、有利属性をぶつけた場合は、厳密には相殺ではなく〝掻《か》き消《け》し〟となるのだが、まあ大した違いはない。

ここで重要なのは、どちらが先手でどちらが後手か。同属性ないし有利属性をぶつけるのなら、後手で対応する場合のみ、相殺ないし掻き消しが可能となる。先手か後手かは【魔術】を放った瞬間に決定する。当然、先に放った方が先手だ。

「よっ」

「ほっ」

互いに気の抜けた掛け声で、参ノ型をぶつけ合う。

後手の俺の風属性が有利属性のため、ムラッティの《水属性・参ノ型》は空中で雲散霧消した。

「おうふ」

瞬間、ムラッティのMPが更に通常の二倍減少する。これが有利属性で掻き消した場合の追加効果。叡将戦《えいしょうせん》に出場するようなキャラクターのステータスなら、気にする必要もない程度の損失だ。

「しかし風なら、こうですな」

次いで、間髪を容れずムラッティは《土属性・壱ノ型》を詠唱し始めた。

なるほど、なるほどなるほど！　さっき俺が風で対応したことで、そこら中に水が霧のようにまき散らされたわけだ。土属性に対応すべきは、同属性の土か、有利属性の火。しかしその火属性は、現在俺とムラッティの間に舞い散っている水に不利。うん、罠《わな》だな。恐らく掻き消し切ることができない。となれば、俺は《土属性・壱ノ型》を喰らうことになる。ゆえに、土属性でしか、対応できない。こちらの行動を強制されている。やはり、定跡化しているようだ。

「いいぞいいぞ！」

別に壱ノ型ごとき喰《く》らったところで痛くも痒《かゆ》くもない。だが、それではつまらない。

俺は即座に《土属性・壱ノ型》を準備し、ムラッティのそれにぶつけて対応した。

「流石《さすが》、引っ掛かりませぬかぁ。ならば」

ムラッティは一瞬だけ参ノ型を詠唱するフェイントを入れてから《水属性・壱ノ型》を詠唱する。流れるように自然な目くらまし。ありゃあ、やり慣れてるな。俺は騙《だま》されずに《風属性・壱ノ型》で対応の準備をする。

「……おっと」

詠唱完了後、ムラッティは放つことなく、即座に壱ノ型をキャンセル。すぐさま《風属性・参ノ型》を詠唱し始めた。

うーん。このままこっちが構うことなく壱ノ型を撃ったら、恐らく相手はダウンする。俺のＩＮＴが相当に高いうえ、向こうは専業魔術師ゆえにＨＰ《ヒットポイント》が低いからな。だが、普通ならダウンせず、向こうの参ノ型が間に合う形だ。それがムラッティの定跡なのだろう。

もう少し合わせてやって、定跡の先を見るのも一興だが……いいや、撃っちゃえ。

「ぐえーっ！　ま、マジか……威力高すぎぃ……」

直撃。案の定、ムラッティはダウンする。これで参ノ型の詠唱がパァだ。しかもかなりのダメージが入っていると見た。ふらふらと足にきている。

「なかなかいい作戦だったぞ。ステータス差がなかったら一応勝負になっていた、と思う。雷属性について話してやってもいいかもしれない」

「ふぁっ⁉　せ、せ、セカンド氏ぃ！」

「今季のタイトル戦が全て終わったら、家《うち》に来い」

「ぜ、絶対行きますので！　絶対行きますのでぇ‼」

ムラッティは感激している。いや、感涙している。ああ……こいつ多分、叡将とかどうでもいいんだろうな。【魔術】のことさえ知れれば、なんだっていいんだ、きっと。

へぇ、いいじゃないか。俺には理解できないが、何故《なぜ》だか見ていて清々《すがすが》しい。

「遠慮はいらないぞ。いつでも来て構わないからな」

「はい、はいぃ……いひ、行きますぅ……ぅ、ぇぐっ……」

……最早試合中とは思えない状況である。だってお互いに棒立ちで、しかも雑談しちゃってるもの。かたや泣いてるし。

やれやれ仕方ない。最後にひと盛り上げして、とっとと終わろう。

「特別サービスだ。とっておきを見せてやる」

「と、ととっ、とっておき、でぃすかっ」

「そうだ。だからさっさと泣きやめ鬱陶《うっとう》しい」

俺はムラッティと少し距離を取り、《火属性・参ノ型》を詠唱する。

「魔術の単発にはさ、二分の一で対応できるんだ」

「たはっ、確かに、に、二分の一ですわなぁ。四つの属性のうち、有利属性と、同属性で」

「そうだ。だが、それだと戦術として物足りなくないか？」

「はぇ？　というと？」

「ニブイチで、幸運なら対応できちゃうんだよ。つまらないだろ？　運が絡むとさ。実力でねじ伏せられない」

ムラッティはハテナ顔で小動物のように首を傾《かし》げる。いい歳《とし》したオッサンがぶりっこしているみたいで非常に気色が悪い。

「オカン流。こう呼ばれている」

「お、悪寒とな？」

オカン流の名前の由来は二つある。一つは、最初にこの戦法をやりだしたのが「Ok4NN《オカン》」というプレイヤーだったから。そして、もう一つは——

「魔術に、魔術を〝複合〟させる。魔魔術だ」

「!?」

魔弓術があって、魔剣術があるのだ。魔魔術があってもおかしくない。魔魔術ならば、結局は【魔術】しか使っていないため、叡将戦でも使用できるはず……と、Ok4NNさんが試合直前にそんなことを言い出し、実際に叡将戦本番で使ってみちゃったのが全ての始まりだった。

結果、なんの問題もなく使えてしまった。皆、驚き、そして、笑った。いい時代だった。

Ｏｋ４ＮＮさんの使う、ママ術。ゆえに――〝オカン流〟。

「火・参と風・参の複合。これを相殺するなら、同様の組み合わせでなければならない。有利属性はない。火と風に同時に打ち勝つ属性は存在しないからな。ゆえに、運任せで対応した場合、成功確率は六分の一まで減る」

言いながら、俺は《火属性・参ノ型》に《風属性・参ノ型》を《複合》させた。

百聞は一見に如《し》かず、これが魔魔術である。

「あ、あー！　はぁー！　あはあああぁっ‼」

「うわっ。なんだどうした」

「……す、すみません。これ。興奮しすぎましたこれ。初めて聞いたスキルだったのでこれ」

ムラッティは両手をあげて大声を出してから、ハァハァと息を荒らげてそんなことを言う。

本番はこれからなんだが、この調子で大丈夫か……？

「複合、相乗、溜撃《りゅうげき》。魔魔術には三種ある」

他の、例えば魔弓術も同様だ。それぞれ、《複合》は【弓術】で一つの【魔術】を放つスキル。《相乗》は【弓術】に二つの【魔術】を付与して放つスキル。《溜撃》は【弓術】と【魔術】の火力を合わせたチャージ式倍率攻撃スキル。

この《相乗》が、オカン流の中でかなり重要なスキルとなる。俺は一度、《火属性・参ノ型》と《風属性・参ノ型》の《複合》を破棄して、再び一から《火属性・参ノ型》を詠唱し始めた。

「複合は、魔術で魔術を放つ。ゆえに二つしか合わせられなかった。だが、魔術に二つの魔術を乗っける〝相乗〟なら……こうなる」

「!!!?」

《火属性・参ノ型》への《風属性・参ノ型》と《土属性・参ノ型》による《相乗》、即ち。

「三つの魔術を合わせられるんだ。こいつのミソは、何に何を乗せるかで、対応が変わってくるということ」

ややこしくなってきたぞぉ。

「先の一つと、後の二つは別で考えなくてはならない。ゆえに、こいつに対応しようとした場合は、組み合わせが増えるから……うーん、というか、対応は現実的ではない」

言いながら、《相乗》をキャンセルする。

そして、もう一度。今度は、三つの【魔術】を同時に詠唱する。

「こうやって同時に詠唱できる。魔術陣は足元に三つ全《すべ》て出るが、一瞬で見抜いて1＋2の属性への対応を準備するのは……ひっじょ〜〜に難しい」

できなくはないがな。

「わかったか？　こうやって運の要素を減らせば、戦術の幅が大きく広がるんだ」

「　」

反応がない。ムラッティは口をぽかんと開けて、放心していた。

いやあ、これだけいいリアクションしてくれると、説明していて楽しいなぁ。

「よし、これが最後。〝溜撃〟だな……覚えておけ。魔術で最も火力を出す方法だ」

俺は折角なので《雷属性・参ノ型》を準備して、《溜撃》を発動する。

これは溜《た》めれば溜めるだけ火力の上がる倍率攻撃スキル。魔魔術の場合、ＩＮＴ＋ＩＮＴの純火力で、《溜撃》九段なら、溜め時間最大十秒、その倍率は――８００％。即ち。

「十秒待てば参ノ型を通常の十六倍の威力で撃てる。これでクリティカルが出たら四十八倍だ」

……溜める、溜める、溜める。ぐわんぐわんと俺の周囲の空間が歪曲《わいきょく》して、悍《おぞ》ましくも凄《すさ》まじい威力が参ノ型へとギュンギュン凝縮されていく感覚。足元の魔術陣からバチンバチンとツタのように雷が漏れ出しては地面でのたうち回っている。

「っは、はわぁあ！　なんぞそれ⁉　なんぞそれぇ⁉」

ムラッティは興奮やら歓喜やら恐怖やら色とりどりの感情を顔に浮かべつつ、結局、最終的に好奇心に落ち着いて、汗と涙と涎《よだれ》と鼻水にまみれたなんとも嬉《うれ》しそうな表情で声をあげていた。

「家に来た時に、教えてやる」

最後は、パフォーマンスの時間だ。

魅せてやる。そして更新してやる。叡将戦における【魔術】の最大ダメージ記録を。

「――――ッ」

《雷属性・参ノ型》のフルチャージ《溜撃》が、ムラッティへと飛んでいく。ムラッティは満面の笑みで両手を広げた。感無量とでも言いたげな表情。マジかよ。イッちゃってるなこいつ。

「うおっ」

着弾。同時に、予想以上の衝撃が闘技場全体を襲った。

俺は体勢を低くしながら、爆風の中、一瞬だけ表示されたダメージを確認する。

クリティカルヒットは、出ていた。ダメージは――９３５４１。

……恐らく。ここにいる観客や出場者の全員が、見たことも聞いたこともない数字だろう。

これで、大いに活躍、そして、悪くない挑発ができたんじゃないかなと思う。

一閃座《いっせんざ》と叡将で、二冠にもなった。アルファというエルフはセンスがよかったからもう少し教えたいし、ムラッティという魔術オタクを通じて問題ない程度にスキル習得条件の開示もできそうだ。

こいつぁ、夏季タイトル戦に期待が高まるなぁ……！

「――し、勝者、セカンド・ファーステスト！」

◇◇◇

「だ、誰か、ご覧になりましたかしら？　今の、ご主人様の、その……ダメージ」

「ああ、よかった。私の見間違いじゃなかったみたいですね」

シャンパーニが周囲を見渡しながら口にする。それに対しコスモスがほっとした様子で返した。

あのコスモスが下ネタを口にしない……これは、メイドたちの間では相当な異常事態を意味する。

「お二人で何か楽しそうに雑談されていると思ったら……」

「ヤッベェな……ケタが一つか二つ違《ちげ》ぇぞ」

――九十三万ダメージ。それは、セカンド・ファーステストという彼ら彼女らの敬愛する主人の出したものであっても、若干引くくらいの数字であった。

使用人たちで、それだ。観客たちは、最早ドン引きを通り越して、完全に思考を停止しているかもしれない。そして……。

「――――凄《すご》い」

タイトル戦出場者には、効果抜群だった。

あのダメージを自分も出したい――と、皆が強くそう思った。

ネットゲームのやる気は、全て憧《あこが》れから始まる。

史上初の二冠を達成した、あの異常な男に、次は、せめて、追いつけるようにと。

長い歴史を持つタイトル戦の、その流れが、常識が、今まさに、変わり始めようとしていた。

そして、叡将《えいしよう》戦が終わり、金剛《こんごう》戦が始まる――。

第三章　冬季タイトル戦　後編

「金剛戦はドワーフばかりみたいだ」

朝、観戦席でシルビアが思い出したように言う。

「そうなの？」

「歴代金剛も、ゴロワズ現金剛も、ドミンゴ殿も、エコの初戦の相手ジダン殿も、皆ドワーフだ」

「五人中三人がドワーフか」

「加えて獣人のエコも人間のロックンチェア殿も、今季が初参加。それまでは何十年間もドワーフしかいなかったらしい」

熱いなぁ。しかし、なるほど。確かに合理的ではある。

「ドワーフは比較的ＨＰ《ヒットポイント》とＶＩＴ《防御力》とＳＴＲが上がりやすい種族だ。そもそものステータス成長性が盾術向きと言えるな」

「やはりか。では獣人と人間はどうなのだ？」

「どっちも成長タイプによるとしか言えん。ただ、成長タイプが合わなければ止《や》めておいた方がいいかな。ドワーフの場合は成長タイプが合っていなくてもできなくはない、というだけの話だ」

「凄いなドワーフ。では、エコはどうなのだ？」

「エコは明らかに筋肉僧侶《そうりよ》だから、バリバリ向いてる。な？」

「……ほ？」

聞いてなかったみたいだ。俺は「なんでもない」と言って、エコを観戦に集中させる。

彼女が見ているのは、金剛戦挑戦者決定トーナメント準決勝、ドミンゴ対ロックンチェアの試合。

ドワーフ対人間の試合が、今まさに始まろうとしていた。

「――始め！」

審判の号令。直後、盾と盾がぶつかり合う。

「おおっ、激しいな！」

シルビアは興奮している。確かに、金剛戦は派手になりやすい。

受けるとすれば、角・香《きよう》・歩で耐えるか受け流すか、金・桂《けい》で弾《はじ》くか、銀でパリィか。

攻めるとすれば、銀将パリィの反撃か、飛車の突進か、龍馬《りゆうま》による貫通か、龍王《りゆうおう》による衝撃か。

いずれにしても、ぶつかる場面が多いのだ。

「しっかし……あいつ、結構やるなぁ」

傍《はた》から見ていて気が付いた。ロックンチェアという人間の方、かなりできる。

中肉中背これといった特徴のない三十代後半ほどの短い黒髪の男は、小型の盾、恐らくミスリルバックラーで見事に立ち回っていた。実に鋭い。見るからにスキルの出し方が違う。ありゃムラッティと同格か、それ以上。〝定跡〟持ちだな。

激しくぶつかり合ったのは開幕直後のみ。序盤中盤を通り越し終盤へと至ると、急に静かになる。

試合が一方的になってきた証拠だ。ドワーフの髭面《ひげづら》の男ドミンゴは手も足も出ていない。後は、ロックンチェアがサクッと寄せ切るのみだろう。

「そこまで！　勝者、ロックンチェア！」

試合開始から十分ほどで、早くも勝敗が決まる。

「人間が勝ったけど」

「うむ、予想外だな。これは歴史的に見ても大きな一勝だろう」

初のドワーフ以外の金剛誕生、その第一歩。

有り得なくはないな。あの男は、他と比べれば頭一つ抜けて強い。

「エコ。決勝戦で全て出し切れ。今のあいつ、かなり手ごわいぞ、多分」

「わかった！」

厳しめの顔をしてそう伝えると、エコは朗らかに笑って頷《うなず》いた。相変わらず何を考えているかわからない可愛《かわい》らしい顔だ。ただまあ、本人は楽しそうだから、それでいいか。

「…………エコ？」

――不意に。俺たちの背後から、声がかかった。

振り向くと、そこには……なんとなくエコに似ている、猫獣人の男の姿。

「……おとーさん……」

エコの顔から、俄《にわ》かに笑みが消えた。待て、お父さんだと……？

「魔術学校はどうした。何故《なぜ》こんな場所にいる？」

「もしかして、エコのお父さん？」

「……そうだが。君は誰だ？」

隣で「嘘《うそ》ぉ!?」というリアクションをするシルビア。

「昨日《きのう》で一閃座と叡将の二冠になったセカンド・ファーステストです。そちらは？」

「そ、そうだったか。何分、今朝《けさ》到着したもので、事情を知らずすまない。自分はショウ・リーフレット。そこなエコの父である」

マジでエコパパだった。ということは、田舎《いなか》の獣人村から遠路はるばる王都へ応援に来たということか？　それにしてはエコの姿を見て驚いたような顔をしていたが……加えて、二冠と聞いてもあまり驚いていない。タイトル戦史上初の二冠だぞ？　今朝なんか闘技場に入るだけでえらい大変だった。裏口だというのに観客で溢《あふ》れかえって、第三騎士団が出動したくらいだ。

「ここには何用で？」

あまりにも謎が多いので、もうストレートに聞いてみる。

「明日の、霊王戦《れいおう》？　に出場する、カピートの付き添いで参った。今日は観戦席の下見だ。ついでに魔術学校へ寄ってエコの顔でも見られればと考えていたが、まさかこんな場所にいるとは」

「…………」

エコパパの言葉に、エコが俯《うつむ》く。そうか、エコパパはまだエコが王立魔術学校に通っていると思っていたわけか。そりゃ驚くわ。だって、ついこの間まで【魔術】を学びに王都の学校へ入学したと思っていた娘が、今や【盾術】の最高峰の場にいるんだからな。半年の間に理系が文系どころか芸術系に行ったようなものだ。「何があった⁉」と思うに違いない。

「へぇ……霊王戦。そのカピートって人も、エコと同郷なんですか？」

「我が村で一番の魔物使いだ。今まではふらふらと外を放浪していたようだが、ある日突然帰ってきて、今度王都の大会に出ると言うから、娘に会ういい機会だと思い自分が付き添いに志願した」

王都の大会？　二冠に驚かない時点で、なんとなく嫌な予感がしていたが……まさか、エコパパ、タイトル戦を知らないんじゃゃ……？

「しかし凄い盛り上がりだ。これほど大きな大会とは思っていなかった。もしカピートが活躍したら、いい村おこしになりそうだな」

やっぱりな！　知らないんだわ、この人。これだから田舎者は……。

「エコ。今日は授業はないのか？　ところで、どうして関係者以外入れない観戦席にいるのだ？」

「……やめた」

「何？」

「がっこう……やめた」

「……何⁉」

あ、マズい。理解力の足りない田舎の頑固親父《おやじ》と、上京して独り頑張る娘。嫌な予感がする。

「エコ！　お前、入学金を集めるのにどれだけ苦労したと思っている⁉　村の皆になんて言えばいいんだ！　父親に恥をかかせる気かっ！」

あーあー言ってはいけないことを……。

「エコ、無視していいぞ。今は金剛戦のことだけ考えてろ」

「う、うん……」

エコパパの気持ちもわからなくはない。だが、エコが無駄にプレッシャーを感じ、無駄に苦しみ、無駄に努力する必要はない。

ただ、今、目の前のことを、笑顔で、ひたすら楽しむ。お前はそれでいいんだ。

「何を言う！　これは父と娘の話だ！　部外者は引っ込んでいてくれ！」

「エコパパさんさ、この後エコに会いに行く予定だったんなら、時間あるでしょ？」

「だったらなんだ！」

だったら、こうだ。

「シルビア」

「うむ」

「なっ⁉」

俺とシルビアでエコパパの両脇を挟み、強引に着席する。

史上初のタイトル二冠と鬼穿将《きせんしょう》戦挑決トーナメント優勝者による挟み技。どうだ逃げられまい。

「何をする！」

「大人しく見ていてください。多分、こうでもしないとあんた、理解できないから」

「私も同感だ。エコのために、私のかけがえのない仲間のために、見逃すことはできない」

骨の髄までわからせてやる。

あの小さくて可愛《かわい》い猫獣人の女の子が、あんたの実の娘が、どんだけ凄いやつかってのをな。

「エコ、行ってこい」

「……うん！」

金剛戦挑戦者決定トーナメント準決勝。エコ・リーフレット対ジダン。

闘技場の中心で対峙《たいじ》する二人を、俺たちは目の前で観戦する。

暫《しば》くすると、エコパパはちっとも抵抗しなくなった。天地がひっくり返っても逃げられないと悟ったのだろう。

「エコは金剛戦では九十三年ぶりの獣人の出場者らしい」

シルビアが呟《つぶや》く。へぇーと思う俺と、黙りこくるエコパパ。返事はないが、シルビアは聞いているものだとみなして、更に言葉を続ける。

「金剛戦の出場条件は、盾術スキルを全《すべ》て九段にすることだ」

「……エコが、そうだとでも言うのか？」

「うむ、そうだ」

「冗談はやめてくれ」

……いや、まあ、信じられないよなぁ。エコはつい半年前まで【魔術】を勉強していた少女だったんだ。それが今や金剛戦出場者。この世界では、はっきり言って異常だろう。

「しっかり見ておくといい。あれが、今の貴方《あなた》の娘の姿だ」

「――始め！」

直後、審判の号令が響く。エコはすぐさま《飛車盾術》で突進し、間合いを詰めた。

「あれは移動のための発動だ。あのままぶつかるわけではない」

よかれと思って、俺は解説を入れる。すると言った通りに、エコはジダンとぶつかる直前で《飛車盾術》を終了させ、即座に《龍王盾術》を準備し始めた。これは【盾術】では珍しい非常に強力な攻撃スキルである。近距離で受ければ、防御は殆《ほとん》ど意味をなさないほどに。

「相手は角行で完全に受け切ってからカウンターを狙《ねら》っていたみたいだな。エコの想定内だ。問題はこの龍王に相手がどう対応するかだが……」

ジダンはエコの龍王に気が付くと、間髪を容《い》れずに《飛車盾術》を準備する。

「先に飛車の突進を当てて龍王の準備を崩すつもりのようだ。こりゃあ、こっちの戦法通りだな」

「……戦法？」

「ああ。奇襲戦法、その壱……」

【盾術】奇襲戦法、その壱――〝陽動振り飛車〟。

「――いくよっ！」

エコはジダンの《飛車盾術》の準備開始を見て、その0・2秒後から《龍王盾術》をキャンセル、同じく《飛車盾術》を準備し始めた。

二人の距離は近い。ゆえに、後から準備して間に合うわけがない。誰《だれ》もがそう思うだろう。観客も、出場者たちも、そして、対戦相手ジダンも。

「簡単な話だ。相手に一瞬だけ〝行ける〟と思わせる」

エコが《飛車盾術》を準備し始めた直後、きっかり0・3秒で、エコは《飛車盾術》をキャンセルし、《金将盾術》の準備を始める。

「――!?」

すると、どうだろう。不思議なことに、ジダンは既に《飛車盾術》を発動してしまっているのだ。一瞬「行ける」と思わせた効果がここに来る。一見して間に飛車を挟む行為は完全な無駄に見えるが、0・2秒後という、ここしかない絶妙のタイミングで「行ける」と思わせることは、奇襲として非常に重要な意味を持っていた。

……何度も、練習した。エコと一緒に、何度も、何度も、何度も。互いの位置を、発動のタイミングを、何度も。三週間、そんなことばかりを練習した。

あれは凝縮されたテクニックだ。格上にたった一太刀《ひとたち》浴びせるためだけに磨きに磨き上げた斬れ味鋭い真剣のような技巧が、ここにぎゅっと詰まっているんだ。

「あいつは、もう、どうにも止まれない」

ジダンは既に《飛車盾術》を発動してしまった。そして、キャンセルする暇もない。何故《なぜ》なら。

「ほら、吸い込まれるぞ」

そう、《金将盾術》は範囲誘導防御+ノックバックのスキル。一定範囲内の相手の攻撃を、自身の盾に誘導する。ジダンは見る見るうちにエコの盾に吸い寄せられるようにして近付いていき……。

「ぐおっ!」

接触と同時にノックバックの効果が発動し、ジダンは後方へと吹き飛ばされた。

その直後、エコは抜かりなく、《飛車盾術》を準備する。

「決まったな」

ダウンから起き上がろうとするジダンへ、鋭い追撃。大盾による突進が無防備な頭部に直撃した
ジダンは、大型トラックにはねられたようにぶっ飛び、地面に頭突きするように倒れて気絶した。

「――勝負あり！　勝者、エコ・リーフレット！」

素晴らしい。奇襲戦法その壱〝陽動振り飛車〟が完璧《かんぺき》に決まった、文句なしの一戦だった。

俺は立ち上がり、拍手をする。シルビアも同様に熱い拍手を送った。エコパパは、ぶすっとした
顔で、席から立ち上がることなく……しかし、その手だけは静かに動かしていた。

まだ全てを納得するには材料が足りないのだろう。

ただ、娘の晴れ舞台に、小さな拍手を送ることだけは、今の彼にもできた。

この親子の関係は、それほど心配しなくても大丈夫そうだ。満面の笑みでこちらに手を振るエコ
と、拍手を続ける彼の姿を見て、俺はそんなことを思った。

「ところでセカンド殿。エコは奇襲戦法の名前を叫んでいないな。礼儀に反するのではないか？」

「そんな礼儀はないぞ」

「……？　…………!?　ハメたな!?　またしても！　またしてもぉ！」

「香車ロケットを喰《く》らえッ！　とか言ってたな」

「せ、セカンド殿ぉおおおお‼」

「ごめんて。悪かったって」

「久々に恥をかいたぞ！　そ、それも、こんな大観衆の前で！」

「もうしないもうしない」

「嘘《うそ》をつけぇ！」

「……すまないが、自分を挟んで痴話喧嘩《ちわげんか》はよしてくれないか」

◇◇◇

金剛《こんごう》戦挑戦者決定トーナメント決勝。エコ・リーフレット対ロックンチェア。金剛戦では大変珍しい、獣人対人間の試合である。

向かい合う二人は、非常に凸凹であった。かたや、身の丈ほどもある大盾を持った小さな獣人の少女。かたや、バックラーほどの小さな盾を腕につけた人間の男。どちらが勝つのか、誰にもわからない。そんな勝負が、今、始まろうとしていた。

「準決勝の戦法、お見事でした。勉強させていただきました」

「うん。いっぱいれんしゅーしたから」

「ふふふ、そうですか。僕もいっぱい練習してきましたよ」

「じゃあ、いっしょ！」

「はい、一緒です」

タイトル戦とは思えない和やかな雰囲気。エコが持っている生来の人懐っこさと、ロックンチェアという男の人柄の良さが、場をそうさせている。

「貴女《あなた》は楽しそうに戦いますね。見ていてこちらも楽しくなってしまいます」

「あたし、いま、しあわせ。たのしいっ」

「ええ。この試合、僕も楽しませていただきます」

「よろしく！」

「はい、よろしくお願いします」

エコは今、幸せだった。昔では考えられないほどに。ゆえに、彼女はそれ以上を決して求めない。今、目の前に楽しいことがあれば、それだけで、彼女は最高に幸せなのである。

「――始め！」

そして、号令がかかった。瞬間、両者の顔つきが一変する。獲物を狩るそれへと。

ロックンチェアは開幕の合図で《飛車盾術》を発動し、突進。エコとの間合いを詰める。

エコは、その初手を見て……《歩兵盾術》を準備した。

「！」

何故、よりによって歩兵なのか。突進しながらも、ロックンチェアは考えを巡らせる。

このまま《飛車盾術》で衝突すれば、威力の差でエコの《歩兵盾術》は崩れ、相当なダメージを与えられるはず。

「……否」

これは、罠《わな》。ダメージは与えられるが、確実なダウンは取れるかどうかわからない。ゆえに、その後のカウンターが怖い。

肉を切らせて骨を絶つつもりだろう。というのが、彼の最終的な予想だった。

「ありゃー……」

手前で突進を止め、間合いを詰めただけで終わったロックンチェアの挙動を見て、エコは残念そうな声を出す。ロックンチェアの予想は見事に当たっていたのだ。

奇襲戦法、その弐――〝パックマン〟。これは、不発に終わった。

今の《歩兵盾術》は、実に巧妙な毒饅頭《どくまんじゅう》であった。誰もがパクッと食べたくなる甘いお饅頭である。向こうがこれを「チャンス」と見て、あのまま《飛車盾術》で攻撃していれば。自身が吹き飛ばされたその瞬間から《龍王盾術》《りゅうおう》を準備した場合、相手の追撃が来る直前にギリギリで発動できるのだ。距離が近い状態ゆえ、相手は回避不可能。【盾術】最大火力の龍王をモロに喰らわせて、ゲームセットの予定であった。

「いやあ、怖い怖い。ミミックのような戦法ですね」

ロックンチェアは軽やかに立ち回りながら、楽しそうにそんなことを言う。実に的確な表現であった。その変化に飛び込んだら終わり、という地雷のような宝箱がこれ見よがしに置いてあるのだ。踏んだら終わり、開けたら終わり、である。

「では、今度はこちらから」

エコの戦法に敬意を示すように、ロックンチェアは小型盾を構え、動き始めた。

彼の強みは、その身軽さ、素早さ。小型盾ゆえに防御力には期待できないが、代わりに相手を速度で翻弄《ほんろう》するというのが彼の戦闘スタイルである。今までの金剛戦では滅多に見ることができなかった、非常に珍しい【盾術】の戦い方だ。

「はぁっ！」

「っう！」

エコの周囲を素早く移動し、目ざとく隙を見つけては《飛車盾術》で攻撃する。エコが《角行盾術》で防ぐと、軽やかに離脱し、更に立ち回りを続ける。そしてまた隙を見つけては飛車で襲う。

エコは《桂馬盾術》でノックバックを狙《ねら》おうとした。だが、十分な余裕を持って見抜いたロックンチェアは、飛車をキャンセルしてまた距離を取り、周囲をぐるぐると回って再び翻弄する。

「……うー……」

「どうです、疲れません？」

身軽ゆえ、いくら動いても大した疲労がないロックンチェア。

一方で、大盾を構えながら、四方八方どこから来るかわからない攻撃に逐一対応しなければならないエコは、肉体的にも精神的にも厳しい。

この状態が続けば、いつまでも勝機が見えてこないことは明らか。

……で、あれば、使うしかない。奇襲戦法、その参――〝カニカニ銀〟を。

「やあっ」

エコは【盾術】スキルを使うでもなく、ロックンチェアへ向かって疾駆した。

この状況をどうにかして打開する。そのための第一手である。

「なるほど、いいでしょう！」

ロックンチェアは受けて立つ。彼はどうも勝負を必要以上に楽しむきらいがあった。

《飛車盾術》を準備して、無防備に突っ込んでくるエコに真正面からぶつからんと突進する。

「ここ！」

エコは絶妙なタイミングで《銀将盾術》を準備した。

「おおっと⁉」

あまりに機敏な切り返しに、即座の判断で、ロックンチェアは慌てて飛車をキャンセルする。

《銀将盾術》は通常よりも少し強固に防御するスキル。飛車を防ぎ切れるようなものではないが、かといって崩し切られるようなものでもない。即《すなわ》ち、そこそこのダメージが通ってしまう。ゆえに、そのままぶつかっても悪くない勝負となっていただろう。

だが、銀将による〝パリィ〟となると話は違う。〝反撃効果〟が加わり、飛車を当てた側が尋常ではないダメージを喰らうことになる。

銀将パリィは、テクニックとしては非常に難しい。それも咄嗟《とっさ》に準備した銀将でパリィするなど、なかなかできることではない。だが、万が一という可能性もある。特に、エコは。これまでの緻密《ちみつ》な作戦から、並大抵でないテクニックがあると警戒されていた。

「いくよっ」

ロックンチェアの腰が引けた。それを鋭敏に感じ取ったエコは、ここぞとばかりに《飛車盾術》

を準備する。受けから攻めへと転じたのだ。

「っく！」

ロックンチェアは《銀将盾術》を準備し、パリィを狙わずにエコの《飛車盾術》を受け止める。エコの突進はその防御を崩し切れなかったが、しかし、飛車によるダメージは確実にロックンチェアへと通っていた。

「まだまだ！」

次いで、ロックンチェアは間髪を容れず《飛車盾術》を準備する。

エコは大盾を構え、スキルを準備せず、棒立ち。

ロックンチェアの突進がエコへとぶつかる直前で、またしてもエコは《銀将盾術》を準備した。

「……駄目かっ」

ロックンチェアは諦《あきら》める。パリィが怖いのだ。《飛車盾術》をキャンセルし、数歩後退する。

その隙に、エコは再び《飛車盾術》を準備、発動する。ロックンチェアはそれを《角行盾術》で受け止めた。強化防御のスキルである。ダメージは一桁《ひとけた》ほどしか通らない。

「そうか……なるほど」

ここで、反撃のために《飛車盾術》を準備しながら、ロックンチェアは気付く。エコの作戦に。

エコは、自分と相手とで攻めと受けを交互に繰り返すつもりだった。飛車で突進し、受けさせ、飛車で突進させ、受け、また飛車で突進し……と。この一連の繰り返しにおいて「銀将のパリィに絶対の自信があるこちらが有利」だと、そう考えていた。

カニカニ銀――パリィのテクニックによる〝ごり押し〟である。《銀将盾術》によるパリィを百発百中でこなせる自信がなければ、とてもではないができない作戦。

しかし、エコはパリィが大の得意だった。獣人特有の鋭い感覚、特に聴覚がよく、バランス感覚も非常によい猫獣人は、五感をフルに活用して、そのタイミングを図ることに長《た》けていた。

確かに、ロックンチェアは恐れていた。銀将でパリィされては堪《たま》ったものではないと、飛車を途中でキャンセルし、攻撃をやめていた。一方で、エコから来る飛車を彼が銀将でパリィできるかというと、あまり自信はなかった。成功確率は三回に一回くらいのものだろう。

つまり……仮に、エコの銀将パリィ成功確率が１００％ではない、50％ほどであったとしても、先に倒れるのはロックンチェアの方である。

「…………」

どうにか、打開する必要がある。ロックンチェアは《飛車盾術》を準備しながら思考する。

このまま飛車で突進してしまえば、エコはまた銀将でパリィを狙うはず。ならばといって、飛車をキャンセルしてしまえば、その瞬間にエコが飛車を準備し始めて、ロックンチェアは受けるよりない。《角行盾術》で防御すれば問題はないが、膠着状態《こうちゃくじょうたい》は脱せない。

この場合、《桂馬盾術》か《金将盾術》のノックバックで切り返すのがよさそうだが……と、ロックンチェアがそこまで考えたところで、飛車の準備が終わり、発動する。

「うおっ⁉　歩兵か！」

突然の変化に驚く。エコの準備していた対応スキルが銀将から歩兵に変わっていたのだ。

これは、ミミック。開けることはできない。

カニカニ銀から、パックマンへ、そしてまたカニカニ銀へ。変幻自在の奇襲である。

どちらにせよ、ロックンチェアは飛車をキャンセルするつもりであった。しかし瞬間の動揺は隠せない。数分前とは打って変わって、今度は彼が翻弄される番となっていた。

飛車をキャンセルした直後、エコの飛車による追撃が来る。

ロックンチェアは、動揺したまま《金将盾術》を準備し始めた。

「きたっ」

エコはにぱっと嬉《うれ》しそうに口を開き、即座に飛車をキャンセル。《龍王盾術》を準備し始めた。

「――‼」

マズい。ロックンチェアは確信する。金将は範囲誘導防御のスキル、このままでは龍王を自《おの》ずと誘い込んでしまう。それでは自滅だ。龍王は金将などものともせずに打ち砕く威力がある。

しかし、今、金将をキャンセルしたところで、龍王をなんとか耐え切れる角行も、龍王を発動前に潰《つぶ》せる飛車も、どちらも発動が間に合わない。先ほどの動揺が、ここに大きく響いていた。

…………出すか、出さないか。ロックンチェアは逡巡《しゅんじゅん》する。

ゴロワズ現金剛を倒すために残しておいた、秘策。

「……出そう」

恐らく、彼女は、ゴロワズ金剛よりも、手ごわい。

そう考えたロックンチェアは、その秘策を、ここで、出すことに決めた――。

◇◇◇

「あー。アレを知ってんのか、あいつ……」

俺は思わず呟《つぶや》いた。エコがカニカニ銀にパックマンを絡めて、いい感じに押している局面。エコは油断していた。要注意と教えておいた〝アレ〟を、すっかり忘れている様子だった。否、カニカニ銀に熱中していると言うべきか。意識の外へと置いてきてしまったようだ。

まあ、忘れていても仕方がないかもしれない。常識的に考えて有り得ないことだろうから。

ロックンチェアという男は、エコの《龍王盾術》を見て、準備していた《金将盾術》をキャンセルし……エコへと身を擦《こす》り合わせるほどに接近した。

「!?」

観客がざわめく。ロックンチェアの謎の行動にだ。

そして、彼は、俺の予想通り——《桂馬盾術》を発動する。

「うにゃっ!?」

——次の瞬間、エコがノックバックした。

自身の盾が相手に触れている状態で桂馬か金将を使用すると、触れている相手の盾が攻撃と判定され、ノックバックの効果が発動する。【盾術】の小技だ。この低い水準の中で、よくもまあ独自で調べ上げ、辿《たど》り着《つ》いたものだ。やはり彼は頭抜けてレベルが高い。

ギリギリのギリギリまで温存していたということは、彼の秘策中の秘策だったのだろう。

恐らく、この場では、俺くらいしか知らないような小技。しかし、これで、この場にいる全員が知ってしまった。現金剛は残された僅《わず》かな時間で相当に対策を立てるだろうな。

ただ、ここで出したことは正解だ。でなければ……エコには勝てなかっただろうから。

「――勝負あり！　勝者、ロックンチェア！」

龍王発動前に弾かれダウンしたエコへの容赦ない追撃。エコはなすすべなくやられ、そして、気絶してしまった。

「……いい試合、だったな」

鳴り響く拍手の中、シルビアが感慨深そうに呟く。

「かなり高度な試合だった。最後のうっかりがなければ、エコの勝ちだったな」

「うむ。惜しい……実に」

喝采《かっさい》を受けるロックンチェアを見ていると、こっちも悔しくなってくる。

だが、彼にも惜しみない拍手を。素晴らしい試合だった。

「…………………」

ちらりと隣を見ると、エコの父親ショウさんが、押し黙って、闘技場中央で倒れ伏す娘の姿をじっと見つめていた。

「……行きましょうか。来るでしょ？」

声をかける。エコを迎えにいくのだ。ショウさんは、無言で頷《うなず》き、自ら立ち上がった。

そのまま出場者控え室へ移動する。俺とシルビアで両脇を挟むようなことは、もうしない。

「――エコ！」

控え室へと真っ先に入ったのは、ショウさん。

「あ……おとーさん」

エコは既に気絶から回復しており、ベッドに寝かされていた。

「大丈夫なのか？　何処《どこ》か傷はあるか？　これを飲むといい」

ショウさんはエコに近付いて、心配するように声をかけながら、インベントリから安くないポーションを取り出す。

「ううん。あたし、じぶんでできる」

ポーションを断り、【回復魔術】《回復・中》で自身を回復してみせるエコ。

心配いらないから、大丈夫だから、と。元気な様子を必死にアピールする。

「そうか…………そうかぁ」

ぽつりと、驚くように、そして安心したように、呟きながら。

ショウさんは、そんな娘の様子を、目を丸くして、そして寂しげな目で、ただ見つめていた。

「せかんどっ……みてた？」

「見てたぞ」

「まけちゃった」

「負けちゃったな」

「うん……」

「悔しいか」

「…………うん」

「楽しかったか？」

「……うん……うん……っ！」

一生懸命に笑おうとするエコ。その目から、ぽろぽろと大粒の涙がこぼれ落ちた。

「おいで」と言って胸に抱き入れ、その小さな頭を撫《な》でる。

彼女に、悔し泣きするほど熱くなれることができたんだ。

その事実に、俺は思わず、目頭が熱くなった。


「俺の家、来ます？」

金剛《こんごう》戦が終わり、夕方。俺はショウさんを家に誘った。

最終戦の結果は、激戦の末、見事ロックンチェアの勝利。ロックンチェア新金剛が誕生した。金剛戦初の人間の金剛らしい。ただかわいそうなのは、俺が二冠を獲《と》ったばかりにあまり騒がれていないことだ。これから三冠も獲るから、より目立たなくなるだろう。こりゃどうもすんませんね。

「申し訳ないが、これからカピートと合流する予定で――」

「――あれ、ショウ先生？　もう魔術学校から帰ってきてたんすか？」

闘技場裏口の通路で会話をしていると、後ろから声をかけられた。若い男の声だ。

「先生？」

「ああ、自分は村の学校で教師をしている。彼は元教え子だ」

なるほど、だから日本語上手なのか。しかしこの常識のなさでよく教師が務まってんな……。

「カピート、いいところに来た。これが娘のエコで、彼が――」

「………ええっ⁉」

カピートという犬耳の獣人が、俺と目が合った瞬間、おかしな声をあげて固まった。

「も、も、もしかしなくても、せ、せ、セカンド二冠では……⁉」

「なんだ、知っているのか。では話が早い。今、娘が世話になっているのが彼だ」

「かかか彼だ、ではありませんよ先生‼　こ、この方がどのような方か知らないんすか⁉　っていうか娘ぇ⁉　ロックンチェア金剛をあれほど追い詰めたエコさんが⁉　うわあ⁉　よく見たらシルビア挑戦者までいらっしゃる⁉」

「そう言われてもな……」

「あああああ！　もう！　これだから田舎《いなか》は嫌なんだぁッ！」

「何？　カピートお前、自分の故郷を馬鹿にするのは」

「先生は黙ってて！　せ、セカンド二冠ッ！　うちの田舎者が大ッ変な失礼を……‼」

カピート君が真っ青な顔で頭を下げてくる。

「やはりこれが正しい反応なのだなぁ」

シルビアが何やらしみじみと呟いた。よくわからんが、まあいいや。日暮れまで時間がない。

「カピートだっけ。お前も来るか？」

「……………へっ？　ど、どちらへ……？」

「俺の家」

◇◇◇

「なんだこれは……ここが本当に家なのか？」

「と、闘技場より大きくないっすか……？」

移動中、馬車の窓から敷地を見渡して、そんな感想を漏らす二人。エコの父親ショウ・リーフレットと、エコと同じ獣人村出身で霊王《れいおう》戦出場者の青年カピート。

二人は馬車を降りても口をぽかんと開けてきょろきょろと周囲を見回している。まるでおのぼりさんだ。いや、事実おのぼりさんなのだろう。

「お帰りなさいませ、ご主人様」

湖畔の家に到着すると、ユカリを筆頭に使用人たちが出迎えてくれた。今夜は「金剛戦お疲れ様パーティ」だ。例の如《ごと》く、ささやかに。

「今のはここの村人か？」

「メイドってやつです、多分……というか村人って先生……」

「呆《あき》れるのはよせ。見るのは初めてなんだ」

「オレだって初めてっすよ！」

顔と顔を近付けて何やらこそこそと話している彼らをリビングに案内する。

いい匂《にお》いがしてきた。夕食の準備は既に整っているようだ。

「プロリンダンジョンで集めた大量のミスリルを売ってこの家を買った。稼ぎ方は他にも色々とあるから、今後路頭に迷うこともないと思う。安心してくれ」

着席しつつ、エコパパに言っておく。

エコを預かっている身として、その辺はしっかり説明しておかないとな。

「ぷろ……何を言っているかわかったか？」

「……先生は、とにかく娘さんはここにいる限り絶対に安心安全で健やかな暮らしが約束されているということだけわかっていればそれでいいです」

「そうか。それはよかった」

「はぁ……」

仲いいなあこの二人。と、そうこうしているうちに料理が運ばれてきた。エコの父親ということで、供する酒はかなり奮発したようだ。キュベロが気を利かせたのだろう。その証拠にこっちを見てクールにドヤ顔している。キュベロは酒庫の管理もしているからな。普段は酒の味なんて大してわからない俺が大衆向けの安酒ばかり飲むから、きっと管理のし甲斐《がい》が余程なかったに違いない。

確かに、高い酒はこういう時にじゃんじゃん出していくべきだな。じゃないと溜《た》まる一方である。

「じゃあ、乾杯しようか」

それぞれに料理が行き届き、それから酒を注ぎ合う。

意外なことに、この酒の価値をわかっていそうなのはエコパパだけだった。目を丸くしてラベルを凝視している。一方、カピート君はあまり酒に詳しくないようだ。

そして、「エコ、お疲れ様！」の掛け声で、今宵《こよい》もささやかなパーティが始まった――。

「セカンド二冠はマジでヤバいんすよ。そもそもタイトル戦三つに出場する時点で、それってつまり、三つ分の出場資格を得てるってことでしょ？　しかも史上初の二冠達成してるし。しちゃってるし。有り得ないんですってそれ。マジで。ねえ。先生、聞いてます？」

「聞いている」

「前人未到ですよ、前人未到。それにテクニックがもうマジでヤバいっす。呼吸するように超絶技巧を繰り出しますからマジで。というか戦法も凄《すげ》ぇんすよ。常識を根本から塗り替えていってますから。多分この冬季が終わったらタイトル戦の常識が完ッ全に一変してますよ。ガチで。どんだけレベル高いんだっていう。聞いてます？」

「……聞いている」

「一閃座《いっせんざ》戦とかもうマジ衝撃でしたよ。あのロスマン元一閃座を子供扱いっすよ？　ってかエキシビションも最高でしたわ。弓術もできんのかよ！　みたいな。みんな思ったでしょアレは。いや笑うしかないっす。そしてリスペっすねガチで。あー、やっぱオレこの人みたいになりてぇーって改めて思いましたもん。マジ田舎から出てきてよかったっす。あのままじゃ井の中のスライムでしたよ。聞いてます？」

「……う？　ん……聞いている」

宴もたけなわという頃《ころ》、カピート君は顔から首まで真っ赤《まっか》にしてエコパパに絡みつつベラッベラと喋《しゃべ》りに喋りまくっていた。俺をべた褒めしたり、俺に憧《あこが》れているだとか、田舎はクソだとか、そういう内容ばかりを延々とループ気味に話している。

エコパパは、グラスをちびちびと傾けながら、カピート君の話にテキトーに相槌《あいづち》を打ちつつ、うつらうつらとしていた。エコと一緒で酒を飲むと眠くなるタイプみたいだ。

「そういえば、カピート君って何歳？」

「お、オレっすか？　二十一っす」

歳下《としした》だけど歳上かぁ……複雑だな。

「その若さで霊王戦出場って十分凄《すご》くない？」

「えぇ……何言ってるんですか。セカンド二冠、十七歳じゃありませんでしたっけ？　エコさんもシルビアさんも十代ですよね？」

「いや、俺たちは抜きにしてさ。一般的な話よ」

「あー、確かに。チーム・ファーステストは特別ですもんね！」

なんかやたらと俺たちに詳しいなカピート君。俺に憧れていたというのは、もしかして〝おべっか〟ではなくて、本当のことなのかしらね？

「オレは十五の時、田舎暮らしに嫌気がさして村を飛び出したんすよ。それからずっと魔物たちと一緒に無我夢中で生きてきて、気が付いたら魔物召喚と送還とテイムが九段になってました」

霊王戦の出場資格は、《魔物召喚》《送還》《テイム》の三つを九段にするか、《精霊召喚》《送還》《精霊憑依《ひょうい》》の三つを九段にするかのどちらかである。カピート君の場合は前者だな。

「冒険者やってたのか?」

「はい。他にも色々やりましたね。王国中の町を転々としたり、ダンジョンを渡り歩いたり」

「よく死ななかったな」

テイマーは、序盤において〝事故〟が多いジョブで有名だ。テイマーを始めたての頃は、魔物を使役して自分の代わりに戦わせるわけで、自分は何もしない場合が多い。即ち、自分はクソザコ。魔物からの攻撃を一発でも受けたらヤバイ。

「オレ、その、運良く、強い魔物をテイムできて……それでトントン拍子に」

あーなるほどなぁ。

「オッケー、話さなくていい。初戦は俺とだろ? 楽しみにしておくから」

「はいっ! よろしくお願いしまっす!」

一体、どんな魔物をテイムしたんだろうな? これで霊王戦に楽しみが一つ増えた。

しっかし、カピート君は素直で爽《さわ》やかないい青年だ。顔はカッコイイ系なのにくすんだグレーの短髪から覗《のぞ》く犬耳でカワイイ系要素もあって攻守に隙がない。こりゃ歳上からモテるだろうなあ。

「またいつでも遊びに来てくれ」

「オッス! ありがとうございます!」

お互いに明日があるからと、あまり遅くならないうちに解散することにした。うちの使用人が宿まで送ってあげるようだ。カピート君はぐーすか眠るエコパパを担いで馬車へと乗り込む。

そして、別れ際。カピート君は酔っ払いつつも、真剣な表情で、俺にこう伝えてきた。

「スリムってやつ、注意しといてください。召喚術師界隈《かいわい》じゃ、あんまりいい噂《うわさ》ないっすから」

「そうか。忠告、わざわざありがとう」

「いえ。それじゃあ失礼します。また、明日」

「ああ、またな」

馬車が動き出し、二人は帰っていった。

召喚術師のスリム。確か「Ｍｒ．スリム」という名前で挑決トーナメントにエントリーしていた。俺と当たるとしたら、決勝だ。何か、あくどいことを仕掛けてくるかな？

カピート君の忠告。折角だから注意しておこうと思うが、逆に少しだけ楽しみな自分もいる。

霊王戦、色んな意味で高まってきたな……。

◇◇◇

「ヴォーグさぁ、そんな鍛錬してなんの意味があるわけぇ？」

「お黙りなさい、サラマンダラ。送還されたいのかしら？」

「おおっとご勘弁。体がなまってしょうがねぇから、前日くらいは運動させてくれよ」

王都近郊の森の中に、絶世の美女という表現では足りないほどに美しいワインレッドの長髪を腰まで伸ばしたエルフの女と、真紅の瞳《ひとみ》に燃え盛る炎のような赤い髪をした美形の男の姿があった。

夜だというのに、二人の周辺は昼間のように明るい。それは、その真紅の男の全身が炎のようにゆらめき輝いているからであった。

「……!? な、何をしているの！」

「んー？　あ、悪《わり》ぃ悪ぃ」

ヴォーグと呼ばれた女が突如として声を荒らげる。彼女の視線の先には、メラメラと燃える草木。サラマンダラと呼ばれた男は、今気付いたとばかりにとぼけた顔をして後頭部を掻《か》く。

「つい張り切ってよ、漏れ出しちまったぜ。なんせ随分と久々だからなぁ」

「即刻、抑えなさい！　森で火属性魔術を使うなど、言語道断よ！」

「はいはい……ったくクソ真面目《まじめ》だなぁ」

ヴォーグは説教しながら、《水属性・弐ノ型》を放つ。しかし、なかなか鎮火しない。ならばと、彼女は次いで《水属性・肆《し》ノ型》を放った。次の瞬間、火は樹木ごと完全に潰《つぶ》れて消え去る。

「ヒューッ！　悪くねぇ威力だな」

「誰《だれ》の尻拭《しりぬぐ》いをしていると思っているのかしら。反省の色を感じないわね」

「あぁー？　オレがいなきゃ何もできねぇガキがよく言うぜ」

「私はもう百四十四よ。いつまでも子供ではないわ」

「オレにとっちゃあ、お前はいつまで経《た》ってもウジウジメソメソ気に食わねぇクソガキだ」

「はぁ。だから私、貴方って嫌いなのよ……」

サラマンダラへ不愉快そうな表情を向けてから、ヴォーグは自己鍛錬に戻る。

「――はッ！」

出現した魔物、アッシュスライムへ向けて……一閃。

彼女の剣は、アッシュスライムを一撃で斬り伏せた。【剣術】スキルを使うことなく。

「剣なんか練習したところで、意味ねぇと思うけどなぁオレはよぉ」

「召喚術師は自身が弱点。そこを狙《ねら》われて困るようでは、霊王には相応《ふさわ》しくないわ」

「……なぁクソ真面目。言っておくけどよ」

「何かしら？」

「お前の出番なんて、過去現在未来、一回もねぇから。誰にもオレの楽しみは奪わせねぇ。敵は、オレが、単独で、全部、片付ける。そうだろぉ？」

◇◇◇

霊王戦挑戦者決定トーナメント準決勝。俺の相手は、犬獣人の爽《さわ》やか青年カピート君。

「緊張してる？」

「あ、はい。初参加なもんで……それに」

「ん？」

「まさかオレがこうして憧れのセカンド二冠と向かい合う日が来るなんて……数か月前の自分に教えてやりたいっす」

光栄だな。

「じゃあ、その憧れの俺から、お前に一つ言っていいか」

「はい、なんでしょう」

「その二冠という呼び方をやめろ」

「えっ……お嫌でしたか？」

「いや。そろそろ三冠になるから。来季には八冠になるし、ややこしいだろ？」

「……あ、あははっ！　わかりました、セカンドさん。でも、オレが阻止してみせますよ！」

「望むところだ」

気合が入ったようだ。俺もエンジンをかけていこう。

「互いに礼、構え！」

審判の指示で、互いに距離を取る。霊王戦《れいおう》の場合は、他のタイトル戦よりも更に少しだけ所定の位置が離れている。両者が魔物や精霊を前方に召喚した際に、適正距離となるようにだ。

「――始め！」

号令がかかった。カピート君は間髪を容れずに《魔物召喚》を発動する。なかなかの反射神経。

「おおっ」

闘技場がざわめいた。彼が召喚したのは――〝アースドラゴン〟。全長七～八メートルほどの、地属性の巨大なドラゴンである。

なるほど。こいつを《テイム》できたのなら、トントン拍子に経験値が稼げたというのも頷《うなず》ける。

「憑依」

俺はアースドラゴンを眼前にして、アンゴルモアを《精霊召喚》するとほぼ同時に《精霊憑依》を発動した。コンマ何秒といえど、できる限りの無駄を削《そ》ぎ落とすのが、召喚術師にありがちな〝隙〟をなくす有効な方法である。

「くっ……！」

カピート君は読んでいたようだ。俺の《精霊憑依》を見てから、アースドラゴンの陰に隠れるようにして後退した。召喚術師の弱点は、召喚術師そのものである。「狙われたら終わり」と、警戒しての動きに違いない。

まあ、皆そう思うだろう。加えて、俺の場合、【剣術】【弓術】【盾術】【魔術】と様々なスキルを上げに上げている。即ち、累積経験値の量が半端ではない。純ステータスの高さが窺《うかが》い知《し》れるというもの。そこから更に《精霊憑依》で全ステータスを4・5倍にしているので、各種スキルを使わなくとも、生身のままで、彼にとっては十二分に脅威である。

だから、その4・5倍となった尋常ではないSTRやAGIを活《い》かして、素早くカピート君に接近し、一発お見舞いすることで、一瞬で決着がつくと、観客は皆そう予想していたに違いない。

それじゃあ面白くない。大いに活躍し、適度に挑発する。そうして夏季タイトル戦にツワモノどもを集める計画。あれは何も叡将《えいしょう》戦に限ったことではない。

ゆえに、今日も遊ばなければ。否、遊びたい。アースドラゴン――その強さは、メティオダンジョンの緑龍《りょくりゅう》～赤龍《せきりゅう》くらいと言われている。白龍《はくりゅう》の二倍程度の強さだ。

制限時間、一時間。武器、なし。スキル、《精霊召喚》のみ。行けるか……？

「いいや、行っちまおう」

「（何？　我が出るわけではないのか？）」

「（お前が暴れたら一瞬だろうが。そんなもん、つまらんぞ）」

「（我が希《こいねが》うは、骨のある相手か）」

「（俺も一緒に願っといてやるよ）」

「（……ところで、地龍を相手に丸腰で何をやっておる？）」

「（いや、観客の度肝を抜いてやろうと思って）」

「（い、いや、まさかな……ちょっ、待て、おい！　我がセカンドよ！　せめて剣くらい使え⁉）」

「（つまらんぞ）」

「（おい、おい！　よせ！　なんだ、気に入ったのかその言い回し！　おい！）」

俺はアンゴルモアを憑依させたまま、アースドラゴンに素手で殴りかかった。

「ええええええええ⁉」――と、観客席のあちこちから驚愕《きょうがく》の声が聞こえる。よかった、盛り上がったようだ。俺のパンチはクリティカルヒットする。ダメージは《歩兵剣術》に毛が生えた程度。うーん、クリティカルでこれなら、まあ、行けなくはないだろう。

アースドラゴンは痛かったのか「グオォン！」と唸《うな》りつつ、反撃しようと体をねじった。斜め下方向に顔を逸《そ》らす。尻尾《しっぽ》攻撃の予備動作だ。

「ほっ」

俺はその場に伏せて尻尾を回避する。ブオンッと空気が切り裂かれるような音とともに軽自動車ほどのコブのついた巨大な尻尾が頭上を通り過ぎた。おー怖。

さあ、こっちのターンだ。《精霊憑依》中はＡＧＩがクソほど高まるがゆえに瞬間移動じみた立ち回りが可能となるため、相手の攻撃を躱《かわ》す際に十分な余裕がある。そして、ＳＴＲも同様に高まっている。つまり、ダメージを稼ぐなら今のうちである。

「オラオラオラァ！」

アースドラゴンの脚部をタコ殴りにする。ダウン値を蓄積させつつＨＰ《ヒットポイント》を削るのだ。

「（間もなく切れるぞ）」

イイ感じにノってきたところで、《精霊憑依》のタイムアップがやってくる。早いな、もう三百十秒経ったのか。次の使用が可能となるのは二百五十秒後。それまで完全に生身だ。

「ふぅ……」

憑依が解ける。急に体が重くなったように感じた。

しかし、アースドラゴンはお構いなしに襲いかかってくる。

「アォン！」

間抜けに鳴いた。ブレス攻撃が来る。俺はアースドラゴンを中心に大きく円を描くように回避行動をとった。直後、アースドラゴンは口から火砕流のようなビームを吐き出す。来るとわかっていれば、避《よ》けるのは難しくない攻撃だ。ここで憑依《ひょうい》中なら攻撃に転じたが、あいにくあと二百三十一秒は使えない。ゆえに、俺はひたすら回避に徹する。

飛び上がったら、のしかかり攻撃の合図。アースドラゴンの進行方向と垂直方向に走って全力で回避がベターだ。二歩後退したら、突進の合図。ギリギリまで引きつけてから左右どちらかへ飛《と》び退《の》けば、追撃の恐れなく回避できる。

……さて、そうこうしている間に、前回使用から二百五十秒経《た》った。

「憑依」

一セット約五百六十秒。制限時間三千六百秒。つまり、これを繰り返せるのは、あと五回。それでアースドラゴンを倒しきれるだろうか？　感覚的にはギリ行けそうだと思う。賭《か》けだな。

……いいねえ、ひりついてきたじゃないか。

「勝負だ……ッ」

◇◇◇

オレは目の前の光景にただただ呆然《ぼうぜん》とするしかなかった。

試合前は、きっとセカンドさんは精霊憑依の状態でオレを狙《ねら》ってくるに違いないと、そう思っていた。それをオレの相棒が防ぎ切れるかの勝負だと、オレはそう思っていたんだ。

それが……いや、ナンダコレ。

普通、アースドラゴンに素手で殴りかかるか？　だって、ドラゴンだよ？　有り得る？　いやいやいや、有り得ないよ。この人って実はアホなんじゃないかと思ったさ。

でも、時間が経つにつれて、オレはセカンドさんの真意がだんだんとわかってきた。

これが〝魅せる〟ってことだ。誰《だれ》をも魅了してやまない彼の底なしの魅力の一角なんだ。

試合中だってのに、オレまで見惚《みと》れちまった。凄《すげ》ぇよ。やっぱ最高だよ、あんた……！

「――オラァッ！　見たか！　ギリギリじゃあッ！」

試合時間残り十秒を切ったところで、セカンドさんがアースドラゴンを気絶させた。

勝ったんだ、この人は。一時間もかけて、アースドラゴンに、素手で、勝ったんだ。

残り五秒。このままオレが逃げてしまえば、互いにＨＰが減っていないので、引き分けとなる。

まあ、しないけどな。そんな恥ずかしいこと。

「参りました」

オレは、晴れやかに、投了した。

「そこまで！　勝者、セカンド・ファーステスト！」

――瞬間、闘技場全体で、今までにない大歓声が沸き起こる。

そりゃ、盛り上がらないわけがない。残り十秒で倒しきるなんて、まるで演劇みたいだ。

多分、セカンドさんとしても〝賭け〟だったと思う。行けるか行けないか、ギリギリのところをあえて挑戦したんだ。じゃなきゃ、剣か何か装備していたはずだろう。この霊王戦という舞台で、そんな賭けをするのはセカンドさんくらいなものに違いない。

舐《な》められた？　馬鹿言え当然だ。実力には天と地の差がある。むしろ、瞬殺せずいい勝負にしてくれたことを感謝するくらいだろう。それに、セカンドさんのことだ。アースドラゴンを倒しきれなかったとしても、最後まで素手で戦っていたと思う。たとえ引き分けになろうが、負けようが。

……変わらないな。言いたいことを言い、やりたいことをやる。それができる芯《しん》があって、そのための力がある。初めてセカンドさんを見た頃《ころ》から、何も変わっていない。何も。

あの人は、冒険者ギルドの中で、新人狩りをする冒険者を相手に「冒険者ギルドが悪い」と言ったんだ。堂々と、ハッキリと。しかもギルド内の一人一人を見渡して。登録したばかりのＦランク冒険者なのに。「先生はダメな生徒の面倒を見て注意する義務がある」と。そう、言ったんだ。

目と目が合った時、全身に衝撃が走った。同時に、思わず目を逸らしてしまった自分を、心の底から恥じた。恥じに、恥じた。

もう、あの頃のオレには戻らない。オレはあの人のようになりたい。言いたいことを言い、やりたいことをやれるような、芯のある力強い男に。

「決勝、頑張ってください」

「言われなくても、ここにいる全員を仰天させてやる。ああ、あと、明日は三冠記念パーティやるからお前も来い」

「はいっ！　絶対、行きます……絶対！」

清々《すがすが》しい敗北。オレ、まだまだだ、まだまだ。負けたというのに不思議とやる気が漲《みなぎ》ってくる。

よっしゃ、頑張ろう……！

◇◇◇

「――セカンド、よいところに。少し頼みたいことがあります」

初戦が終わって観戦席へ行こうと通路を歩いていると、突然、背後から話しかけられる。

「あ？　なんだマインか。どうしたこんな場所で」

振り返ると、そこにいたのはマインだった。

「言葉遣いに気をつけなさい。それより、頼みたいことがあるのです」

「ああ？　あー、とりあえず言ってみな」

俺を呼び捨てにしたり、妙に硬い雰囲気だったりと、少々違和感があるが、恐らくここが〝外〟だからだろう。相変わらず大変だなあ、国王陛下は。

「ロイスダンジョンで魔物が大量発生しているとの報告を受けました。現状、確認と同時に対処できるのはセカンドしかいません。どうか行って様子を見てきてはくれませんか」

「ロイスか。別にいいぞ」

「……えっ」

「どうした？」

「霊王戦は、よろしいのですか？」

ああ、そうか。マインはあんこの存在を知らないんだったっけ？　こんなこともあろうかと、王都周辺の主要スポットは既にあんこを連れて殆《ほとん》ど訪れている。転移し放題だ。

「大丈夫だ、任しとけ」

「そうですか。それではよろしくお願いします」

こくりと頷いて、マインは去っていった。あいつ護衛も付けずに一人で大丈夫なんかな？

うーん……まあいいや、そんなことよりロイスダンジョンで魔物が大量発生の件だ。〝スタンピード〟イベントか？　にしては前兆も何もなく唐突すぎるし、そもそもダンジョンの魔物は基本的にダンジョンから出てこないからなぁ……なんだろうな？

よし、行こう。こんなところで考えていたって仕方がない。行ってみりゃわかるんだから。


「なんもおらへんやんけ!!」

俺は怒っていた。あんこに頼んでロイスダンジョンに転移してみたのだが、入り口付近はなんら変わりない様子。周辺を調査してみても、大した変化は見当たらない。念のためにサクッと一周だけ攻略してみたが、結局、最後の最後までなんの変哲もないロイスダンジョンだった。

結果、一時間少々の時間を無駄にしただけである。次の試合には間に合うが、準決勝のMr．スリム対ビッグホーンは観戦できなかった。

「マインめぇ……いや、誤報を入れた誰かめぇ……！」

マインに怒っても仕方がないので、誤報を入れた誰かに恨みを募らせる。闘技場裏口の人目につかない物陰に転移してから中へと入り、通路を歩く。時間的に観戦席へ寄っている暇はなさそうだ。

「おっ」

通路の奥にカピート君が見えた。俺が直行するのを見越して応援に来てくれたのかな？

「どうした、俺の応援――」

「せ、セカンド。お前の大切な人は預かった。返してほしくば次の試合で負けろ」

「………………はい？」

大切な人？

「どういうこと？」

「人質だ。負ければ教えてやる」

カピート君はそうとだけ言い残し、俺に背を向けて去っていった。

俺の大切な人を人質にとった、ということか？ ……え、なんのために？

ユカリからはなんの連絡もないぞ？ それにシルビアとエコが何処ぞの誰かに後れを取るとも思えない。そもそもカピート君ってあんなこと言うキャラだっけ？ んんー……？

「……まあいいか」

次の試合に負けろとかごにょごにょ言っていたが、よくわからない。特に問題なさそうだし、このまま決勝だ。俺は通路を道なりに進んで、舞台へと出る。そこには既に対戦相手が立っていた。

かなりの長身でシルクハットを被《かぶ》った燕尾服《えんびふく》のひょろっと痩《や》せている男。ああ、一発でわかった。

あいつがMr．スリムか。

いやあ、しかしもの凄《すご》い人気だ。俺が姿を現しただけで観客から歓声があがるようになってきたぞ。こっそりサインの練習しといてよかった。

「セカンドさーん！　頑張ってくださーい！」

おお、カピート君も観戦席から声援を送ってくれている。俺は「ありがとう」と手を振り返した。

……………………ん!?　え、さっきの人質云々《うんぬん》はなんだったの!?

「如何《いかが》いたしましたかな？　セカンド二冠」

俺が困惑していると、スリムが何やら話しかけてきた。

「いや少し混乱することがあってな」

「それは大変だ。私のことはお気になさらず、どうかそちらの解決を」

スリムはシルクハットを取って一礼する。帽子の穴からハトを出しそうな雰囲気の男だ。

「こりゃどうも。でも試合が終わってからにするよ」

「然様《さよう》で御座いますか」

すうっと目を細めて、シルクハットを被り直すスリム。ん？　今、何か……。

「互いに礼、構え！」

審判の指示に従って、向かい合う。

……あぁー‼　はっはぁ、なるほどなぁ。わかったぞ、違和感の正体が。そりゃカピート君も忠告するわけだ。確かに、この世界の人たちにとっちゃあ、厄介だろうなこいつは。

「どうぞ、よろしくお願いいたします」

スリムが紳士らしくお辞儀をした。その腹ん中は微塵《みじん》も紳士じゃないクセに。

……てめぇ、よくもやってくれたな。目にもの見せてやる。

「ああ、よろしく。カメレオン使い」

◇◇◇

「‼」

俺が「カメレオン使い」と口にした瞬間、Ｍｒ．スリムの顔から余裕の笑みが消えた。

どうやらビンゴだったようだ。

メヴィウス・オンラインには〝レイス〟という魔物がいる。こいつは、皆にカメレオンと呼ばれていた。それは何故《なぜ》か。理由は単純、変化するのだ。

レイスはあらゆるものに化ける。魔物に化けるし、プレイヤーにもＮＰＣ《ノンプレイヤーキャラクター》にも化けるし、植木やベンチや大剣など、およそ一～二メートルのものにならなんにでも化けられる。

恐らく、Ｍｒ．スリムはレイスをテイムしているのだろう。

初戦の直後に通路で会ったマインも、ついさっき人質がどうのこうの言っていたカピート君も、きっとレイスが化けた姿に違いない。一国の王が護衛を一人も付けていなかったのはよくよく考えればおかしいし、偽カピート君は言動から何から全《すべ》てがおかしかった。

そうして俺を霊王《れいおう》戦から遠ざけようとしたり、自ら負けるように誘導して心を乱したりと、卑怯《ひきょう》な盤外戦術を駆使していたわけだ。

さっきの、てめぇの視線でわかったぜ。ミスターさんよ、俺の後ろの地面をチラ見したな……？

「――始め！」

号令がかかる。Ｍｒ．スリムは即座に《精霊召喚》を発動した。演出的に、水の精霊か。

「憑依《ひょうい》」

同じく俺も《精霊召喚》、ほぼ同時に《精霊憑依》を発動する。

「ふふふ、私を狙《ねら》おうという魂胆ですかな？　それとも初戦の時のように――」

何やらべらべらと喋《しゃべ》り始めたスリム。注目を引こうという狙いだろう。そっちの魂胆の方が見え透いている。馬鹿め。俺がカメレオンと指摘した時に引っ込めてりゃあ、見逃してやろうと思っていたが、もう許さねえ。

俺はスリムを完全に無視して、大きく飛ぶように一歩下がり、その場で、思いっ切り――かかと落としを振り下ろした。

「んなァ……ッ⁉」

スリムは口をあんぐりと開けて固まった。

俺の足元で、もぞもぞと何かが蠢《うごめ》く。俺はそれを「フンフンフン！」と何度も蹴《け》りつけた。

「な、くそっ……！」

焦った表情のスリムが、水属性っぽい精霊をこちらへ向けて――

「（水の精霊アクエラである）」

えー、水の精霊アクエラをこちらへ向けて、《水属性・壱ノ型》を詠唱させている。

「(アレ、できるか？)」

「(我に任せよ)」

できるようだ。腑抜《ふぬ》けた精霊とその主人にのみ通用する、精霊大王の特権。

「(跪《ひざまず》けぃ！)」

——支配の雷。

瞬間、伸ばした俺の手の先端から赤い稲妻が迸《ほとばし》り、スリムとアクエラを地面に縛り付けた。

「なんだこれは⁉　な、何をした⁉」

「……⁉　～っ⁉」

ビビっているやつ限定で頭を強制的に下げさせる、精霊大王特有の〝性格の悪い技〟である。

アクエラは無口な精霊なのか何も喋らないが、その顔は驚きに驚いていた。土下座のような恰好《かっこう》をして黙り込みながらも、顔だけはこちらに向けて「何故」「どうして」と切実に訴えてくる。

「さて、まずはこいつの件についてだな」

俺は足元でぐったりとしている、半透明の人形のような魔物の首根っこを掴《つか》んで、スリムの元へと連れていく。これが、レイスだ。俺の後方で、薄ぅーく体を伸ばして地面に化けていやがったのだ。戦闘能力は殆どない。ゆえに、何発か蹴ってやればすぐに気絶した。

「ぐ、ぐううぅ……！」

スリムは恨めしそうに唸《うな》る。何故かって〝反則〟がバレたからだ。

試合開始前からレイスを《魔物召喚》し、俺の背後の地面に仕掛けていたのだ。召喚は精魔いずれも試合開始後でなければならない。ゆえに、反則。

こいつの計画では、巧みな話術（笑）で俺の気を引きつけておいて、その隙にレイスを足元に移動させ、アクエラの攻撃を回避できないように、不意を突いて俺の足を搦《から》め捕《と》ろうとでもしていたのだろう。普通は気付けないな。そもそも、そんな能力を持っている魔物など見たこともないというのが、この世界の人たちの常識だと思う。だからこそスリムはこの戦法でここまでのぼり詰めることができたってわけだ。

うーん。反則だが、悪くない戦法だ。着眼点がいいし、バレようがない。まさか地面に化ける魔物がいるなんて、誰《だれ》も考えないだろうからな。

ただ、一つ、残念なのは……俺が元世界一位だったということ。単純明快、それだけの話だ。

「反則負けか、KO負けか、選ばせてやろう」

審判は気付いていないようである。無理もない。レイスを知らないいんじゃあ判断のしようがないからな。だが、懇切丁寧に説明したらきっと理解してくれるはずだ。二冠が、圧勝できる試合にもかかわらず、わざわざ相手の反則について説明するのだ。信用してもらえるに違いない。

「……最後まで、戦いましょう。私も召喚術師の端くれ。今度は、正々堂々と」

スリムもそれがわかっていたのだろう。少しでもチャンスの残る方を選んだ。

正々堂々、か。信じよう、その言葉。

「（支配の雷、解いていいぞ）」

「（御意）」

俺はアンゴルモアに指示を出してから、スリムにあえて背を向けて、元の位置へと歩いて戻る。

「――馬鹿めッ！　レイスが一体だと思ったか‼」

…………あーらら。どうやらスリムはもう一体だけレイスを潜伏させていたらしい。

二体目のレイスは、俺の足にガッチリと絡みついて離れない。上半身だけで振り向くと、そこにはもう《水属性・参ノ型》の詠唱を済ませたアクエラがスタンバっていた。

このクソ野郎、ハナっから不意打ちする気マンマンだったようだ。

「(やはりなっ)」

アンゴルモアが楽しそうに呟《つぶや》いた。見なくてもわかる。ニヤついているな、お前。

「(悪いか？)」

「(いいや……俺もだッ)」

Ｍｒ．スリム。その不意打ちは失策だ。せめて俺の《精霊憑依》が解けてからにすべきだった。

「があああああ――ッッ‼」

気合の雄叫《おたけ》び。フルパワーで突進する。

「⁉」

足に組み付くレイス？　ンなもん関係ない。イメージは「タックルを受けてもなんのそので相手を引きずりながらトライするムッキムキのラグビー選手」だ。

「う、撃てっ！　撃てっ！」

焦ってアクエラに指示を出すスリムだが、遅すぎるな。《精霊憑依》状態のＡＧＩで本気で移動すれば、感覚的には瞬間移動だ。《水属性・参ノ型》なんて余裕で躱《かわ》せる。

……だけどな、躱さねぇぞこの野郎‼

「なッ⁉」

俺は顔面から《水属性・参ノ型》と正面衝突した。

「ごあああぁッッッ‼」

痛《いて》ぇ！　ちくしょう。痛いし血まで出るし、得なことなんて何一つない。

だが、これで……スリムの策を全て受け、そのうえで、追い詰められる。

「よくもやってくれたなァ……！」

「き、貴様が勝手に喰《く》らったのだろう⁉」

「うるせぇえええぇッ‼」

スリムは攻撃の継続さえ忘れて、一歩二歩と後ずさった。

ビビってるんだ。なら、やってよかった。

「(ハハハッ！)」

アンゴルモアが笑う。ああ、俺も笑いたい気分だね。顔が痛くて動かねえけどな。

「があああアんがあぁァッ‼」

俺は無茶苦茶に咆哮《ほうこう》しながらスリムへと瞬時に詰め寄った。血が目に入ったせいか、スリムが赤く見える。

「……ひっ……」

至近距離、目と目が、合った。

そして、渾身《こんしん》の、頭突き――！　頭突き！　頭突き！　頭突きィッ‼

「――そ、そこまで！　勝者、セカンド・ファーステスト！」

……勝った。ざまぁ見やがれ。

「はぁ……はぁ……はぁ……」

タイトル戦で卑怯なことをすると、こんな怖い目に遭うんだ。勉強になったな、ミスター。

◇◇◇

「…………こっわ」

観客席にて。シェリィ・ランバージャックは、若干ブルっていた。

いくら憧《あこが》れの人といえど、今のは怖すぎたのだ。

「般若《はんにゃ》の面のようだったな」

その隣で呟くのは、ヘレス・ランバージャック。シェリィの実の兄である。

この世界に仏教等は存在しないが、般若の面は存在する。装備アイテムとしてである。ゆえに彼は般若の面の存在を認知していた。

「逆鱗《げきりん》に触れたんだわ、きっと。確かに、あのＭｒ．スリムってやつ、変な噂《うわさ》があったもの」

「いくら逆鱗に触れたとはいえ、そのためだけにわざと魔術を顔面に受けて顔じゅう血だらけになりながらあんな形相で頭突きするだろうか？」

「……やりかねないわね。あいつ、女の子をグーで五メートル殴り飛ばす男よ？」

「ハハハハ！　正気ではないな。やはり面白い男だ」

「お兄様、やけにあいつのこと気に入ってるわよね」

「ああ。彼がエルンテとミックス姉妹を土下座させたと聞いた時から、私は彼に首ったけさ」

「あいつそんなヤバイこともしてたの⁉」

新事実に驚愕《きょうがく》するシェリィと、何故かしたり顔をするヘレス。

そんな兄妹《きょうだい》の様子を白い目で見つめるメイドが一人。

「傍から聞いていると、酷《ひど》い男の話にしか思えませんね……」

「マリポーサはそう思うか。なかなかに辛辣《しんらつ》だな」

「いえ、一般的な意見かと」

マリポーサと呼ばれたメイドは、ヘレスへ厳しい視線を向ける。彼と彼女は主従関係にあるが、平時は主従が逆なのではないかと思えるような、一風変わった仲であった。

「私はな、彼のことを勝手にライバルだと思っている。一閃座《いっせんざ》戦決勝ではすぐに負けてしまったが、次はそうは行かない。目指すべき目標が見つかって、感謝しているのだ。ゆえに、どうしても贔屓《ひいき》目《め》で見てしまう」

「ヘレス様。悪いことは言いません。セカンド二冠を目標とするのはやめましょう」

「そうよ、お兄様。いくら頑張ったって、無理なものは無理よ」

ヘレスの語りに対し、真顔で制止に入るメイドと妹。

そんな二人に、ヘレスは挑戦的な笑みで返した。

「目標は高ければ高いほどいい。なぁに、いつまでも頑張り続ければよいのだ。だから君たちも頑張りたまえ！　ハーッハッハ！」


「くそッ……あの男、絶対に許さん……！」

試合終了後、気絶から目を覚ましたＭｒ．スリムは、腹を立てながら通路を歩いていた。

彼が召喚術師の間で警戒されている理由。それは、彼のその粘着質な性格にあった。

気に入らない相手は、彼の極秘の魔物〝レイス〟を使って、社会的に追い詰める。ずっとそうしてきた結果、界隈《かいわい》で「Ｍｒ．スリムには気をつけろ」と噂されるようになったのだ。

「くひひっ！　見てろよセカンドォ……お前を社会的に抹殺してやる……！」

理由は、気に食わないから。Ｍｒ．スリムとは、そういう男であった。

「レイス。私に、まとわりつけ！」

彼はレイスに指示を出す。すると、レイスはＭｒ．スリムの体を薄皮一枚で包み込むようにして、ぴったりと張り付いた。そして――

「今頃《いまごろ》、セカンドは控え室だろう」

――Ｍｒ．スリムの姿が、セカンドそのものに変貌《へんぼう》する。

これが、Ｍｒ．スリムが最も警戒される要因。彼が独自に編み出した、レイスを用いた〝変化《へんげ》〟

である。Mr.スリムはこの変化を使って、詐欺をしたり女を抱いたりと、小さな悪事から大きな悪事までやりたい放題やってきたのだ。

「あの男の人生、終わらせてやるぞ……！」

セカンドの姿をしたMr.スリムの向かう先は、ただ一つ。

社会的に最も影響がある相手といえば、一人しか思いつかなかったのだ。


「――マイン！　マインはいるか！」

キャスタル国王の座る席に近付き、声高に叫ぶ。

Mr.スリムは思う。「どうだ、呼び捨てにしてやったぞ」――と。

「あ、セカンドさん。どうされました？」

「…………え」

失礼な態度で呼び捨てし、しかも座席から立たせこちら側へ呼びつけたというのに、マイン国王陛下は然《さ》も当たり前とばかりに歩み寄ってきたのだ。驚かないはずがなかった。

「あ、いや、違う！　この野郎、ダンジョンで魔物が大量発生など、誤報ではないか！　どう責任を取ってくれる！」

Mr.スリムは気を取り直し、こう思う。「野郎呼ばわりに、ありもしない責任の擦《なす》り付け。今度こそ陛下は怒るに違いない」――と。

「ダンジョンで？　何処のダンジョンですか？　本当ですか？　誰《だれ》に聞きました？」

「…………あ、あれ？」

おかしい。怒らない。何故《なぜ》……Ｍｒ．スリムは混乱し、俄《にわ》かに焦った。まさか、見抜かれているのではないか、自分はハメられているのではないか、と。いや、この短時間で、そんなはずはない。

さっさと怒らせて、すぐさま逃走し、セカンドの信用を地に落とさなければ。Ｍｒ．スリムはそうして考えを巡らせ、マインを怒らせる文句をどうにかこうにか捻《ひね》り出す。

「うるさい！　とにかく謝れ！　殺すぞお前！　死にたいのか！　マザコン！　ガリ勉！」

「えー。もう、わかりましたよ。どーもスミマセンでしたー……はい、これでいいですか？」

「…………」

数々の暴言の末、ついには一国の王を謝らせてしまった。

「……そ、そうか。わかった。もういい……」

これ以上、Ｍｒ．スリムにはマインを怒らせる方法が思いつかなかった。

とぼとぼと去っていくＭｒ．スリムの背中を、マインは「なんだったんだろう？」と見つめる。

「――待てッ！　このまま帰すと思ったか！」

不意に、Ｍｒ．スリムの左足に、《歩兵剣術》が突き刺さった。

「ぐあっ⁉」

斬りかかったのは、マインの従者クラウス。

「……あっ！」

瞬間、レイスの変化が解け、Ｍｒ．スリムの素顔が明らかになる。マインは思わず声をあげた。

「やはり。セカンド二冠に化け、その信用を落とそうと企《くわだ》てていたのだな」

「ち、違っ……これはぁっ……！」

「言い訳無用！」

クラウスの鋭い剣がMr．スリムを襲う。彼はタイトル戦出場レベルには至っていないが、それでも国内有数の剣の使い手。召喚術師を相手に不意を突いて仕留め切れないような、やわな鍛え方はしていない。結果……Mr．スリムはその場でクラウスによって両の足の腱《けん》を斬られ、隷属の首輪を嵌《は》められ、騎士団に連行されていった。

そして同時に、レイスの存在が明らかとなったことで、セカンドが何故あれほど鬼気迫る形相で完膚なきまでにMr．スリムを追い詰めたのか、その理由も観客へと広く知れ渡ることとなる。

「……彼は余罪が山ほどありそうです」

「ええ、間違いなく。徹底して調査いたしましょう」

連れていかれるMr．スリムを見ながら、マインが呟く。クラウスは首肯して、口を開いた。

「しかし、流石《さすが》で御座います陛下。セカンド二冠に化けていることを見抜きつつ、あえて怒りを見せずに対応して、相手に隙を晒《さら》させるとは」

「……………う、うん。まあ、たまたま、ね」

実は気付いていていなかったなんて、とても口に出せないマインであった。

◇◇◇

最終戦の相手は、現霊王《れいおう》のヴォーグという女エルフ。綺麗《きれい》なワインレッドの髪を腰まで伸ばしたモデル体型の美人である。

「お会いできて光栄です、セカンド二冠」

彼女は俺と対峙《たいじ》すると、優雅に会釈し、とても丁寧な挨拶《あいさつ》を見せた。その美貌《びぼう》に違《たが》わず美しく落ち着いた声だった。

「こちらこそ、霊王」

俺が一言そう返すと、ヴォーグはにこりと微笑《ほほえ》んでから、ふわりと礼をする。

……終始、余裕のある態度。無駄な力を抜きつつも、表情は真剣。完全にリラックスしつつ集中状態を維持しているように見える。ひょっとすると彼女、今までで一番あるかもしれない。期待するのはやめたやめたと散々言っていたが、今回ばかりは流石に期待してしまうレベルの違いだ。

「自信のほどはどうだ？」

推し量るつもりで、少々ちょっかいをかけてみる。

「その場その時で最善を尽くすのみでしょう。私も、貴方も」

「仰《おっしゃ》る通りだな」

軽くあしらわれてしまった。ますますイイねえ。

なんて考えていると、今度は彼女の方から質問が飛んでくる。

「貴方の謎の精霊。その正体、明かしていただけるのかしら？」

ズバッと核心を突いてきた。どうやら彼女はアンゴルモアを見たいらしい。確かに今までは召喚したそばから憑依《ひょうい》させていたから、ちゃんと見ることができなかったのだろう。

「安心してほしい。丸々全部、余すトコなく見せてやる」

「あら、嬉《うれ》しい」

こりゃあ、かぁなり遊べそうかなぁ。

「互いに礼、構え――始め！」

号令がかかる。瞬間、互いに《精霊召喚》を発動した。

ヴォーグの前方に、見上げるほどの火柱が立ち昇る。その中から姿を現した精霊に、俺は見覚えがあった。そう、確か――火の大精霊サラマンダラ。

一方、既に《精霊召喚》しているのに、アンゴルモアはなんの音沙汰《おとさた》もない。まさか……。

「あぁー？　オイオイ、こいつまだ召喚してねぇのか？　勘弁してくれよ！　久々の愉《たの》しみだってのに、こんな雑魚《ざこ》――」

「⁉　サラマンダラ！　下がりなさい！」

――直後、ドガン！　と、地面から突き上げるような衝撃が闘技場全体を襲う。

地震ではない。アンゴルモアだ。あいつはただ目立つためだけに、わざと召喚のタイミングを遅らせ、こうして無駄な演出を凝らし、騒がしく顕現しようとしているのだ。

「……ゲッ……ま、まさか」

赤目赤髪のイケメン精霊サラマンダラが、突如として青い顔をする。心なしか彼の纏《まと》っている炎の勢いも落ちた。やっぱりどんな精霊でもアンゴルモアは苦手なんだな。だって性格悪いから。

「ハァーッハッハッハッハッハ！」

とにかく高らかで偉そうな笑い声とともに、赤黒く禍々《まがまが》しい紋章の入った巨大な腕が地中から飛び出した。闘技場を破壊するようなことはない。これは〝演出〟だ。ダメージなどは一切ないのだ。アンゴルモアが、ただ目立ちたいがために、相手をビビらせたいがためにつくり出した、巨大な幻影である……多分。

「ひれ伏せぇい‼」

巨大な腕は、全体から稲妻を迸《ほとばし》らせながら、手のひらを下にして、ヴォーグとサラマンダラを押《お》し潰《つぶ》さんと急速に接近した。

「うおおおっ⁉」

サラマンダラは両手を前に出し、瞬時に炎の盾を具現させる。凄《すご》いな、この世界の大精霊は魔術の型に関係なくあそこまで自在に火を操れるのか。

「ぐっ……！」

バフーン！　と、巨大な腕がサラマンダラの作り出した炎の盾を握《にぎ》り潰した後、雲散霧消する。

瞬時に立ち込める霧。バチバチと電撃がそこらじゅうで光る中、いつの間にか俺の目の前で仁王立ちしていたやたら仰々しい恰好《かっこう》の中性的な美形の精霊が、おもむろに口を開いた。

「──久方ぶりではないか、サラマンダラ！　寝小便はなおったかァ？」

初手、煽《あお》り。精霊大王アンゴルモアの降臨である。

「嘘《うそ》を言うなコラァ！　そんなこと一回もねぇぞオレは！」

「フン、記憶違いか。ああ、そうか、あれはお前の父親であったな」

「嘘だろ⁉　き、聞きたくなかった……」

サラマンダラの炎がしゅんと小さくなった。あの全身の炎はひょっとしたら彼のテンションを表しているのかもしれない。

「サラマンダラ、あの精霊は」

「ん？　あ、ああ。やつはアンゴルモア。雷の大精霊だ」

「雷の……」

ヴォーグが険しい表情を見せる。サラマンダラの様子から、恐らく「真っ当にやっては勝てない」と気付いたのだろう。

「否。我は精霊大王なるぞ。ちゃんと紹介せい、この戯《たわ》けが。よぉく聞け。我が名はアンゴルモア、四大属性を支配せし精霊の大王である！」

大王は目立つことに余念がない。そして地獄耳で、隙あらば相手を罵倒《ばとう》する。いやらしいな。

「サラマンダラ、一対一で、勝てるかしら？」

「無理だなぁ、流石に。一時間耐え抜くくらいならなんとかできそうだが」

「……最終戦は、制限時間なしよ」

「きっついなぁオイ……」

あちらさんは何やら作戦を立てているようだ。よろしい、待ちましょうとも。

「(あの赤い兄ちゃんを調理するなら、どんな感じだ？)」

「(そのまま捌《さば》いて刺身で出してもよいな。煮ても焼いてもよい。フルコースでもよいぞ)」

つまり瞬殺もできれば嬲《なぶ》り殺しもできると……。

只今《ただいま》の時刻は十五時半かそこら。Ｍｒ．スリムがなんやかんややらかしたせいで最終戦の開始が少し遅れたため、日没まで楽しむとしたら最長でも二時間ぽっちか。

「(フルコースで頼む)」

「(フハハッ、御意)」

多分ヴォーグは、サラマンダラとアンゴルモアを一対一で戦わせ、俺と一対一を挑みに来る。サラマンダラで《精霊憑依》して直接攻撃を狙《ねら》うのもアリだとは思うが、俺とて条件は同じ。同様に《精霊憑依》して互いに殴り合った場合、俺のステータスの高さが勝るだろう。ならば、憑依によって４・５倍される前のステータスの方がまだマシだ。素の状態でやり合った方が、勝機は残ると言える。で、あれば……ととことん付き合ってあげるのが、粋ってもんだろう。

「やろうぜぇ！　大王様よぉッ!!」

「よかろう。小指一本で相手してやる」

ね。予想通り、精霊と別々に一対一のようだ。ナイス判断。

直後、サラマンダラとアンゴルモアは炎と雷で空中戦を繰り広げ始める。

……ワーオ、こりゃすげえ。想像以上だ。ゴ○ラ対キ○グギ○ラかよ。

「余所見《よそみ》とは感心しないわねっ」

「大丈夫だ、見えてる」

接近してきていたヴォーグの剣を躱《かわ》す。視線は逸《そ》らしていたが、意識までは逸らしていない。

「これは、失礼っ」

「こちらこそ」

「貴方、ずっと、素手なの、かしらっ？」

「うーん、多分」

スキルを使用していない彼女の剣をひらひらと躱していく。

しかしなかなか、攻撃が的確だな。当たっちまいそうだ。

「ふん！」

「うおっ」

急に、剣の鋭さが増した。緩急自在だな。

俺は少し大きめに回避行動をとる。その隙を彼女は見逃してくれなかった。

「そこッ――――！」

「‼」

彼女が繰り出したのは、剣ではなかった。背中からの体当たり――鉄山靠《てつざんこう》。

八極拳かよ！　と驚きつつ、俺は腕をクロスして防御する。ガツンと、体に衝撃が走った。

「……っとっと」

俺は後方へ吹っ飛ばされ、少しバランスを崩しながらも無事に着地。その距離六メートルほど。

腕が痺《しび》れる。すンげぇ威力。なるほどね。

ヴォーグ霊王。彼女、相当にＳＴＲが高い。ひょっとしたら……俺よりも。

「参考までに、剣術とあと何上げてる？」

「貴方のように龍馬《りゅうま》や龍王《りゅうおう》までは手を出せていないけれど、剣術・体術・槍術《そうじゅつ》・魔術くらいは嗜《たしな》んでいるわ」

「道理でお強いわけだぁ」

「あら、ありがとう」

ヤッベェ。このエルフ、パワータイプだ。俺は【剣術】【弓術】【盾術】【魔術】と満遍なく上げているが、彼女は【剣術】【体術】【槍術】【魔術】と三分の一がＳＴＲ上昇の見込める近接スキル。そりゃただの体当たりであの威力も出るわなと、納得の偏りっぷりだ。

「怖気《おじけ》づいたかしら？」

「……まさか」

嬉しいくらいだよ。

方針は既に決まっている。こちらはＡＧＩを活《い》かしたヒットアンドアウェイの立ち回りだ。

「貴方、何故《なぜ》笑って……‼」

ダンッと踏み込んで、一気に彼女の間合いへ侵入する。こういうのは、スピード勝負だ。剣を振らせる暇を与えてはいけない。

ボディブローの後、顔面に肘《ひじ》を入れ、そのまま思い切り弾き飛ばす。どうやら彼女、ＳＴＲは高いがＶＩＴはあまり高くないようだ。そこそこのダメージが通っている。

「っ……や、やってくれるじゃない」

鼻から垂れた血を手の甲でぬぐい、一言。彼女の目は決して死んでいない。

「怖気づいたか？」

「……ええ、少しねっ！」

助走をつけて斬りかかってくる。正直者だな。彼女のＳＴＲを考えると、一撃でも受けてしまえば危ない。かといって接近しすぎると、今度は八極拳のような体当たりが危ない。じゃあ、急接近して紙一重で避けて一発殴って離脱。これを続けるのがいい、となる。できればの話だが。

「オラァ！」

「くっ……！」

避けて、避けられて、仕切り直し。さあ、あとどれだけ続けられる……？


二時間が経過した。サラマンダラとアンゴルモアは相変わらず炎と雷で遊んでいる。サラマンダラがかなり消耗しているように見えるが、まだギリギリ耐えていそうだ。一方のアンゴルモアは、実にいやらし～い笑みを浮かべていた。もの凄く楽しいんだろうな、甚振《いたぶ》るのが。

「はぁっ……はっ……」

肝心の俺とヴォーグはというと。

「疲れたか、流石に」

「ええ……貴方、体力、あるのね……っ」

「別に体力が多いわけじゃない。ＳＰ《スタミナポイント》管理の技術があるだけだ」

技術の差が如実に現れていた。

ヴォーグはぜーはーと息荒く肩を上下させている。俺のＳＰはまだ多少残っていた。

何も考えずに動き回ると、ヴォーグのようになる。無駄な動きを省いてＳＰをしっかり管理すると、俺のようになる。単純な話だ。しかし、ヴォーグにはそれが納得できないようだった。

「……おかしい。おかしいわよ。ＳＰを管理するだけで、そうなるというの……？」

「信じられないか？」

「俄《にわ》かにはね……百四十四年、生きてきてるのよ、私は。貴方なんて、まだ十七年でしょう……？

全然、納得、いかないわよっ」

二時間も俺に遊ばれて、少し苛立《いらだ》っているようだ。

結局、二時間もやり合って、彼女の剣は一度も俺に当たらなかった。体当たりは何度か喰《く》らったが、大したダメージにはなっていない。【盾術】を上げているおかげで俺のＶＩＴが高いため、あまりダメージが通らないのだ。この状況、落ち着いている彼女でも流石《さすが》にストレスで声を荒らげてしまうくらいの〝ままならなさ〟らしい。

「百四十四歳か。凄いな」

「ええ。人間に直すと、大した年齢ではないけれど。時間は、時間よ」

百四十四年間、無理せずこつこつ安全に経験値を溜《た》めて、スキルを上げてきたんだろう。確かに、彼女は強い。この世界の水準で考えれば、かなり強い方だと思う。きっと天才というやつだ。心技体全《すべ》て揃《そろ》っていて、頭脳明晰《めいせき》、発想が鋭く、行動力があり、勇敢で、慎重で、幸運。だが……。

「傲慢《ごうまん》だ。まだ傲慢だ。百四十四歳のお姉様に説教なんてしたくはないが、折角だから言わせてもらう。お前はまだまだ傲慢だ」

「……なんですって」

「驕《おご》ってんだよ。百年以上努力して、霊王《れいおう》として君臨して、誰《だれ》もお前に敵《かな》わなかったかもしれないが、それでも満足しては駄目だ。守りに徹しては駄目だ」

「駄目って、貴方が何を」

「お前はまだ、この世界の10%もわかっていないんだ」

「……貴方は全てわかっているっていうの？」

「いや。俺は多分15%くらいしかわかっていない」

「……何が言いたいのよ、貴方」

「わかったつもりになるなよと、そういうこったな」

メヴィオンは、謎ばかりだ。この世界なんて、尚《なお》のこと謎ばかり。

決して、わかったつもりになってはいけない。満足して、守りに徹してはいけない。そこで、何もかも停滞してしまうから。

「久々にとても楽しませてもらった。お礼に、俺の秘密兵器を見せよう」

口で言っても理解してもらえそうにないから、わかりやすい実像に出てきてもらうことにした。

時刻は十七時半。もう、辺りは薄暗い。太陽の光より、闘技場の照明の方が強くなってきている。

「待ちなさい。まだ、勝負は――」

「アンゴルモア、待たせた」

「なんだ、もうお開きか？　我がセカンドよ」

頃合を告げると、アンゴルモアは最後に特大の雷を一発放ち、こちらへ戻ってきた。

「て、てめぇ！　待て！　クソッ……！」

サラマンダラは見るからにボロボロである。かなり一方的にいじめられたらしい。対してアンゴルモアは無傷で笑っている。ひでぇなこりゃ。

「ヴォーグ。お前にとって、何か、ヒントになれば幸いだ」

さて……かなり可哀想《かわいそう》なことになるだろうが、仕方がない。

彼女の百年以上の努力がどれだけスカスカだったか思い知ることになるだろうが、仕方がない。

いくら頑張っても届きそうにない壁を前にして膝《ひざ》をつき絶望するだろうが、仕方がない。

仕方がない。俺が、この世界に来ちゃったんだから、仕方がない。

「来い――あんこ」

アンゴルモアを後ろに下げ、《魔物召喚》を行う。喚《よ》び出したのは、此方《こちら》と彼方《あちら》で最も差が開いているであろう決定的な要素を凝集し昇華させた結晶。暗黒狼《あんこくおおかみ》の魔人、あんこ。

「…………‼」

恐らく、彼女はその黒衣の女の姿を見て、心の底から恐怖したのだろう。

即座にサラマンダラへと《精霊憑依《ひょうい》》を命じ、剣を構えた。

「屠《ほふ》っても？」

細く閉じられた目と、緩やかに微笑《ほほえ》む口元。いつもと変わらない優しげな表情で、たった一言、あんこは俺にそう聞いてきた。

「見せつける感じで」

「御意に、主様《あるじさま》」

見せつけなければならない。此方と彼方の差を。わからせなければ、夏季には期待できない。

「――っ⁉」

あんこは、突然、ヴォーグの真後ろに現れた。《暗黒転移》だ。

「来たれ黒炎之槍《やり》」

そして、挑発するように、そのまま《暗黒召喚》を行う。

ヴォーグは、逃げた。攻撃せず、逃げて、SPの回復と同時に対策を練りつつ態勢の立て直しを狙《ねら》ったのだろう。そんなに悪くない判断だ。相手があんこでなければ。

直後、虚空から闇《やみ》を紡ぐようにして現れた禍々《まがまが》しい大槍、黒炎之槍をあんこが装備する。

断言できる。これで、終わった。何処の誰が相手であろうとも。

決して、あの大槍を装備させてはいけない。あれは《暗黒魔術》よりも厄介な代物なのだ。絶対に、なんとしても、阻止しなければならなかった。

「残念無念、楽しめそうにありませぬ」

ぽつりと、あんこが呟《つぶや》く。その気持ちは、よくわかる。ああ、よく、わかる。

「うふっ」

あんこは黒炎之槍を軽々と振り回し、素早く移動するヴォーグの抵抗を無駄とばかりに追い詰めていく。三メートル近いリーチに加えて、振るたびに放出されるとんでもない威力の黒炎が、次第にヴォーグの行動範囲を狭めていった。

「有り得ないっ……有り得ないわよ、こんなの！」

《精霊憑依》を発動していても、たとえ反則だろうが【剣術】でも【体術】でもありったけのスキルを使って戦ったとしても、全くもって歯が立たないと、そう理解してしまったのだろう。ヴォーグは、場外ギリギリの端っこで、パニックになりながら、理不尽を叫んだ。

それを最後に、彼女は、全身を黒炎に焼かれながら《龍王槍術《そうじゅつ》》の直撃を受け、スタンした。

「――勝者、セカンド・ファーステスト‼」

こうして、虚《むな》しくも……俺の霊王獲得が、そして、史上初のタイトル三冠の誕生が、決定した。

◇◇◇

夜、閉会式が粛々と執り行われた。

マインは闘技場の正面で〝マイク〟を使って演説を行っている。スピーカーもなしにマイク単体で一体どんな原理が働いて音声が拡大されているのかワケがわからないが、マイクというアイテムを使えば声が大きくなるという事実だけは何故かあるみたいで、マインは当然のような顔で使っている。なんとも不思議な世界である。

そんな中、俺含む全タイトル戦の出場者は闘技場中央に整列していた。各タイトルで列が形成されており、その先頭には現タイトル保持者が立っている。叡将《えいしょう》と霊王の先頭は不在だ。俺が一閃座《いっせんざ》の列にいるから。

演説が終わると表彰式に移る。合計で二十を超える数のタイトルがあるため、かなり時間がかかった。俺はあえて、表彰されている現タイトル保持者たちを視野に入れないよう意識する。夏季の楽しみが減るというのもあるが、主な理由は嫉妬《しっと》に近い感情だった。本来なら、そのタイトルの殆《ほとん》どを保持しているのは俺のはずなのだ。自分でもよくわからないが、他人がタイトル保持者として賞賛されている場面を、まともに見ていられなかった。

「セカンド・ファーステスト一閃座、叡将、霊王」

最後の最後、マインによって、俺の名前が呼ばれる。

瞬間、それまでの拍手や歓声が何倍もの大きさに膨れあがり爆発した。凄《すさ》まじい人気だった。こんなに人気だったことは前世でもない。やっぱりアバターが美形だからだろうか。

「貴殿は前人未到の三冠を達成し――」

そう、あと史上初の三冠。きっとこれも人気の理由だな。

俺はマインの表彰の言葉をなんとなーく聞きながら、このあとのことを考える。どんな風に喋《しゃべ》ろうか、と。マインへ「一言喋らせてくれ」と事前に頼んでおいたのだ。恐らくこの表彰の後、俺のスピーチタイムが来る。

「――よってその栄誉を讃《たた》え之《これ》を表彰す。キャスタル王国第十八代国王マイン・キャスタル。おめでとう、セカンド三冠」

再び沸き上がる大喝采《かっさい》の中、表彰状を受け取り、マイン直々に各タイトルのバッジを胸に付けてもらう。三つもあるので付けるのにも時間がかかる。その間ずっと拍手と歓声が鳴り止《や》まない。

「はい、付け終わりました」

上目遣いでニコッと笑うマイン。自分の胸元を見ると、服の中央寄りに一閃座・叡将・霊王と三つのバッジが並んでいた。「まだまだ増えるんでしょ？」と、マインの笑顔がそう語っていた。俺が笑い返して頷《うなず》くと、マインも笑顔のままこくりと頷いて、おもむろに俺を隣へと並ばせた。

「静粛に！」

マインのよく通る号令で、闘技場全体が俄かに静まり返る。凄《すげ》ぇ、観客のマナーが引くほどいい。流石《さすが》は国王と言うべきか、流石は王国民と言うべきか。見ていて清々しい。

「セカンド三冠より一言頂戴《ちょうだい》する。ご清聴願う」

さて、いよいよ来た。スピーチの時間だ。マインが一歩後ろに下がると、何万人という観客全員の視線が俺一人に集中しているのがわかった。いや、観客だけではない。出場者もタイトル保持者も、この場にいる全員が俺に注目している。

俺はスゥと息を吸い、ゆっくりと沈黙を破った。

「――単純だ。話は単純。どうして俺が三冠を獲得できたと思う。強いからか？　天才だからか？　違う。答えはたった一つ。とても単純だ」

闘技場の中央、タイトル戦出場者たちの顔を見渡す。

これから、俺は、俺の身勝手で、彼らを焚《た》きつけるのだ。

「弱いからだッ！　お前らが‼」

ぶちかましてやる。不意を突かれた彼らは、鳩《はと》が豆鉄砲食ったような顔をしていた。

「本気を出せよ。人生の全《すべ》てを注ぎ込め。満足するな。妥協するな。まだまだ上があるぞ。まだまだお前らの知らない世界があるんだ。学べよ必死に。這《は》い上がれ。勝ちたいだろ？　なあ？　俺に三冠獲《と》られて悔しくないのか？　来季は八冠獲るぞ？　いいのか？」

仕方がないのかもしれない。この世界では無理があるのかもしれない。

だが、変わるなら、変えるなら、今しかない。だから、変わってもらう。俺のために。

気付け。気付いてくれ。ここは、最高の世界なんだよ。

「剣術や魔術や召喚術に人生を賭《か》けるなんて馬鹿げてると思ってんのか？　なら結構だ。金輪際タイトル戦には出場するな。内輪で幼稚に遊んでろよ。なあ、いいか、よく聞け。ここはな、この舞台は、俺にとっちゃあ、人生の九割九分九厘《りん》を賭けて勝負する場なんだよ。趣味が高じて金と名声を得られるようになるだけのくだらない場所じゃないんだよ。だからさ、頼むから出場しないでくれ。タイトルが穢《けが》れる」

煽《あお》りに煽る。全ては、彼らに本気を出させるため。俺に付き合ってもらうため。考えてもみろ。タイトル獲得のためにだ、実際に人生賭けたやつらが、わんさか集まってくるかもしれないんだぜ？　そりゃあ、つまり……〝理想郷〟だろうが。

「人生賭けるなんて、簡単じゃないよ。そりゃわかってる。でも俺なんかにできたんだ、あんたらにだってできるさ。今からでも遅くない。十七の生意気なクソガキにタイトル三つも任せておきたくないだろ？　……勝て。勝てよ。勝つんだよ俺に。勝つしかないんだよ。これまでの常識は何一つ通用しないぞ。全てゼロから考え直せ。俺を参考にしてもいい。観察しろ。研究しろ。盗め。有効そうなことは全てやれ。死力を尽くして孤独に闘え。来季まで、残り半年だ」

そして、俺と一緒に、現実となったメヴィウス・オンラインを楽しもうぜ。

「……待ってる」

最後にそう伝えて、俺はマイクをマインに返した。観客席の一角から拍手が鳴り響く。きっとうちの使用人たちだろう。他の観客はそれにつられるようにしてまばらに手を叩《たた》いている。

一閃座の列に戻ると、真後ろにいた金髪のイケメンに「よいスピーチだった」と褒められた。シエリィの兄貴だ。ヘレス・ランバージャックだっけ？

「は？　嘘《うそ》だろ？　悔しくなかったのか？」

「ああいや、悔しかったさ。だから抜群にヤル気が出た。ゆえに、勝手ながらよいスピーチと評させてもらった」

「……変わり者だなあ、兄妹揃って」

「ハハハ、頻繁に言われる」

ちょっとおかしいけど、まあヤル気出してくれたならいいや。

ちなみにこいつも明日の打ち上げパーティに呼んでいたはずだ。というか、俺たちが出場した五つのタイトル戦の出場者ほぼ全員を招待している。既に回答を貰《もら》っているのは四人。アルフレッドとムラッティとアルファとカピート君である。彼ら以外は来るか来ないかまだわからない。

「明日、来るんだっけ？」

「勿論《もちろん》だとも。シェリィを連れて参ろう」

シェリィも来てくれるらしい。まだまだ増えるだろう。

楽しみだ。明日も、そして、それからも。

◇◇◇

「有り得ないわよ。もう色々と有り得ないけど……とにかく有り得ないわよ！」

「シェリィ様、落ち着いてください」

「マリポーサ！　聞いた⁉　あいつ、タイトル戦出場者全員を敵に回したのよ⁉　しかも八冠とか言ってなかったかしら⁉　自信満々に！」

「仰《おつしや》っていましたね」

「何処まで私の先を行くつもりなのよぉーっ‼」

観客席にてセカンドのスピーチを聞いていたシェリィと、メイドのマリポーサ。頭を抱えて悔しがるシェリィを、マリポーサは普段からヘレスに向けるような呆《あき》れた目をしつつも宥《なだ》める。

シェリィは霊王《れいおう》戦の出場資格をまだ得られていない。現状、丙等級ダンジョンのグルタムを周回してちまちまと経験値を稼ぐのみ。彼女の目指す先までは、随分と長そうであった。

「追いつけなくなっちゃうかも～って思って焦ってるんですよね～、マスター」

にやにやと、彼女の使役する土の大精霊テラがからかう。

「うるさい！　違うから！　ただ勝てるイメージが微塵《みじん》も湧《わ》かないだけよ！」

「あ～。無理ですね～……」

「ソッコーで諦《あきら》めるなぁ！　きっと何処かに弱点があるわよ。きっと……」

ぶつぶつと呟くシェリィ。そこへ、一人の来客が訪れる。

「あの、シェリィ様」

「あら？　チェリじゃない」

「はい。お久しぶりです」

第一宮廷魔術師団のチェリであった。二人の関係は、あの一件以来ずっと良好だ。

「貴女も観戦に来てたのね」

「ええ。それで、その……何か、この有り得なさみたいなものを誰かと共有したくなって」

「わかるわ、それ。凄《すご》ーくよくわかるわ。あいつのことよね？」

「そうです。笑うしかないですよもう」

「ねー。呆れるわ、ホントに。それで多分、夏季には八冠獲っちゃうんだから怖いわ……」

「頭おかしいですね。いや、凄いんですけどね？」

「うん。そう。凄いのよ。頭おかしいけど」

笑い合う二人は、悪口を言っているように見せて、その実、セカンドを褒めちぎっていた。あまり素直ではない二人ならではの回りくどい称賛の方法であった。こういった何気ない部分でも、彼女たちはとても気が合うのだ。

それから、二人は夕食を共にして、心ゆくまでセカンドという男について語り合った。

翌日は、彼の家でパーティである。だから、あまり、飲み過ぎないように……。


「あー、やっべぇすわ。オレ鼻血出そうっす。カッコよすぎません？　あの人」

閉会式が終わり、宿への帰り道。

犬獣人の青年カピートは、隣を歩くエコの父親ショウに話しかける。

「……彼はあの場であのようなことを言ってしまって大丈夫なのだろうか」

「ああ、大丈夫っす大丈夫っす。心配するだけ無駄ですよ」

「しかし、あれほど挑発してしまえば大勢に憎まれることになるのではないか」

「むしろ周り全員敵にしたいんじゃないすかね？　セカンドさんは」

「…………」

けろっと言ってのけるカピートに、ショウが絶句する。

「あの人はオレたちの成長を望んでいるんです。早く同じ土俵に上がってこいって、道をつくって待ってくれているんです。そりゃ追いますよ、全力で。皆、追いたくなるはずです。こうやってオレみたいに憧《あこが》れて追うやつもいれば、憎き敵として追う人もいる。セカンドさん的には、憧れだろうが敵だろうが関係なくて、とにかく必死に全力で命懸けで追ってきてほしいんでしょうね」

カピートの言葉は的を射ていた。セカンドは、己の理想郷を実現するために、皆をあれほど煽り立てたのだから。

「そうか……だが、ファンの気持ちはどうなる？　例えば、先ほどの、ヴォーグ霊王だったか。かなりのファンがいたのだろ？」

「あ、ヴォーグさんっすか。メチャメチャ人気でしたよ。美人ですし、強いですし。あと二十年以上も一閃座に君臨してたロスマンさんとかも、絶対王者としてかなりの人気でした」

「そのファンの前で、彼らがあれほど扱《こ》き下ろされたら……あまりよい気分にはならないのではないか？　出場者だけでなく、一般人からも嫌われてしまったらどうなる？」

ショウは何やら煮え切らない言葉を口にする。セカンドのあのあまりにも大胆不敵な発言に不安を覚えたのだ。それは偏《ひとえ》に、最愛の娘を預けている相手だからであり、将来の婿として想定し始めているからであった。そんなショウの発言を聞いて、カピートはきょとんとした後、「あ、あははははっ！」と、大口を開けて笑った。

「何かおかしかったか？」

「いえ。ただ、セカンドさんなら、こう言うだろうなと思って」

カピートは咳払《せきばら》いを一つ、颯爽《さっそう》としたポーズを作って、顔をビシッとキメながら口を開く。

「──そりゃヴォーグとロスマンが気にすることだ。俺が勝ちゃあ、俺のファンが喜ぶ。あいつらが勝ちゃあ、あいつらのファンが喜ぶ。それだけの話だな」

そっくりであった。


「お待ちを、エルンテ鬼穿将《きせんしょう》」

閉会式の直後、王都を去ろうとする老爺《ろうや》を盲目の弓術師アルフレッドが呼び止める。

「何用じゃ。儂《わし》は急ぐ」

「止めはいたしません。ただ、ミックス姉妹を置いてゆかれよ」

「…………元からそのつもり。貴様が預かるというのなら、好きにせい」

エルンテの後を追おうとしていたディー・ミックスとジェイ・ミックスは、師匠であるはずの爺《じい》の言葉に、驚愕《きょうがく》の表情を浮かべた。

「お師匠様！　それではミックス家の弓術指南役を辞すると仰るのですか⁉」

「己の復讐《ふくしゅう》すら成せぬまま哀れなる敗北を喫した男へ、既に引き継いだ」

「急にそのような勝手を仰られても……！」

「……今の儂に、弟子を指導しているような暇などない」

縋《すが》りつく姉妹を冷たく振り切って、エルンテは去っていく。

「……そんな……」「これから、どうすれば……」と、ミックス姉妹は呆然《ぼうぜん》とするよりない。

「彼の演説がよほど効いたらしい。嘘《うそ》ばかり並べ立てて逃亡か……哀れはそちらだ、老人」

アルフレッドが、その老爺の小さな背中に向けて、ぽつりと呟《つぶや》いた。


夜の王都に、闘技場から王立魔術学校の学生寮へと向かうやたらと姦《かしま》しい女子数十人の集団があった。言わずもがな、例の巨大組織「セカンドファンクラブ」である。

「控えめに言って人生で最高の数日間だった。私もう死んでもいいわ」

「いやまあ完全に同意見だよね」

「ちょ、オイイイィ！　死んだらセカンド様に会えなくなるんですけどぉ⁉」

「よしんば会えなくなるとしても死にたい」

「もうワケわかんねぇよ……」

「え、待って。セカンド様好きすぎてどうしたらいいかわかんない」

「笑えばいいと思うよ」

「ねえ待って。既に顔が勝手に笑ってるんだけど」

「……待ってる」

「はいもう流行語確定」

「ねーねー。私セカンド様でランキング作ってみちゃった」

「流石《さすが》、解析班は仕事が早いですなぁ～。どれどれ」
1．初出場で前人未踏のタイトル三冠

2. 史上唯一の雷属性魔術師
3. クッッッッッソ美形
4. 出場者全員を赤子扱い
5. 出場者全員に説教した挙句に喧嘩《けんか》を売る
6. 試合中に伍ノ型で自爆して勝利
7. 陛下と大親友
8. 鬼穿将戦出場者でもないのに鬼穿将を二枚落ちでボッコボコ
9. 使役する精霊と魔物が明らかにオカシイ
「クソワロタ。全部一位な件」

「決勝戦の最中なのに指導し始める、がない。やり直し」

「ドラゴンを素手で一時間以内に倒す（無傷）、がない。やり直し」

「九十三万ダメージがない、やり直し」

「……っていうかこれセカンド様以外の人ならどれか一つやっただけでも伝説的でしょ普通」

「ホントそれ」

「うんけど三位と七位は除いて考えるべきでしょだってセカンド様の美貌《びぼう》はセカンド様以外にはあり得ないわけだしマイン陛下との出会いもセカンド様のあの性格あっての」

「オーケーオーケー、こっちだイカレ女」

夜は更《ふ》けていく……。

エピローグ　そして朝陽《あさひ》が昇る

「……んー……」

むくりとベッドから起き上がり、目をこする。早朝、外はまだ薄暗い。昨夜は明日がパーティだからと晩酌もせず、数日間の疲れもあってか晩メシ食ってすぐに猛烈な眠気が訪れ、そのままぐっすり寝てしまった。結果、こうしていつもより何時間か早い目覚めとなった。

「……起きるかぁ」

仕方がないので立ち上がり、自室からリビングへと降りる。まだユカリも起きていないような時間。当然、使用人も殆《ほとん》どが寝ているだろう。こんなに早く起きたのは久々だ。

顔を洗って歯を磨いて小便を済ませてから、水を一杯飲む。

朝の静けさが何処《どこ》か心地《ここち》好《よ》い。やたらと清々《すがすが》しい気分だ。そして、不思議とワクワクしてくる。

よし、朝メシ食いに散歩でも行こうか。俺はふとそう思い立ち、外へと出かけることにした。

玄関のドアを開けると、ちょうど日の出のタイミング。眩《まぶ》しい朝陽が目に染みて、まだ少しだけ残っていた眠気は完全に何処かへ行ってしまった。

それから広大な敷地内を十五分ほど歩いていると、執事服を優雅に着こなした美男に出会う。

「おや、おはようございますセカンド様。このような早朝から散策ですか？」

「おはようキュベロ。朝メシ食いに行くんだ。来るか？」

「ええ、よろしければ是非」

朝メシ仲間が増えた。執事兼従者のキュベロである。

「お前こそ朝早いなぁ」

「私はこうして朝の見回りついでに体を動かすのが日課ですので」

「見回りはもういいのか？」

「私の場合、趣味のようなものですから。本来は園丁の務めです」

「そうか」

真面目《まじめ》なことだなあ。


「おっ」

門から一歩外へ出たところで、今度は意外な顔に出会う。

「これはこれは三冠。まさか会えるとは思っていなかった」

「ヘレスか、おはよう。ジョギングか？」

「こちらのファーステスト邸、一周するとちょうどよいことに気付いてね。景色《けしき》を楽しみながら走っていたところさ」

「そうか。朝メシ行かないか？」

「これは嬉《うれ》しいお誘いだ」

仲間がもう一人増えた。シェリィの兄貴、金髪イケメン剣術師ヘレス・ランバージャックである。

「供はいないのか？」

「四六時中、一緒にいるわけではない。私は基本的に一人が好きなのだ」

「じゃあ朝メシも席を分けて食うか」

「やめてくれたまえ！　それでは私が可哀想《かわいそう》な人に見えるではないか」

「冗談だ」

雑談しながら、三人並んで道の真ん中を歩く。早朝の王都はかなり人気《ひとけ》が少なかった。


「あっ！」

暫《しば》らく歩くと、今度は横から声をかけられる。

「セカンドさん！　え、ヘレスさんも⁉　どうしたんすかこんな朝早くに」

爽《さわ》やか犬獣人のカピート君だった。

「いや朝メシ食いに行こうと思って。お前こそどうした」

「あ、オレも朝メシです！」

「じゃあ一緒に行くか」

「いいんすか⁉　行きます！」

更に仲間が増えた。

「ヘレスさんと、キュベロさんですよね？　カピートっす。よろしくお願いします」

「ああ、アースドラゴンの。よろしく。ハハハ、そう硬くなるな。リラックスしたまえ」

「ええ、その通りです。私はセカンド様の使用人ですから、敬語を使う必要もありません」

「いやいやいや、緊張しますって！　ヘレスさんは一閃座《いっせんざ》戦挑決トーナメント準優勝のうえランバージャック伯爵家のお方じゃないですか！　キュベロさんも使用人ってそれ、ファーステスト家の執事ってことでしょぉ⁉　猛者《もさ》と噂《うわさ》の数百人いる使用人の中のトップじゃないすか！」

「お前朝からテンション高いなぁ……」

興奮気味のカピート君を三人で宥《なだ》めながら、賑《にぎ》やかに王都の道を歩く。


「……ん？」

五分ほど進むと、数メートル先に見覚えのある格調高い風貌《ふうぼう》の男を発見した。

「なあ、あれ金剛《こんごう》じゃね？」

「……そうですね。エコ様が決勝戦で敗れたお方と記憶しております」

「声をかけてはどうだ、三冠」

「えっ、マジすか。声かけちゃうんすか？」

「よし、ナンパするか。一度あいつと話してみたかったんだ俺」

まだ開いていない店の前で所在なげに佇《たたず》んでいるロックンチェア金剛に近付いて、俺はできるだけ優しく声をかける。

「よお、少しいいか？」

「うおっ」

……驚かれた。ロックンチェアは目をぱちぱちとさせて俺たちを観察してから、口を開く。

「失礼、セカンド三冠。凄《すさ》まじいメンバーだったもので驚いてしまいました」

確かに、全員バラバラだ。よくよく考えりゃ随分と異色の取り合わせかもしれない。

「何してたんだ？」

「いや何、お恥ずかしい話ですが……ここで朝食をいただこうかと思いましてね」

「ここ？」

彼の目の前にある店の看板を見上げる。風情ある小さな木製の看板だ。そこには、華麗なるカレーの店『カライ』と赤茶色の文字で書かれている。凄《すげ》ぇわかりやすい。

「美味《うま》いのか？」

「はい、聞くところによると」

「俺たちも一緒に食べていいか？」

「勿論《もちろん》！　僕しか並んでおりませんから、どうぞ後ろに。開店まで三十分ほどでしょう」

朝メシの面子《メンツ》が追加、これで総勢五人になった。男だらけだ。

「エコとの勝負は見事だった。あそこで切り札を出したのは正解だ」

「光栄です。しかし出さざるを得なかったのです。いやはや、心底、エコさんは強かった」

「来季は覚悟しておいた方がいいぞ」

「怖いですね。ですが楽しみでもあります。また秘策を用意しておかなければなりませんか」

「そうだな。辛《つら》いなぁ、防衛する立場は」

「はっははは！　どうやら防衛が辛いのは僕だけのようですね」

わははは、バレた。その辛さは前世で痛いほどわかっているが、この世界では今のところ辛くもなんともないからな。

「今夜の三冠記念パーティ、来てくれるか？」

「ええ、是非に」

「そうか、よかった。エコも話したがっていると思う」

ロックンチェアは笑顔で頷《うなず》いた。

その直後、彼は不意に俺の背後へと視線を移す。なんだろうかと思い、俺は後ろを振り返った。

「ゲッ」

見つかっちまった、とでも言いたげな顔をするそいつと、目が合った。

道を挟んで反対側を歩く、水色の髪をした美形のエルフの男だ。

「確保ー！」

反射的に叫ぶ。動いたのは俺とキュベロだけだった。

脱兎《だっと》の如《ごと》く逃げ出すエルフの男と、それを俊敏に追いかける俺と敏腕執事。専業魔術師のＡＧＩでは逃げ切れるはずもない。俺はそいつをがっちりヘッドロックして、カレー屋まで戻ってきた。

「ぼ、僕をどうするつもりだッ！　このヴァイスロイ家の一人息子である僕を！」

何やら喚《わめ》いているが気にしない。

「一緒に朝メシ食おうか」

「……はぁ!?」

「暇だろ？」

「いや、僕は」

「暇だよな？」

「…………まあ」

だと思った。ヴァイスロイ家だかなんだか知らないが、供も連れずに一人で歩いていたからな。

「えっ、誰かと思えばニル・ヴァイスロイさんじゃないっすか！　プロムナード家に圧力かけて一方的に婚約の話を突きつけた挙句に結局アルファさんに負けた、あの！」

「貴様ぁッ！　もう一度言ってみろ！」

「ひぃぃ！　セカンドさん助けて！」

カピート君、容赦ないな……いや事実だけども。

「まあ、そう言ってやるな。反省してるだろ流石に。やり口がクッソ汚かっただけで、女を手に入れるために戦うという一点だけは評価に値すると思うぞ」

「しかし三冠よ。私は女の好みという点でも彼を評価したい。やはり、巨乳はいい」

「それについては俺も激しく同感だ」

ヘレスと頷き合う。よく見るとロックンチェアもしみじみと頷いていた。

「そう落ち込むなよニル。人間誰しも挫折《ざせつ》することはあるさ。重要なのは失敗しないことじゃない。失敗してからどうするかだ」

「百二十八歳を呼び捨てにするな十七歳！　それに僕は人間ではないエルフだッ」

「はいはい」

「フン……元よりあんな女どうとも思っていない。僕は両家の意向に従って戦ったまでだ。あの女が卑怯《ひきょう》な手を使わなければ僕は負けなかった」

「……うっわぁ」

もしかしてこいつ、まだ懲りてないのか……？

「しかしニルさん。セカンド三冠の言う通りだと僕も思うよ。試合に負け、好きな女性を手に入れられなかったからと、悲観する必要はないのです。視野を広く持つべきです。人生には他に楽しいことが山ほどあるのですから」

「……ハッ。それは貴様が金剛だから言えることだ。持たざる者の気持ちなど、僕の気持ちなど、誰にもわからない……」

「で、で、出た～！　自分の気持ちなんて誰にもわからないとか真顔で言っちゃうやつ～！」

「何がおかしい！」

「他人の気持ちなんてそもそも理解しきれるわけないだろ。気持ちを相手に伝える努力すらせずにわかってもらえると思ったら大間違いだ。甘えんな」

「………………ッ」

「うわあ、これはいいパンチ入りましたね……」

カピート君が空気を和らげてくれる。気遣い上手だなぁ。

「まだ自覚できていないようだから言うがな、お前は卑怯な真似《まね》して負けたんだよ。そのうえ馬鹿丸出しで大恥かいたんだよ。言い訳するな。体裁を繕うな。受け止めろ。そして朝メシ食べて、また一日を始めて、今夜の三冠記念パーティに出ろ。話はそれからだ」

「最後のが本音ですよねそれ」

「まあね」

空気を読みすぎるカピート君のおかげで、しんみりせずに済んだ。

その後「どうしてヴァイスロイ家の僕がこんなボロボロの安い店で食べなきゃいけないんだ」とぶつぶつ呟《つぶや》いているニルをからかいながら、開店を待った。

十分後、店が開く。ウェイトレスの子が「いらっしゃいませ〝エッ⁉〟」と挨拶《あいさつ》の途中で俺たちを目にして変な声を出しながら硬直した様子を見て、思わず皆ワハハと笑った。


「え、美味っ」

カレーが出てきて、一口。つい声に出た。

「左様で御座いますね。今度うちの料理人を連れてきて学ばせましょう」

やったぜ。ただ残念ながら、そう簡単にこの味は盗めないと思う。

「これはなかなか。朝から並んだ甲斐《かい》があったようだ」

「っすね。マジ美味いっす」

「お口に合ったようで何よりです。教えていただいたカサカリさんに感謝ですね」

他の皆も気に入っているようだ。そうか、カサカリが言っていたのか。あのオッサンには結構怒ってしまったから少し気まずいが、今度会ったら感謝くらいは伝えておいた方がよさそうだな。

「……！」

ニルも、一口食べてティンときたようで、黙々と食べ進めている。

もしかすると、俺たちの中で一番かき込む勢いがいいかもしれない。

その後、俺たちは思い思いの方法でカレーを食べた。というのも、トッピングを後から注文できたり、テーブルには甘酸っぱい漬物や粉チーズに辛いスパイスなど多種多様なアレコレが置いてあって、味を変えられるのだ。

俺はもう全部いったった。テーブルの上にあるやつ全部。かなり辛かったが美味《おい》しかった。キュベロは「そのままが一番です」と何もかけずに食べていた。ヘレスは粉チーズだけかけてシンプルにまろやかに。カピート君は俺のマネをして全部かけていたが、些《いささ》か辛すぎたようでヒーヒー言っていた。ロックンチェアは色々試しながら二杯食べていた。ニルは一杯だけだったが、誰よりも早く食べ終えて、後は他人の皿を羨《うらや》ましそうに見つめていた。食事一つでこうも個性が出るんだなぁ。

「あの、さ、サインくださいっ……！」

早々に食べ終わり、甘いミルクティーを飲んでまったりしていると、さっきのウェイトレスの子が色紙を持って俺のところへやってきた。

「んー」

俺は特に何も考えず、無表情でサラサラとサインする。しかし、渡す時には、笑顔を忘れずに。

「はいどうぞ」

「あ、ありがとうございます！　お、応援してますっ！」

彼女は顔を赤くして店の奥へと去っていった。

「あの、私もいいですか！」「セカンド三冠！」「俺も！」「次お願いします！」

すると、他に入っていた客が堰《せき》を切ったように雪崩《なだ》れ込んできた。

うわヤッベェ……よく見ると店の外にも行列がとんでもないことになっている。ここに俺たちがいるという情報が何処かの誰かによって拡散されたのだろう。

「三冠よ。少々マズいのではないか？」

うん、マズい。俺はとりあえず店の中にいる客だけ対応しつつ、どうするか考える。

答えはすぐに出た。よし……ドロンしよう。

「すまん。今夜のパーティで会おう」

俺はテーブルに全員分の代金を置いてから、素早く《魔物召喚》であんこを召喚し、即座に《暗黒転移》と《暗黒召喚》を命令した。

「えっ、ちょ――」

何かを言いかける皆を無視して「失敬！」と一言、ドヒューンとリビングへ転移してもらう。

唖然《あぜん》とするあいつらの顔が目に浮かぶな……。

「あら、ご主人様。外出してらしたのですか」

帰宅するや否や、朝の掃除をしていたユカリに出くわす。

「あ、ああ。朝メシ食ってきた」

「……お一人で？」

「いや、キュベロと」

「…………」

ユカリの表情がスゥッと凍《い》てついた。ま、マジか、男にも嫉妬《しっと》するのか……。

「か、勘弁してやってくれ。今頃《いまごろ》あいつ、酷《ひど》い目に遭ってるだろうから」

こういう場合、シルビアなら俺に怒るが、ユカリは相手に怒る。ゆえに俺は全力でキュベロのフォローをしておいた。なんとも賑《にぎ》やかな朝だった。

◇◇◇

「……消えましたけど。おたくのご主人」

「ええ。消えましたね」

愕然《がくぜん》とする男四人と、ただ一人冷静な執事。

「いつものことです」

「スゲーっす……まだこんな奥の手が……」

キュベロはまるで自分のことのように誇らしげな顔で言う。

それを聞いたカピートは、キラキラと瞳《ひとみ》を輝かせた。

「ま、待ちたまえ。このままだと私たちが――」

ヘレスが懸念を口にした瞬間、食べ終わった客と入れ違いに、店の中へ客が押し寄せてくる。

直後、セカンドがもういないとわかった客たちは「まあいっか」と妥協しながら、色紙を持って
ヘレスたちのテーブルへと殺到した。

「ははは、外へ出ましょうか」

店に迷惑をかけまいと、ロックンチェアが困ったように笑いながら提案する。

五人が外へと出た途端、それまでの何倍もの人に囲まれ、脱出困難と化した。

「うわあ、オレもついにサインを書く日が……！」

「クソッ……どうして僕が、こんな……」

「いえ、私はファーステスト家の執事で……ええ……？」

ヘレスやロックンチェアだけでなく、カピートにも、ニルにも、そして何故かキュベロにまでサ
インを強請《ねだ》る数十人のファン。彼らが解放されたのは、それから一時間後のことであった。

◇◇◇

夕刻、我が家に続々とタイトル戦出場者たちが集まってきた。パーティ会場は、敷地内の北西に位置する〝水〟をモチーフにした豪邸の一階。澄み切った水の青を主役に、生い茂る自然の緑と、建物や橋や地面の白黒茶色、全《すべ》ての調和がとれた荘厳美麗な場所だ。昼間に来ると、鏡のような水面《みなも》に青い空が映ることでより一層美しい風景となるが、夕方もまた落ち着いた風情があって違った良さがある。パッと見、水没した遺跡のように見えなくもない。家というよりは城といった方が近い、まるでホテルのように大きな建物である。

参加者は予定通り全部で十七名。一閃座《いっせんざ》戦からはロスマン、カサカリ、ヘレス、ガラムが。鬼穿《きせん》将《しょう》戦からはミックス姉妹とアルフレッドが。叡将《えいしょう》戦からはムラッティ、チェスタ、ニル、アルフアが。金剛《こんごう》戦からはロックンチェアが。霊王《れいおう》戦からはヴォーグとカピート君が参加する。ついでにシェリィとチェリちゃんも来てくれたうえ、マインとバレル・ランバージャック伯爵とスチーム・ビターバレー辺境伯からはそれぞれ大きな花輪が贈られてきた。

そして、マインからの花輪を届けてくれた男は、そのままパーティに参加する。そのための許可もマインから貰《もら》っているようだ。彼の名はクラウス。元は第一王子であり第一騎士団長であった彼が、今や弟マインの奴隷《どれい》であり従者である。丁寧な敬語を使いながら、今夜の三冠記念パーティへの参加には何ら外交的な意図などなく、あくまで個人的なものなのだと、そう強調していた。

さて。これで役者が揃《そろ》ったわけだ。

今宵《こよい》はただのパーティじゃあない。言わば、夏季タイトル戦へと向けた、出場者たちの決起集会である。当然、使用人総動員でメシや酒には気合を入れた。飲んで食って、全員で楽しく交流するのもよいことだ。しかし、忘れちゃならないのが、アレだ。パーティといえば、アレだよアレ。

「ビンゴ大会だよなぁ！」

あのちょっとしたドキドキ感、俺は結構好きなのだ。景品は人数に合わせて十七個用意している。

一等賞は〝角換わり〟の付与されたミスリルピアスだ。クリティカル発生率５％アップの効果を持つ耳装備である。鍛冶《かじ》師兼付与師のユカリによる「付与・解体・製作ループ」の過程で出てきたダブリ品のため、今回の景品とした。

二等賞と三等賞は、スキル習得方法伝授。知らないスキルの習得方法をなんでも一つだけ俺が教えてやるというプレゼントだ。

四番目から十六番までは、乙等級程度の魔物の特徴や行動パターンを事細かに記したメモを渡す。つまりはダンジョン攻略法、並びに効率のよい経験値稼ぎの方法の伝授である。かと言って、いきなり強い魔物に突っ込んでいって死なれても困るので、乙等級中位から上位ほどの「適正ちょい下」だろうランクの魔物を書いておいた。これで彼らの経験値稼ぎが加速すりゃあ重畳である。

そして十七番。最下位の景品は、実は隠れた当たりらしい。その名も〝アドバイス〟。俺が何か適当に気付いたことを教えてあげるだけという内容なのだが、シルビアは「これが一番の当たりだな」と言っていた。確かに、振れ幅はでかいが、上ブレしたら大当たりかもしれない。結果、図らずも残り物には福があるという形になった。

いやあ、ワクワクしてきやがったなあ。寄って集って、談合に詐欺に妨害に、なんでもありのビンゴ大会の始まりだ。さあ、レッツ・ビンゴォ――――！

◇◇◇

総勢十七人の参加者は、柄にもなくドキドキとしていた。

ここファーステスト邸へと足を踏み入れた時からそうであった。いかなタイトル戦出場者といえど、ここまで「馬鹿みたいな金持ち」はいない。ランバージャック伯爵家の兄妹《きょうだい》も、王宮で生まれ育ったクラウスでさえ、敷地の広さに呆《あき》れていたほどである。

また、使用人のレベルも彼らの想像以上に高かった。熟練こそしていないものの、若さ溢《あふ》れるパワフルな仕事ぶりで、質もスピードも両立されていた。加えてセカンドが三冠を獲得したがゆえ、更に気合が入っている始末。それぞれがそれぞれ、三冠王セカンド・ファーステストの使用人の名に恥じぬよう、細心の注意をもって振る舞い、頭のてっぺんから足の先に至るまで一寸たりとも気を抜いてなどいなかった。

僅《わず》か数か月前に雇った寄せ集めのはずの使用人が、どうしてこれ程までのチームワークとパフォーマンスを発揮できるのか。ファーステスト家の様子を初めて目にする者にとっては、彼らの殆《ほとん》どが凄惨《せいさん》な過去を持つ奴隷であることや、メイド長ユカリによる途轍《とてつ》もなく水準の高い教育、そこへかけられている莫大《ばくだい》な額の予算など知る由もないため、簡単に理解できるものではなかった。

彼らの驚きはそれだけではない。会場の外観も内観も、料理も給仕も文句なしの一級。万能メイド隊エス隊の面々が楽器を演奏し始めた時には、主人であるはずのセカンドでさえ驚いていた。ユカリによるお祝いドッキリの一つだったらしく、びっくりしているセカンドの様子を見て、普段は冷淡なユカリもほんのりと嬉《うれ》しそうな表情をしていた。

そして、宴もたけなわという頃《ころ》。彼らを最大の驚きが襲う。

ビンゴ大会――普通ならば「へぇ凄《すご》い」程度の景品を手に入れられるなんてことはないイベントだが、今回に限り、その常識は通用しなかった。

景品一覧を目にして、まず、巨乳眼鏡《めがね》エルフのアルファが声をあげる。

「……あっ！」

それはちょうど最下位の景品が明かされた瞬間であった。以前セカンドに〝アドバイス〟されたことのある彼女は、その有用性を身に染みて理解していたのだ。

「ほほう、これは」「ふむ……」

それは彼女だけではない。カサカリとガラムもまた、更なるアドバイスを欲していた。双方、強烈な形でアドバイスを貰っている。

最下位狙《ねら》い。これが実は「大当たり」だと知っている三人は、水面下で競合することとなった。

その一方で、異常に興奮する男が一人……。

「ふ、ふぉ、ふぉおおおっ！　スキルを⁉　なんでも⁉　嘘《うそ》でしょぉ⁉」

眼鏡を曇らせている汗だくの巨漢、ムラッティである。彼はスキルの習得方法をなんでも教えてもらえると聞いた瞬間から、脳内で捕らぬ狸《たぬき》の皮算用を始めた。悩ましくて仕方がなかったのだ。

〝雷属性魔術〟か、〝魔魔術〟か……彼にとっては、まさしく究極の選択であった。

「チェリ、あんた何が欲しいんだい？」

「大叔母様？」

「あたしゃもうそろそろ引退さね。あんたの欲しいもんが当たったら譲ってやろうかと思ってね」

「よろしいのですか？　しかし引退って、まだお早いのでは」

「いいや頃合さ。今後の叡将戦は新時代だからね。老骨にゃ無理さ、付いていけないよ」

チェスタは強い酒をちびちびと飲みながら、遠い目をして語る。

チェリは否定も肯定もできなかった。セカンドの登場で、叡将戦の常識はガラリと変わろうとしている。年寄りがまた一から鍛錬をやり直し食らいついていくのは、厳しいことだとよくわかっていた。この引き際に、彼女は、次世代へと何かを譲り渡そうとしている。そう気が付いたチェリは、深呼吸を一つ、口を開いた。

「……大叔母様。私、魔物の情報が欲しいです」

「おや。習得法でなくていいのかい？」

「ええ。ですが大叔母様。いえ、チェスタ様。私に、火属性伍《ご》ノ型を教えてくださいませんか」

今最も自分に必要なことは、経験値稼ぎ。火属性はまだ壱ノ型しか覚えていないが、苦手意識など関係なく、これから全て覚えていけばいい。それは、セカンドの築き上げる新時代へと絶対に食らいついていくという、彼女の覚悟を明快に表す宣言だった。

「あんたが最後の弟子かねぇ……」

チェスタは感慨深そうに呟《つぶや》いて、優しげな顔で一つ頷《うなず》くと、また黙ってちびちびと酒を飲む。

こうして、チェリはチェスタの弟子となった。世界初、ビンゴ大会中に弟子になった女と、ビンゴ大会中に弟子をとった師匠の二人組である。


「――で、一等が〝角換わりミスリルピアス〟って書いてありますね」

「なるほど。ありがとう、カピート君。助かったよ」

また別のテーブルでは、意外なメンバーが集まっていた。盲目のアルフレッドにビンゴ景品の内容を説明するカピート、この二人だけならば至って普通なのだが、問題は後の二人。ミックス姉妹であった。彼女たちは、鬼穿将エルンテから見放され途方に暮れていたところ、新たに師匠となったアルフレッドの指示で、わけもわからぬままこのパーティに連れてこられただけである。開催からもう一時間以上経《た》つが、彼女たちと男二人との間では会話らしい会話が行われていなかった。

「いえいえ。ちなみにオレは二等狙いっすね。アルフレッドさんは？」

「私は……十七等だろうか」

アルフレッドはカピートの質問にそう答えながら、目を閉じて微笑《ほほえ》んだままミックス姉妹の方へちらと顔を向ける。ディーとジェイの二人は、ささやかな反抗のつもりか、ビンゴになど目もくれぬまま、料理をゆっくりと静かに食べていた。

「じゃあオレが十七等だったら交換しましょっか」

「それがよい。では私も二等か三等を祈っておこうか」

「あっははは」

カピートは笑いながらも、ミックス姉妹の様子を窺《うかが》う。彼がこのテーブルのメンバーに選ばれたのは、その気遣い上手なところを見込んで、アルフレッドとミックス姉妹との間の潤滑油として働いてもらうためであった。事前にセカンドが相談したところ、彼は二つ返事で頷いた。爽《さわ》やか犬獣人と呼ばれるだけはあるイエスマンっぷりである。そして、彼はじわりと動き出す。

「あのー、ディーさんジェイさん。ビンゴやらないなら、そのビンゴカード、オレ貰っちゃってもいいですか？」

「……好きにすれば」

「私も必要ありません」

「えっ、いいんすか⁉」

わざと大袈裟《おおげさ》にリアクションをとる。

アルフレッドはその狙いがわかったようで、カピートに続いて口を開いた。

「ディー。ジェイ。無駄な意地を張るな。自暴自棄になるな。君たちもこの景品の価値はわかっているだろう？　せめてビンゴが終わるまでは持っておきなさい」

「師匠ヅラしないでくれる？　あの男の手下の女に負けたくせに」

「え、お二人の元師匠って、出場者でもないその人に二枚落ちでクソミソにやられてたっすよね」

「……っ……それは……」

カピートとアルフレッドはしっかりと理解していた。ミックス姉妹には、自身を見つめ直す時間が、考える時間が必要なのだと。だが、このまま放置していては、二人が考え出すことは一向にない。ゆえに、なんとしても考えることを促してやらなければならない。その第一歩として、ビンゴ大会は非常によい機会であった。

「君たちはエルンテよりも強くならねばならない。夏季までにだ」

「……無理よ。お師匠様は、強いわ。言うのとやるのとじゃ、わけが違う」

「よく考えなさい。その爺《じい》を軽く破った男が景品を配っているのだ。ご丁寧に、ぴったり十七個。わからないか？　昨日《きのう》の彼のスピーチを聴いていたのならば、答えはもう出ているはずだ」

「しかし、それでもお師匠様に勝てるとは……」

ミックス姉妹は、エルンテのこととなると途端に弱気になる。何十年もそういった教育を受けてきたからだと容易に想像がついた。

アルフレッドはギリリと奥歯でエルンテへの憎しみを噛《か》み潰《つぶ》しながら、真摯《しんし》に言葉を続ける。

「半年だけでよい。私を、彼を、少しだけでも信じてみてくれないか……頼む」

「オレからも、お願いします。アルフレッドさんも、セカンドさんも、絶対、間違ったことは言ってないと思うっす」

二人は、頭を下げた。

何故《なぜ》、認めてはいないとはいえ師匠の立場にある人が頭を下げているのか。何故、全く関係のない霊王《れいおう》戦出場者のドラゴンテイマーが頭を下げているのか。ミックス姉妹には全くもって理解できなかった。だが、たった二つだけわかる事実は。それが今までの人生で初めての感覚であるということ。そして、どうしてか、呼吸が苦しくなるということ。決して、嫌な感覚では、なかった。

「…………ふん」

ディーは不機嫌そうに、ビンゴカードの真ん中に人差し指を突き入れて穴を開けた。

そんな姉の行動を見たジェイも、渋々といった風に、ディーに続く。

「ありがとう」

二人が穴を開けた音に気が付いたアルフレッドは、心底、嬉しそうに微笑んだ。

カピートは、役目は果たしたとばかりに、静かに去っていく。

ばつの悪そうな姉妹と、微笑む盲目の男。

今日、この瞬間から、彼と彼女たちとの、一風変わった師弟関係が始まった。

「ねぇ、お兄様。二等か三等が当たったら私に寄越《よこ》しなさいよ」

「嫌だ」

「なんでよ。いいでしょそれくらい」

「私とて知りたいスキルはあるのだ。自力で頑張りたまえ」

「……フンッ」

「ぐワォ⁉　何をする！　痛いではないか！」

「お兄様なんて嫌いよ」

「甘えん坊も大概にしろシェリィ！」

「なんですってぇ⁉　いいじゃないお兄様はもう出場条件満たしてるんだから！」

「今お前に足りていないのは経験値だろう！　むしろ魔物の情報をくれてやるから二等三等が出たら私に渡せと言いたい！」

「私だって他に覚えたいスキルあるのよ！　そもそも召喚術だけじゃ限界感じてるのよ最近！」

「私とて剣術だけでは駄目だと学ぶに至ったのだ！　ここは譲れんッ！」

「うはっ……同じテーブルの兄妹が猛烈にうるさい件……」

ランバージャック兄妹と同じテーブルにされたムラッティは、小声で呟きながら辟易《へきえき》していた。

セカンドはよかれと思って人見知りの彼が比較的絡みやすいだろうグイグイ来るこの兄妹と一緒にしたのだが、完全に裏目に出てしまっている。兄妹がうるさすぎたのだ。間にメイドのマリポーサがいなければ、この兄妹はいつもこのような感じである。

だが、そのおかげかムラッティは平静を取り戻した。熟考の末、二等三等が当たった場合は魔術の習得方法を教えてもらうことに決め、後はひたすらに祈るのみだと、大して信じてもいないカメル教のカメル神にへーこら祈りを捧《ささ》げる。

「二等か三等、二等か三等、二等か三等……」

汗びっしょりの巨漢が体を縮こまらせ眼鏡を曇らせ鬼気迫る形相でぶつぶつと呟く様は、単純に表現して、キモい。

「う、うわぁ……」「ううむ、流石に……」

気が付けば、ムラッティとシェリィとヘレスのテーブルは、若干一名の尋常ではない気合に押されてか、異様に静かになっていた。


「いやあ、大盤振る舞いですねえ」

「随分と余裕の表情ね、ロスマン。何等狙《ねら》いか聞いても？」

「では、私は一等を。貴女《あなた》は如何《いかが》です？」

「そうね、じゃあ私も一等を狙いましょうか」

「はっはっは、折角ですからねぇ」

「ええ、折角ですから。うふふ」

「…………」


このテーブルもまた、おかしな空気であった。

メンバーは異色もよいところ。元一閃座《いっせんざ》ロスマンと、元霊王ヴォーグ、そして何故かニル・ヴァイスロイが座っている。ニルは静かにマウントを取り合う豪傑と女傑の二人に挟まれ、何とも居心《いご》地《ち》悪そうに不機嫌顔で沈黙していた。

「おや、お二人とも一等狙いですか。では僕は二等三等狙いなので、もしもの時は交換していただけますか？」

そこへロックンチェア現金剛《こんごう》が姿を見せる。彼は今の今までエコと【盾術】について話し込んでいて、やっとテーブルに戻ってきたのだ。

「勿論《もちろん》、よいでしょう。ねえ？」

「いえ、私は交換しない主義だわ」

「……左様ですか。では私も貴女に合わせて交換はよしておきましょう」

「ふふ、そうですか。残念です」

子供のように意地を張るロスマンとヴォーグ。二人はそもそも一等の景品など欲していない。「とにかく自分が一番でなければ納得いかない」という変なプライドを曲げられないだけであった。本心を言えば二等三等が欲しいに決まっているのだ。しかし、どうしても素直になれない。それは長年にわたって頂点に君臨し続けたがゆえの代償のようなものであった。

そんな二人の心情をわかっていながら、あえてからかうように揺さぶるロックンチェア。ニルはそんな彼の様子を見て、この男にだけは逆らわないようにしようと心に決めた。

「僕の顔に何か？」

「ッ……いや、別に。そもそも貴様の顔など見てはいない」

「これは失礼。それにしても、今朝《けさ》のカレーは美味《おい》しかったですね。後でカサカリさんにお礼を言いに行きましょうか」

「フン、そこそこだった。この僕がわざわざ礼を言いに行く必要などない」

「ふふふふ、そうですか」

「……チッ」

ニルは内心を見透かされているようで恥ずかしくなり、舌打ちを一つ、ロックンチェアから顔を逸《そ》らしてビンゴに集中する。その途中、アルファの横顔が見え、ぎゅっと胸が締め付けられた。

「気持ちを相手に伝える努力すらせずにわかってもらえると思ったら大間違いだ」——不意に、今朝のセカンドの言葉が反芻《はんすう》された。

テーブルに置いてある、少し背伸びして頼んだ強い酒を呷《あお》り、ニルは思う。

「…………」

アルファは、何等狙いなのかな……？

◇◇◇

ビンゴ大会は熾烈《しれつ》を極めた。俺の予想通り二等三等が大人気で、皆それぞれリーチのかかったやつのところへ群がって交換だなんだと大騒ぎしている。

一体どんな手口で交渉しているのかはわからないが、かなり高度な情報戦が繰り広げられているようだ。しかし如何《いかん》せん酒が入っているせいか、少々やかましい。

「お前は交換しなくていいのか？」

「ええ。こういった類の催しは、欲を出した者が負けるようにできているものです」

俺は隅っこの方でクラウスとまったり酒を酌み交わしていた。

流石《さすが》は元第一王子というべきか、なかなか深いことをサラリと言う。

「お前が丁寧語だと少し違和感があるな」

「……過去の話は、ご容赦していただきたいところですね」

「酷《ひど》かったもんなあ……」

「お恥ずかしい限りです」

凄《すさ》まじい変貌《へんぼう》ぶりだ。俺に対して上から目線で「第一騎士団へ入れてやる」なんて迫ってきた頃《ころ》が嘘《うそ》のようである。

「別に無理して猫を被《かぶ》らなくてもいいんだぞ」

「そうか……ではセカンド三冠がそう仰《おつしや》るなら、そうしようか」

「ああ、それでいい。若干お前らしくなった」

やはり無理があったみたいだ。

「お待ちを。勘違いしないでほしい。実はオレは貴方《あなた》のことをとても尊敬しているのだ。ただ、長年で染みついた横柄な喋《しやべ》り方がなかなか抜けてくれない」

「そりゃ嬉《うれ》しいね。まあ、仕方ねえな。立場が立場だったたからな」

「仕方がないか、ハハハ。しかし陛下は王子といえども幼少から己を律していた」

「お前のおかげでもあると思うぞ。苛烈《かれつ》な兄がいたから、控えめな弟が立派に育ったってわけだ」

「……そう言ってもらえると助かるな」

マインをいじめていたことへの後悔があるのだろう。クラウスは苦い顔をして酒を一口含んだ。

そして、話題を変えようと口を開く。

「ところでセカンド三冠。オレはどうしても、貴方に剣術を習いたい。弟子はとっていないか？」

「マジか。弟子は、考えてたっちゃあ考えてたが……」

随分といきなりな話だ。

「一閃座戦をこの目にして、オレは感銘を受けた。陛下の許可は得ている。貴方の技術を少しでも身に付けて、近衛《このえ》としての腕を磨きたい」

なるほどなあ。正直言えば、弟子をとったことなんて一度もないから、上手《うま》く教えられるかどうかわからない。シルビアとエコも少しの期間だけとはいえ弟子として育成したが、結局タイトルを獲《と》らせてやれなかった。だが、クラウスはそれでも構わないから弟子にしてくれと言っているのだろう。そのくらいの熱意が、俺にも伝わってきている。

「そうだな……三つ条件がある」

「なんなりと」

「一つ、剣術スキルを全《すべ》て九段にしろ。魔剣術が使えるんだろう？　何属性だ」

「水属性と風属性を参ノ型まで」

「じゃあ水・参の複合でロイスダンジョンを周回しろ。あそこは火属性の魔物ばかりだ。ボスを倒す自信がなければ浅い階層をぐるぐる回るだけでもいい」

「承知した」

「龍馬《りゅうま》と龍王《りゅうおう》の習得方法は知っているか？」

「ああ、王家に伝わっている」

「ならよし。余裕を見て挑め。慎重にな」

第一条件は大丈夫そうだ。これで死なれても寝覚めが悪いので、ビンゴ景品は抜きにして多少のアドバイスは許してほしい。

「二つ、一閃座戦に出場しろ。近衛のためにってのは、気に食わない」

「……それは」

「俺の技術は、世界一位に君臨し続けるためのものであって、誰かを護《まも》るためのものではない。習うからには、対岸の火事では済まされんぞ。お前も業火の中に身を置くことになる」

「わかった。覚悟しよう」

第二条件も呑《の》んでくれた。なら、最後だ。

「三つ、お前の恥ずかしい秘密を教えろ。そしたら俺も何か恥ずかしい秘密を明かす。これをもって師弟の契りとする」

「なっ……は、恥ずかしい、秘密を？」

「そうだ。誰にも言えないような、ドぎつい秘密だ」

「…………ッ」

過去の件があるので、クラウスのことをいまいち信用しきれない。ゆえに恥ずかしい秘密を明かしてもらう。クラウスのキャラ的に、これが一番キッツイだろうと考えての第三条件だ。

俺も秘密を明かすのは、礼儀というもの。男同士の契りってのはそんなもんだ。師弟ってのは一にも二にも信頼関係だろうと、勝手なイメージである。

「……くっ……！」

クラウスは悩んでいた。弟子になりたい、しかし秘密はどうしても明かしたくない。そんな苦悩だろう。こいつはわかっている。生半可な秘密じゃあ駄目だということを。そうして真摯《しんし》に考えている時点で、俺は彼のことを思わず信用してしまいそうだったが、それはそれこれはこれである。別に秘密を聞きたいわけではない。秘密を明かし合わなければ契約は成されないのだ。決して、秘密を聞きたいだけではない。

「……よかろう。明かそうではないかッ」

数十秒後、クラウスは覚悟を決めた。鉄火場へと足を踏み入れる男の顔だ。

「よし、言ってくれ」

「…………」

しかし、次の言葉が出ない。

酒のせいではないだろう。見る見るうちに、クラウスの顔がゆでだこのように真《ま》っ赤《か》になる。

「お、オレ、は……」

そして、蚊の鳴くような声で、呟《つぶや》いた。

「……ふ、フロン第二王妃の、こと、が」

「わかった。みなまで言うな」

…………とんでもない爆弾だった。

「お、俺の秘密を明かそう！」

勢いで押し切る。今、俺がどんな顔をしているのかわからない。クラウスの表情を見るに、酷い顔というのだけはわかる。

「言うぞ」

「はい」

やめときゃあよかった。誰《だれ》も得しないわこれ……。

「……お前の弟、可愛《かわい》すぎない？　正直イケる」

「……………」

うわあ俺こんな顔してたんだな。明日隕石《いんせき》が落ちて人類が滅ぶと言われた方がまだマシな顔をする自信がある。

「は、ははは、はははは！」

「ハ、ハハハ、ハハハハハ！」

俺たちは、どちらからともなく笑い合った。もう、笑うしかなかった。

奇妙な友情が芽生える。こうして、新たな弟子候補が生まれた。


「くそおおおっ！　セカンドおおおお！　ぐあああああ！」

「うわっ」

ビンゴ大会が終わり、俺が各テーブルを回り始めると、初《しょ》っ端《ぱな》からヤベェことになっていた。

「どうしたんだこいつ」

ニルが荒れている。というか泣いている。

「アルファさんにフラれたらしいですよ。それに、僕が見ている間だけで五杯は飲んでました」

ロックンチェアが説明してくれた。フラれてやけ酒か……。

「聞けぇ！　無視するか普通!?　僕は何等狙《ねら》いか聞いただけだぞ！」

「いや、無視されても仕方ないことしてるしなお前……」

「くそがあああああぁッ！」

かなり強い酒のはずなのに、ニルはがぶがぶと水のように飲んでいる。こりゃ、今日は家《うち》に泊めるしかなさそうだ。

「ところでお前らは何等だった？　いいのは当たったか？」

俺は騒々しいニルを放置して、残りの三人に話しかける。ロックンチェアと、ロスマンとヴォーグだ。この三人には期待している。きっとまだ伸びしろがある。来季までにどれだけ準備してくるか、今から見ものだ。

「私は残念ながら四等でしたねえ」

「そうね、私は五等よ。残念ながら」

何故か空気が悪い。この二人、あまり仲がよくないのだろうか。

「意地を張り合っているんですよ」

ロックンチェアがこっそり教えてくれた。なるほど、つまり二人とも子供っぽいと。あーわかる。俺も相当な負けず嫌いだからな。一位でいる時間が長いと、どうしても負けられなくなるもんだ。

「ちなみに僕は一等でした」

キランと、ロックンチェアの耳で〝角換わりミスリルピアス〟が輝く。

「へぇ！　やったなあ」

「ええ。そして、セカンド三冠の言わんとされていることも理解しました」

「そうか。なら、一等がお前でよかった」

「お二人も、ああは言いつつわかっていると思いますよ」

ロックンチェアは丁寧にお礼を言って、別のテーブルへ行く俺を見送ってくれた。

角換わりミスリルピアスを当てたやつに伝えたかったことは、たった一点。装備の《性能強化》と《付与魔術》の重要性、即《すなわ》ち鍛冶《かじ》師の必要性である。

このピアス、実は三段階中三段階まで強化してあるのだ。おまけ程度とはいえ、上昇するステータスは無視できるような数値ではない。その上〝角換わり〟は本来、魔物からのドロップ品に付与されているもの。しかしミスリルピアスはドロップするアクセサリではない。つまり「人工的に狙った効果を付与できる方法」があるということの証明。もし仮に全身の装備へ〝角換わり〟を付与できた場合、クリティカル率の上昇は並大抵のものではなくなる。

一等を当てたのがロックンチェアで本当によかった。あの口ぶり、恐らくあいつは既に「付与・解体・製作ループ」に薄々気付いている。そして、それに莫大《ばくだい》な金がかかるということも。人間初の金剛《こんごう》獲得者であるがゆえ、多少の金は入ってくるに違いない。きっと上手《うま》いことやってくれるんじゃないだろうか。加えて、ロスマンとヴォーグも真意をわかってくれているらしい。四等から十六等までは簡単だ。「安全かつ効率良く魔物を狩って経験値を稼げ」と、それだけである。俺が教えた魔物だけに限ってはいけない。自分で調べて、安全を確保して、毎日毎日狩りまくることの大切さに気付いてほしい。お前らは、今までサボっていただろうそれを、俺が出てきたことによってまた一生懸命やらなければいけなくなったんだ。やったなオイ。まだまだ楽しいぞ、まだまだ先は長いぞ、メヴィオンは。

「――おン待ちしておりましたセカンド氏ぃ！　ささ、魔魔術を！　拙者に魔魔術を！」

「近い近い近い！　離れろ気色悪い！」

油断していた。考えごとをしていたら、もう次のテーブルに到着していたみたいだ。危うくムラッティと接吻《せっぷん》するところだった。

「ん、待て。ということはお前に二等か三等が当たったのか？」

「イグザクトリィ！　拙者、必死になって二等をゲッチュしたで候」

「そうか。じゃあ後日教えるから。また今度な」

「あれ、なんか冷たい件……でもそれもイイ！」

テンションが天元突破していて付いていけない。思えばムラッティは俺と話している時は常にアクセル全開だ。絡みやすいんだか絡み難《にく》いんだかもうわかんねえな。

「おお、来たか。朝ぶりだな」

「私は久しぶりね、セカンド」

ムラッティに背を向けると、そこにはランバージャック兄妹がいた。この二人がそこそこ静かということは、どうやら三等は当たらなかったみたいだ。

「よおヘレス、カレーぶりだな。シェリィは応援ありがとう、しっかり聞こえていたぞ。二人とも、その感じだとハズレだったか?」

「ああ、いやまあハズレと言えばハズレだが、本来なら大当たりもよいところだ。なあ?」

「そうね。常識では考えられないほどの豪華景品ね。今までの私の努力が馬鹿みたいに感じるわ」

「むしろ努力がキツくなるのはこれからだと思うが……まあいいや。喜んでくれて何より。これから経験値稼ぎ頑張ってくれ」

「任せたまえ。来季一閃座《いっせんざ》戦までには追い付いてみせよう」

「ふんっ。年がら年中ぶらぶら放浪してるお兄様じゃ無理な話ね。セカンドは私が霊王《れいおう》戦で倒すから。見てなさい!」

「ハハ、まだ出場資格すら得ていないお前が何を言うか」

「お兄様こそ瞬殺されたくせに!」

「なんだと!」

……また兄妹喧嘩《げんか》を始めたので、俺はそそくさと退散する。

お次は、チェリちゃんとその大叔母さんチェスタ、加えてアルファのいるテーブルだ。

「おや、来たかい色男」

「どうも、お姉さん」

「アッハハ! こりゃいい。聞いたかいチェリ、アルファ。お姉さんだとさ!」

「……あまり露骨なお世辞は止《や》めた方がいいですよ」

「あはは！　……えっ、あ、その、はい。そうかもしれません」

このテーブルはなんとも姦《かしま》しいな。アルファも仲良くやれているようで重畳だ。

「皆ハズレだったか？」

「えっと、それが……」

尋ねてみると、アルファがおずおずと手を挙げた。

「三等、当たっちゃいました」

マジか。

「……は、ははは！」

「え、えへへ……？」

思わず笑った。俺が一番「当たってほしい」と思っていたのが彼女だったからだ。アルファも俺に合わせて嬉《うれ》しそうに笑った。相変わらず眼鏡《めがね》と髪で表情はわからないが、その仕草でわかる。

「なあ、俺の弟子になってみないか」

「――っ！」

言ってみると、彼女の縮こまった体がビクッと跳ねた。

「ほ、本気ですか……？　私なんかを……？」

「本気も本気だ。お前、自分で気付いてないかもしれんが、めちゃくちゃセンスいいぞ」

壱ノ型によるヒットアンドアウェイを僅《わず》か二日でものにしていたうえ、試合中に指導した〝伏臥《ふくが》詠唱〟をすぐさま応用するなど、そのセンスの良さは枚挙にいとまがない。特に後者だ。「怪しい一手で局面を難解にしてチャンスを作り出そう」というその感覚は、恐らく生まれ持っての才能。ここぞという瞬間の勝負強さをこれでもかと感じる。センスだけで言えば、彼女がナンバーワンだ。

「もしよかったら、弟子にならないか」

「……家に、聞いてみないと」

「家は一先《ひとま》ずおいておけ。お前はどうなんだ？」

「！」

アルファがニルとあのようなことになったのも、当然ニルが悪いが、彼女の主体性のなさも一因にあると思う。それか、もしくは家の影響力が余程強いのか。

プロムナード家がどんな教育方針なのかは知らないが、仮にアルファが弟子になりたいと思っている上でその邪魔をしてくるようならば、強硬手段も辞さない腹積もりである。

そう考えながら彼女の言葉を待っていると、アルファは意を決したように沈黙を破った。

「私、なりたい……なりたいです」

「じゃあ、話がまとまったら家に来な」

「はい！」

こうして、クラウスに続き新たな弟子が誕生した。背中に「やっぱり胸ですかっ」というチェリちゃんの失敬なツッコミを受けながら、次のテーブルへ。

「いらっしゃった。新一閃座殿」

「お久しぶりです、セカンド三冠」

「どもー……セカンドさーん……」

俺を出迎えたのは、すっかり出来上がったオッサン二人と、酔いつぶれた若者一人。カサカリとガラム、そしてカピート君である。

「カサカリ。今朝《けさ》、皆でカライというカレーの店に行ったぞ。かなり美味《おい》しかった。教えてくれてありがとう」

「ええ、ええ。聞きましたよ。お気に召したようで何より。ではお返しに郷土の舞いを」

「よせ。特に見たくない」

一応は止めたが、カサカリはちっとも耳を貸さずに踊り始めた。これだから酔っ払いは……。

「ガラムは長剣にしたんだな」

「ええ。誰か様に指摘されまして」

「ほお。その誰かってのは、わかってるなあ。さぞ強い男なんだろう」

「とんでもない男ですよ。初出場で前人未到の三冠を獲《と》ったとか」

「そりゃ凄《すご》い。是非、会ってみたいなぁ？」

「はははは、相すみません。その節は申し訳ないことをした」

「いいさ、むしろ感謝している。シルビアとエコの成長に繋《つな》がった」

「あのお二人も素晴らしく成長なさった。もう一対一でも勝てそうにない」

「まだまだこれからだ。俺もお前もあいつらもな」

「違いない」

一杯だけ飲んで、席を立つ。三人ともビンゴは駄目だったようだ。

テーブルに突っ伏しているカピート君の介抱はキュベロに頼んでおいた。会場で吐かれちゃたまらん。早いところ解毒ポーションを飲むか胃の中身を出すかして、スッキリしてほしいところだ。

さて、最後のテーブルは……。

「お待ちしておりました、セカンド三冠」

俺が近付くと、まだ声もかけないうちから視線すら向けずに挨拶《あいさつ》をする男がいた。盲目の弓術師アルフレッドである。盲目ゆえか、感覚が鋭い。足音か、地面の振動か、空気の流動か、繊細に感じ取っているのだろう。

「おう。遅くなってすまん」

俺は言葉を返しつつ、アルフレッドの横、ミックス姉妹へと視線を向ける。

姉のディーは怯《おび》えて硬直するように、妹のジェイは敵意を向けるように、表情を変化させた。

土下座させた件がまだ響いているようだ。当たり前か。

「さて、十七等は誰《だれ》が当てた？」

この中にいることはわかっていたので、いきなり尋ねてみる。

すると、アルフレッドが苦笑いしつつ口を開いた。

「私です。しかし、一つ頼みが」

「言ってくれ」

「セカンド三冠には例の件で世話になるだろう。ゆえに、私は恩恵を得すぎている。どうか、アドバイスは彼女たち二人に譲ってやれないだろうか」

アルフレッドは頭を下げて嘆願する。

「二人に、か……」

なるほど。例の件というのは、盲目を治す【回復魔術】についてだな。俺がカメル神国まで行って調査すると約束した。その上アドバイスまで受けるとなると、確かに貰《もら》いすぎと思ってしまうのも無理はない。かと言って、その十七等のビンゴカードをミックス姉妹のどちらかと交換してしまえば、不公平になる。アルフレッドはエルンテが捨てた彼女たちを拾い師匠となったはずだ。師としてそれはできない。ゆえに、あえて自分が十七等のビンゴカードを持っておいて、二人共にアドバイスを渡せる可能性を残したということか。なかなかに狡猾《こうかつ》、しかし嫌いじゃない。

「よし。後日、三人で家に来い」

「……ありがとう。貴殿には頭が上がらない」

「いいってことよ」

自分が教えるより、俺が直接アドバイスした方がミックス姉妹にとってためになると思ったからこそ、アルフレッドは頭を下げたのだろう。元より彼は、エルンテへの復讐《ふくしゅう》のために、そしてエルンテからミックス姉妹を救うために鬼穿将《きせんしょう》戦へ出場していたのだ。人のためにそこまでできる彼を尊重せずしてどうする。

「そうだ、例の件について」

去り際、俺はアルフレッドへと小声で話しかけた。

「ごたごたしているから出発が少し遅くなるかもしれん。想定外のことが起こらない限りは」

「承知した。幸運を祈っている」

ムラッティなんかは明日にでも押しかけてきそうな勢いだった。カメル神国へは、このごたごたが収まってから旅立とうと思う。

……さて。

「ただいま」

「おかえり。どうした、お疲れか」

「まあまあ。お前こそ疲れてんなぁ」

「うむ。まあまあだ」

ぐるっと一周して、会場正面にある自分のテーブルへと帰ってきた。出迎えてくれたシルビアは、俺と同じように疲れた顔で笑っている。彼女も俺と同じように挨拶回りをして、今帰ってきたばかり。相手は錚々《そうそう》たるメンバーだ、流石に気疲れするだろう。

「ただいまー！」

そこへ元気なのが戻ってきた。エコは皿いっぱいに料理を貰ってきて、いそいそと着席すると、実に嬉しそうな顔でもぐもぐと食べに食べている。

「元気でいいなあエコは」

十七歳女子が何やらおばさん臭いことを呟《つぶや》いている。

「ご主人様、こちらをどうぞ」

「サンキュー」

ユカリが俺とシルビアの料理を持ってきてくれた。俺の目の前に置かれた皿には見事に俺の好物ばかりが並んでいる。夕飯に精のつく料理が多ければ彼女からの合図なのだが、見たところ今夜はなさそうだ。正直なところ助かった。

……だんだんと、いつもの感じに戻っていく。

自分に嘘《うそ》は吐《つ》けない。この風景、俺は好きだ。

世界一位と両立しなければならない。かつては日常生活を捨てて挑んだ頂《いただき》へ、今度は日常生活を携えて挑まなければならない。

敵はいない。だが、まだまだ、頂には程遠い。あの頃《ころ》の頂には。

「忙しいなあ」

「うむ。忙しいな」

「んむーっ」

「エコ、食べながら喋《しゃべ》ってはいけません」

育成しなければならない。サブキャラだったセカンドを、チームメンバーを、使用人を、弟子を、出場者を、そして、この世界の、全《すべ》てのキャラクターを。

全く、忙しい。こんなに忙しくて、楽しい日常は、人生で初めてだ――。

あとがき

沢村治太郎《さわむらはるたろう》です。この度は『元・世界1位のサブキャラ育成日記』略して「セカサブ」の五巻をお買い上げいただき誠にありがとうございます！　お陰様で念願の五巻刊行となりました！　さて、皆様はもうイラストをご覧になりましたでしょうか？　ええ、その通り。最高ですよね⁉　今回も、まろ先生にとても素敵なイラストを描いていただきました！　総じて凄《すさ》まじく素晴らしいイラストですが、特筆すべきはやはりなんと言ってもカバーでしょう。青空と夕焼けのグラデーション、セカンドと女子二人の対比が実に美しい一枚です。一見して冷たい青と熱い赤ですが、青い炎の方が赤い炎よりも温度が高いといった事実もまたあり、日没と捉《とら》えるか日の出と捉えるかでまた意味するところが変わってくる……そんな風に、考察するのがとても楽しい深みのあるイラストだなと感じました。これで最早《もはや》、まろ先生が現人神《あらひとがみ》であることは疑いの余地がありませんね。そして、神様といえばもうお一方。そう、前田理想《まえだりそう》先生による「セカサブ」のコミックス第二巻が、なんと近く発売予定となっておりますッ‼　漫画でしか表現できない、また新たなセカンドたちの世界を楽しんでいただけたらと思います。私一押しの見どころは、ずばりキャラクターの表情ですね。皆本当に生き生きとしていて、ころころと万華鏡のように変わる表情は何時間でも見ていられます。ぜひ読んでみてください！　といったところで、そろそろお開きです。では、次の巻まで、ご機嫌よう！

カドカワBOOKS

元《もと》・世界《せかい》1位《い》のサブキャラ育成日記《いくせいにっき》 5
～廃《はい》プレイヤー、異世界《いせかい》を攻略中《こうりゃくちゅう》！～

2020年7月10日　初版発行

著者／沢村治太郎《さわむらはるたろう》

発行者／青柳昌行

発行／株式会社KADOKAWA

〒102-8177
東京都千代田区富士見2-13-3
電話／0570-002-301（ナビダイヤル）

編集／カドカワBOOKS編集部

印刷所／旭印刷

製本所／本間製本

●お問い合わせ
https://www.kadokawa.co.jp/（「お問い合わせ」へお進みください）
※内容によっては、お答えできない場合があります。
※サポートは日本国内のみとさせていただきます。
※Japanese text only

Printed in Japan
ISBN 978-4-04-073698-3 C0093